AF557880

पुराणों
की
कथाएँ

पुराणों की कथाएँ

हरीश शर्मा

विद्या विहार, नई दिल्ली

प्रकाशक : **विद्या विहार**
19, संत विहार (पहली मंजिल) गली नं. 2, अंसारी रोड, नई दिल्ली–110002
 / संस्करण : 2025 / मूल्य : पाँच सौ रुपए
मुद्रक : नरुला प्रिंटर्स, दिल्ली ISBN 978-93-80186-08-5

PURANON KI KATHAYEN (Stories from the Puranas)
by Shri Harish Sharma ₹ 500.00
Published by **VIDYA VIHAR**
19, Sant Vihar (First Floor), Street No.2, Ansari Road, New Delhi-2

अपनी बात

वेद व्यास पुराणों के रचयिता माने जाते हैं और यह भी माना जाता है कि मुख्य पुराण अठारह हैं। इनके नाम हैं–1. ब्रह्मपुराण, 2. पद्मपुराण, 3. विष्णुपुराण, 4. शिवपुराण, 5. श्रीमद्भागवतपुराण, 6. नारदपुराण, 7. मार्कंडेयपुराण, 8. अग्निपुराण, 9. भविष्यपुराण, 10. ब्रह्मवैवर्तपुराण, 11. लिंगपुराण, 12. वराहपुराण, 13. स्कंदपुराण, 14. वामनपुराण, 15. कूर्मपुराण, 16. मत्स्यपुराण, 17. गरुड़पुराण और 18. ब्रह्मांडपुराण।

इनके अतिरिक्त कई उपपुराण भी हैं।

सभी पुराणों में पाँच विषय मुख्य रूप से उठाए गए हैं–

सर्गश्च प्रतिसर्गश्च वंशो मन्वन्तराणि च।
वंशानुचरितं चैव पुराणं पञ्चलक्षणम्।।

अर्थात् 1. सर्ग एवं सृष्टि विज्ञान; 2. प्रतिसर्ग, अर्थात् सृष्टि का विस्तार, लय तथा पुनः सृष्टि; 3. आदि वंशावली; 4. मन्वंतर, अर्थात् किस-किस मनु का समय कब रहा और उस काल में कौन सी महत्त्वपूर्ण घटना हुई थी; 5. वंशानुचरित, प्रसिद्ध वंशों का–सूर्यवंशी और चंद्रवंशी राजाओं का वर्णन।

सभी पुराणों में अलग-अलग विषयों को उठाया गया है और मानव-कल्याण का मार्ग प्रशस्त किया गया है। 'गरुड़पुराण' में राजनीति का विस्तार से वर्णन है और रत्नों की परीक्षा-विधि बताई गई है। आयुर्वेद और चिकित्सा का वर्णन है। साथ ही, मृत्यु के बाद मनुष्य की क्या गति होती है, वह किस योनि में जन्म लेता है, आदि का भी वर्णन है।

'अग्निपुराण' को भारतीय विद्याओं का विश्वकोष कहा जा सकता है। इसमें अवतारों की कथाओं के साथ-साथ रामायण और महाभारत की कथाएँ सविस्तार वर्णित हैं। मंदिर

निर्माण कला, प्रतिष्ठा एवं पूजन विधान, ज्योतिष, धर्मशास्त्र, व्रत, राजनीति, आयुर्वेद, हिंदू साहित्य एवं संस्कृति के संपूर्ण विषय इत्यादि का ज्ञान इसमें एक स्थान पर पाया जा सकता है।

इसी प्रकार 'पद्मपुराण', 'स्कंदपुराण' एवं 'भविष्यपुराण' में तीर्थों और व्रतों का वर्णन है।

'ब्रह्मांडपुराण' में विश्व का सांगोपांग वर्णन है। भिन्न-भिन्न द्वीपों, पर्वतों, नदियों का व्यापक और आकर्षक वर्णन है। नक्षत्रों तथा युगों का वर्णन भी पठनीय है।

'वायुपुराण' में प्रजापति वंश, ऋषि वंश तथा ब्राह्मण वंश का व्यापक इतिहास दिया गया है। इसमें श्राद्ध का भी वर्णन है। युग, यज्ञ, ऋषि, संगीत और प्राचीन राजाओं का वर्णन भी उल्लेखनीय है। देवताओं में शिव और विष्णु का वर्णन विशेष उल्लेखनीय है।

'लिंगपुराण' में शिवतत्त्व का प्रामाणिक विश्लेषण है।

'वामनपुराण' में विष्णु के विभिन्न अवतारों की कथाएँ हैं।

'मार्कंडेयपुराण' में मरणोत्तर जीवन की कथा है। 'दुर्गा सप्तशती' इसी पुराण का एक विशिष्ट अंग है। इसमें दुर्गा-चरित्र सविस्तार वर्णित है।

'कूर्मपुराण' में 'शिव-महिमा' का वर्णन है।

'वराहपुराण' में मथुरा नगरी के तीर्थों का विस्तृत वर्णन है।

'मत्स्यपुराण' में व्रतों का महत्त्वपूर्ण वर्णन किया गया है। प्रयाग एवं काशी की महिमा एवं माहात्म्य का बखान है।

'श्रीमद्भागवतपुराण' में श्रीकृष्ण महिमा और लीला का सविस्तार वर्णन है। आज के युग का यह एक अति लोकप्रिय पुराण है।

इस प्रकार, विभिन्न विषयों से आबद्ध इन पुराणों का हिंदू मान्यताओं में महत्त्वपूर्ण स्थान है। जन्म से मृत्यु तक के मानव-संस्कार इन्हीं पर आधारित हैं। इन्हीं पुराणों की यह रोचक एवं ज्ञानवर्द्धक कथात्मक प्रस्तुति है।

—हरीश शर्मा

कथा-सूची

ध्रुव बना तारा

राजा उत्तानपाद ब्रह्माजी के मानस-पुत्र स्वायंभुव मनु के पुत्र थे। वे अत्यंत धार्मिक, दयालु, परोपकारी और वीर राजा थे। उनका विवाह सुनीति और सुरुचि नामक रानियों के साथ हुआ। सुनीति से उन्हें ध्रुव तथा सुरुचि से उत्तम नामक पुत्र प्राप्त हुए। राजा उत्तानपाद दोनों पुत्रों को एक समान प्रेम करते थे। वे दोनों उनके नेत्रों के समान थे। इसी प्रकार उत्तानपाद की बड़ी रानी सुनीति भी ध्रुव और उत्तम में कोई भेद नहीं समझती थी। उसके लिए दोनों ही उसके अपने पुत्र थे। परंतु छोटी रानी सुरुचि का मन सुनीति और ध्रुव को लेकर सदैव ईर्ष्या से भरा रहता था। वह सदैव उन्हें नीचा दिखाने और अपमानित करने का अवसर ढूँढ़ती रहती थी।

एक बार राजा उत्तानपाद सुनीति और ध्रुव के साथ सिंहासन पर बैठे थे। यह देखकर उत्तम भी सिंहासन पर बैठने का हठ करने लगा। लेकिन मंत्री ने यह कहते हुए उसे दूर कर दिया कि सिंहासन पर बैठने का अधिकार राजा के बाद केवल युवराज ध्रुव का है। यद्यपि यह बात साधारण ढंग से कही गई थी, तथापि इससे सुरुचि का हृदय छलनी हो गया। उसने उसी दिन राजा उत्तानपाद से वचन ले लिया कि उनके सिंहासन पर बैठने का अधिकार यदि ध्रुव का है तो उनकी गोद में बैठने का अधिकार केवल उत्तम का है। उत्तानपाद ने मुसकराते हुए इसकी सहमति दे दी।

एक दिन राजा उत्तानपाद उत्तम को गोद में बिठाकर खिला रहे थे, तभी ध्रुव भी पिता की गोद में आकर बैठ गया। लेकिन सुरुचि ने निर्दयतापूर्वक ध्रुव को नीचे उतार दिया और कठोर शब्दों में बोली, "तुम्हारा अधिकार केवल सिंहासन पर है; पिता की गोद में केवल राजकुमार उत्तम ही बैठ सकता है।"

रोते हुए ध्रुव ने माता को सारी बात बताई। तब सुनीति उसे समझाते हुए बोली,

"ध्रुव, भगवान विष्णु संसार के पालनहार हैं। केवल वे इस संपूर्ण जगत् के पिता हैं। यदि तुम्हें गोद ही में बैठना है तो उस सर्वशक्तिमान परंब्रह्म की गोद में बैठो। उनसे बढ़कर इस ब्रह्मांड में दूसरा कोई नहीं है।"

माता के शब्दों ने ध्रुव के हृदय की मलिनता नष्ट कर दी। उसका बाल-मन भक्ति और श्रद्धा से सराबोर हो गया। उसने उसी समय राजमहल त्याग दिया और वन में जाकर कठोर तपस्या करने लगा। धीरे-धीरे उसने अन्न-जल त्याग दिया और पैर के अँगूठे पर स्थिर खड़ा होकर तपस्या करने लगा। जब उसकी तपस्या से तीनों लोक दग्ध होने लगे, तब इंद्रादि देवगण भगवान विष्णु की शरण में गए और उनसे ध्रुव को वर देने की प्रार्थना की।

अंततः भगवान विष्णु साक्षात् प्रकट हुए और ध्रुव से बोले, "वत्स, मैं तुम्हारी तपस्या से अत्यंत प्रसन्न हूँ। माँगो, तुम्हें क्या चाहिए?"

ध्रुव करुण स्वर में बोला, "भगवन्! आप इस संपूर्ण जगत् के पिता हैं। आपके लिए सभी एक समान हैं। मुझे केवल आपकी गोद में वह स्थान चाहिए, जहाँ से मुझे कोई उठा न सके।"

भगवान विष्णु बोले, "वत्स! तुम्हारा मन अत्यंत निर्मल, पवित्र और कामनारहित है। तुम्हारी निस्स्वार्थ भक्ति से प्रसन्न होकर मैं तुम्हें तारे के रूप में अपनी आकाशरूपी गोद में स्थान प्रदान करता हूँ। जब तक सृष्टि रहेगी, तब तक तुम्हारा नाम संसार में अमर रहेगा। अब तुम घर लौट जाओ और समस्त सुखों का उपभोग करो। तदंतर तुम्हें मेरा परम धाम प्राप्त होगा।" यह कहकर श्रीविष्णु अंतर्धान हो गए।

इस प्रकार अपनी अटूट भक्ति और श्रद्धा से बालक ध्रुव ने स्वयं के लिए वह स्थान प्राप्त कर लिया, जिसे पाने के लिए बड़े-बड़े योगियों को भी हजारों जन्म लेने पड़ते हैं।

□

अदिति को शाप

दक्ष प्रजापति की दिति और अदिति नामक दो कन्याएँ थीं। उन्होंने उन दोनों का विवाह महर्षि कश्यप के साथ कर दिया। विवाह के उपरांत अदिति ने एक अत्यंत सुंदर और वीर पुत्र को जन्म दिया। महर्षि कश्यप ने उसका नाम 'इंद्र' रखा। उसका बल और पराक्रम देखकर देवताओं ने उसे अपना राजा स्वीकार कर लिया। अब तो दिति के मन में भी ऐसा ही सुंदर पुत्र पाने की लालसा उठने लगी।

एक दिन महर्षि कश्यप दिति के साथ एकांत में बैठे हुए थे, तभी दिति उन्हें अपने मन की इच्छा बताते हुए बोली, "स्वामी, आपने जिस प्रकार अदिति को एक तेजस्वी पुत्र प्रदान किया है, उसी प्रकार मैं भी एक महान् पुत्र की माता बनना चाहती हूँ। मुझे भी एक ऐसे पुत्र की लालसा है, जो पराक्रमी, सुंदर और शक्तिशाली हो। कृपया मेरी यह इच्छा पूर्ण करें।"

महर्षि कश्यप बोले, "प्रिये! चिंता मत करो। शीघ्र ही तुम्हें इंद्र के समान महान् पुत्र प्राप्त होगा। परंतु इसके लिए तुम्हें कुछ नियमों का पालन करना होगा। इसके प्रभाव से तुम्हारी मनोकामना अवश्य पूर्ण होगी।" यह कहकर उन्होंने दिति को कुछ नियम समझाए और उनका विधिवत् पालन करने को कहा।

कुछ ही दिनों में दिति गर्भवती हो गई। उसके गर्भ से दिव्य तेज निकलने लगा। ऐसा लगने लगा, मानो साक्षात् सूर्य उसके गर्भ में स्थापित हो गए हों! यह देखकर अदिति का मन भय से व्याप्त हो गया। यद्यपि वह दिति की बहन थी, तथापि पुत्र-मोह में पड़कर इंद्र के लिए चिंतित हो उठी। उसे लगने लगा कि यदि दिति का पुत्र अधिक शक्तिशाली हुआ तो इंद्र निस्तेज हो जाएगा।

अंततः वह इंद्र को समझाते हुए बोली, "पुत्र, इस समय दिति के गर्भ में एक

परम शक्तिशाली और तेजवान् बालक पल रहा है। मुझे पूर्ण विश्वास है कि वह बालक देवताओं का परम शत्रु बनेगा। इसलिए तुम जन्म लेने से पूर्व ही उसका अंत कर दो।''

माता की बातों में उलझकर इंद्र उचित-अनुचित का ज्ञान खो बैठे। उन्होंने प्राणवायु का रूप धारण किया और दिति के गर्भ में जा पहुँचे। तदंतर वज्र के प्रहार से गर्भ के उनचास टुकड़े कर दिए।

प्रचंड आघात से दिति पीड़ा से भर उठी। पल भर में उसे सारी बात समझ में आ गई। उसके क्रोध का ठिकाना नहीं रहा और वह शाप देते हुए बोली, ''पापी इंद्र! जिस प्रकार तूने मेरे गर्भ के टुकड़े किए हैं, उसी प्रकार तेरा संपूर्ण वैभव और ऐश्वर्य भी छिन्न-भिन्न हो जाएगा। अदिति के पुत्र भी जन्म लेते ही काल का ग्रास बन जाएँगे।''

तभी वहाँ महर्षि कश्यप आ गए। उन्होंने सारी घटना सुनी तो दिति को समझाते हुए बोले, ''प्रिये! क्रोध त्याग दो। मैं वर देता हूँ कि तुम्हारे गर्भ के उनचास टुकड़े उनचास पुत्रों के रूप में उत्पन्न होकर देव-पद पर सुशोभित होंगे।''

उचित समय आने पर दिति ने उनचास पुत्रों को जन्म दिया, जो मरुद्‌गण कहलाए। महर्षि कश्यप द्वारा दिए गए वरदान के कारण मरुद्‌गण को देवताओं में गिना गया। दिति द्वारा अदिति को दिया गया शाप द्वापर युग में फलीभूत हुआ। उस युग में महर्षि कश्यप वसुदेव के रूप में, अदिति देवकी के रूप में तथा दिति रोहिणी के रूप में उत्पन्न हुईं।

□

इंद्र बने गिद्ध

सुकृष मुनि वन में आश्रम बनाकर रहते थे। वे बड़े धर्म-परायण और सात्त्विक विचारों के थे। उनके चार पुत्र थे, जो उन्हीं के समान परम तपस्वी और तेजस्वी थे। देवता, दैत्य, मनुष्य, गंधर्व–सभी उनका सम्मान करते थे। देवराज इंद्र भी अनेक बार उनकी महानता और त्याग के बारे में सुन चुके थे। अंतत: उनके मन में सुकृष मुनि की परीक्षा लेने का विचार उत्पन्न हुआ।

एक दिन सुकृष मुनि अपने पुत्रों के साथ यज्ञ-वेदी के पास बैठ हुए थे। तभी वहाँ एक गिद्ध आकर बैठ गया। वह गिद्ध अत्यंत कमजोर, शक्तिहीन और मरणासन्न लग रहा था। उसे देखकर सुकृष मुनि करुण स्वर में बोले, ''हे गिद्धराज! आपकी स्थिति अत्यंत दयनीय लग रही है। ऐसा प्रतीत हो रहा है मानो आपने अनेक दिनों से भोजन नहीं किया। कृपया बताएँ, मैं आपकी क्या सेवा कर सकता हूँ?''

गिद्ध बोला, ''मुनिवर, मैं निकट के वन में निवास करता हूँ। वृद्ध होने के कारण अब मैं भोजन जुटाने में असमर्थ हूँ। इस समय मुझे अत्यंत भूख लग रही है और मैं भोजन की इच्छा से आपके पास आया हूँ। कृपया आप भोजन देकर मेरी प्राण-रक्षा करें।''

महर्षि सुकृष बोले, ''गिद्धराज! इस आश्रम में सभी का स्वागत है। यहाँ से कभी कोई निराश नहीं लौटता। मैं अभी आपके लिए भोजन की व्यवस्था करता हूँ।''

''ठहरिए मुनिवर! गिद्ध केवल मांस से संतुष्ट होते हैं। इसलिए यदि आप मुझे भोजन करवाना चाहते हैं तो मांस की व्यवस्था कीजिए। अन्यथा मैं भूखा ही लौट जाऊँगा।''

गिद्ध की बात सुनकर सुकृष मुनि धर्मसंकट में फँस गए। वे न तो किसी जीव की

हत्या कर सकते थे और न ही घर आए अतिथि को भूखा लौटा सकते थे। कुछ देर सोच-विचार करने के बाद वे अपने पुत्रों से बोले, ''पुत्रो! अतिथि भगवान के समान होता है। उसकी इच्छा पूर्ण करना हमारा धर्म है। इस समय गिद्धराज भोजन की इच्छा से हमारी शरण में हैं। यदि तुम सच्चे हृदय से मेरी सेवा करते हो तो इन्हें भोजन के लिए अपना मांस अर्पित करके अपने धर्म का पालन करो।''

पिता की बात सुनकर पुत्रों के होश उड़ गए। वे काँपते हुए स्वर में बोले, ''पिताश्री, यद्यपि आपकी प्रत्येक आज्ञा हमारे लिए शिरोधार्य है; परंतु एक पक्षी के लिए अपने पुत्रों की बलि देना कहाँ का धर्म है? क्षमा करें, हम आपकी यह आज्ञा नहीं मान सकते।''

आज्ञा का उल्लंघन होते देख सुकृष मुनि क्रोधित हो गए। उन्होंने पुत्रों को पक्षी-योनि में जन्म लेने का शाप दे दिया। तदंतर गिद्ध से बोले, ''पक्षीराज! मैं स्वयं को आपके लिए अर्पित करता हूँ। आप मुझे खाकर अपनी क्षुधा शांत कीजिए।''

तभी शंख बज उठे; सुकृष मुनि पर पुष्पों की वर्षा होने लगी। देखते-ही-देखते गिद्ध के स्थान पर इंद्र प्रकट हो गए और प्रसन्न होकर बोले, ''हे मुनिवर! मैंने आपकी परीक्षा लेने के लिए यह माया रची थी। निस्संदेह आप जैसा त्यागी और महात्मा इस संसार में दूसरा कोई नहीं है। मैं आपको दिव्य-ज्ञान प्रदान करता हूँ। साथ ही वरदान देता हूँ कि आप इसी प्रकार अपने धर्म का सदैव पालन करते रहेंगे।'' यह कहकर इंद्र वहाँ से अंतर्धान हो गए।

तदनंतर पुत्रों द्वारा क्षमा माँगने पर सुकृष मुनि ने उन्हें वरदान दिया कि वे पक्षी-योनि में जन्म लेने के बाद भी पूर्णतः ज्ञानवान् रहेंगे। इस प्रकार सुकृष मुनि की कीर्ति तीनों लोकों में फैल गई।

□

गंगा पृथ्वी पर

एक बार महर्षि और्व भ्रमण करते हुए अयोध्या पधारे। राजा सगर की दोनों रानियों–केशिनी तथा महती ने उनका यथोचित स्वागत-सत्कार किया। इससे प्रसन्न होकर महर्षि ने रानियों को पुत्रवती होने का वरदान दिया; परंतु साथ ही यह भी स्पष्ट कर दिया कि इनमें से एक रानी का पुत्र ही वंश बढ़ानेवाला होगा।

उचित समय आने पर रानी केशिनी ने 'असमंजस' नामक पुत्र को जन्म दिया, जबकि महती ने साठ हजार सुंदर पुत्रों को जन्म दिया। सभी बालक अत्यंत वीर, पराक्रमी और शक्तिशाली थे। उनके समक्ष देवगण भी काँपते थे।

राजा सगर की इच्छा थी कि जब उनके पुत्र युवा होंगे तो वे एक विशाल अश्वमेध यज्ञ का आयोजन करेंगे। अतएव शीघ्र ही शुभ मुहूर्त में उन्होंने यज्ञ आरंभ करवा दिया। इस अवसर पर देवताओं सहित सभी ऋषि-मुनियों को आमंत्रित किया गया। नियत समय पर यज्ञ-अश्व छोड़ा गया। उसकी रक्षा के लिए सगर के साठ हजार पुत्र भी अस्त्र-शस्त्र से सज्जित होकर साथ चल दिए।

राजा सगर की वैभवता और बल देखकर देवराज इंद्र के मन में भय उत्पन्न हो गया। उन्हें अपना सिंहासन छिनता नजर आने लगा। अत: दैत्य-रूप धारण करके उन्होंने छलपूर्वक यज्ञ-अश्व चुरा लिया और उसे कपिल मुनि के आश्रम में छिपा दिया। अश्व के बिना यज्ञ अधूरा था; चारों ओर उसकी खोज होने लगी। इस प्रयास में सगर के पुत्रों ने संपूर्ण पृथ्वी को खोद डाला। अंतत: वे कपिल मुनि के आश्रम में जा पहुँचे।

उस समय कपिल मुनि तपस्या में लीन थे; निकट ही यज्ञ का अश्व बँधा हुआ था। उन्होंने सोचा कि कपिल मुनि ने ही जानबूझकर यज्ञ-अश्व का हरण किया है।

अतः वे मुनि को अपशब्द कहते हुए उनका अपमान करने लगे। तब कपिल मुनि ने क्रोध में भरकर सगर के साठ हजार पुत्रों को अपनी हुंकार से भस्म कर डाला।

इस घटना के विषय में सुनकर सगर के शोक की सीमा न रही। उन्होंने पौत्र अंशुमान को मुनि के पास उनका क्रोध शांत करने तथा क्षमा माँगने के लिए भेजा। अंशुमान की स्तुति से प्रसन्न होकर कपिल मुनि ने यज्ञ का अश्व लौटा दिया, साथ ही सगर-पुत्रों के उद्धार का मार्ग बताते हुए बोले, "वत्स! अकारण काल का ग्रास बने सगर-पुत्रों का उद्धार केवल परम-पवित्र गंगा ही कर सकती हैं। इसलिए उन्हें पृथ्वी पर लाने का प्रयास करो।"

यज्ञ समाप्त होने के बाद पुत्रों के उद्धार हेतु राजा सगर कठोर तपस्या करने लगे। उनकी मृत्यु के बाद उनके पौत्र अंशुमान ने और अंशुमान के बाद उनके पुत्र दिलीप ने हजारों वर्षों तक कठोर तपस्या की। अंततः दिलीप के पुत्र भगीरथ की कठोर तपस्या से भगवान विष्णु प्रसन्न हुए और गंगा को स्वर्ग से पृथ्वीलोक ले जाने की अनुमति दे दी।

गंगा जब स्वर्ग से पृथ्वी की ओर चलीं, उस समय उनका वेग अत्यंत तीव्र था। इससे पृथ्वी भयभीत हो गई। ऐसी स्थिति में भगवान शिव ने गंगा को अपनी जटाओं में स्थान देकर उनका वेग शांत किया; तदंतर गंगा की एक जलधारा पृथ्वी की ओर मोड़ दी। भगीरथ का अनुगमन करती हुई गंगा उस स्थान पर आ पहुँचीं, जहाँ सगर-पुत्रों की भस्म पड़ी थी। पवित्र गंगा का स्पर्श पाते ही सगर-पुत्रों का उद्धार हो गया।

इस प्रकार कठोर तप के बल पर भगीरथ पुण्य-प्रदायक गंगा को पृथ्वी पर लाने में सफल हुए।

□

मांधाता

प्रसेनजित् इक्ष्वाकु वंश के एक प्रसिद्ध राजा थे। उनके यौवनाश्व नामक एक प्रतापी पुत्र हुए। राजा यौवनाश्व धार्मिक, सत्यवादी, शूरवीर, दानवीर और प्रजाप्रिय राजा थे। उनकी सौ रानियाँ थीं; किंतु दैवयोग से उनमें से किसी से कोई संतान उत्पन्न नहीं हुई। इस कारण यौवनाश्व सदैव चिंतातुर रहते थे। अंत में इस दुःख से संतप्त होकर वे वन में चले गए और ऋषियों के पवित्र आश्रम में रहकर उनकी सेवा करने लगे।

आश्रम में अनेक ऋषि-मुनि तपस्या में लगे रहते थे। राजा यौवनाश्व को चिंतित देखकर एक बार कुछ ऋषि-मुनि दया से भर उठे। उन्होंने राजा यौवनाक्ष से पूछा, ''राजन्, आप इतने चिंतित क्यों हैं? आपको क्या कष्ट है, हमें सारी बात बताएँ। हम आपकी सहायता करना चाहते हैं।''

राजा यौवनाश्व ने हाथ जोड़कर कहा, ''हे मुनिवरो! मेरे पास राज्य, धन और भोग-विलास के सारे साधन मौजूद हैं। महल में सैकड़ों साध्वी रानियाँ हैं। सेवा के लिए अनेक सेवक-सेविकाएँ हैं। तीनों लोकों में मेरा कोई शत्रु भी नहीं है। मंत्री और सामंत—सभी मेरी आज्ञा-पालन के लिए सदा तैयार खड़े रहते हैं। हे कृपालुओ! निस्संतान होना ही मेरा एकमात्र दुःख है। इसके अतिरिक्त दूसरा कोई भी दुःख नहीं है। मुनिवरो, आपने कठिन तपस्या करके वेद और शास्त्रों के रहस्यों को समझा है। आप मेरी इस समस्या का कोई उचित समाधान बताने की कृपा करें। मैं सदैव आपका ऋणी रहूँगा।''

महाराज यौवनाश्व की बात सुनकर ऋषिगण बोले, ''राजन्, तुम्हारे सेवा-भाव से हम अत्यंत प्रसन्न हैं। तुम्हारी इच्छापूर्ति के लिए हम एक यज्ञ का आयोजन करेंगे,

जिसके परिणामस्वरूप तुम्हें एक सुंदर और पराक्रमी पुत्र प्राप्त होगा।''

शुभ मुहूर्त में सभी ऋषि-मुनियों ने एक विशाल यज्ञ का आयोजन किया। देवराज इंद्र को उस यज्ञ में प्रधान देवता के रूप में प्रतिष्ठित किया गया। यज्ञ-वेदी के निकट जल से भरा एक सुंदर कलश स्थापित किया गया और उसे वैदिक मंत्रों द्वारा अभिमंत्रित कर दिया। वह यज्ञ अनेक दिनों तक निरंतर चलता रहा।

एक रात यौवनाश्व को प्यास लगी। जल ढूँढ़ते हुए वे यज्ञशाला में चले गए। किंतु उन्हें कहीं भी जल नहीं मिला। तब प्यास बुझाने के लिए वे उस अभिमंत्रित जल को ही पी गए। ऋषियों ने वह अभिमंत्रित जल उनकी रानी के लिए रखा था, जो अज्ञानवश ही राजा के उदर में चला गया था।

जब ऋषियों को इस बात की जानकारी हुई तो उन्होंने इसे दैव-इच्छा मानकर यज्ञ की पूर्णाहुति कर दी। मंत्र के प्रभाव से राजा के उदर में गर्भ स्थापित हो गया। उचित समय आने पर यौवनाश्व ने एक पुत्र को जन्म दिया, फिर उनकी मृत्यु हो गई। उस बालक की रक्षा का भार इंद्र ने अपने ऊपर ले लिया। युवा होने पर यही बालक प्रतापी और पराक्रमी राजा मांधाता के नाम से प्रसिद्ध हुआ।

□

विंध्य का मान-मर्दन

जिस प्रकार देवताओं में कुबेर को धन-धान्य से परिपूर्ण माना जाता है, उसी प्रकार पर्वतों में विंध्याचल पर्वत को प्राकृतिक संपदा का स्वामी कहा गया है। इस पर्वत से निकलनेवाली नदियाँ, हरे-भरे पेड़-पौधे, जीव-जंतु-बरबस सभी को अपनी ओर आकृष्ट करते हैं। धीरे-धीरे इसी बात ने उन्हें अहंकारी बना दिया। वे अन्य पर्वतों को अपने समक्ष तुच्छ समझने लगे।

एक बार देवर्षि नारद भ्रमण करते हुए विंध्याचल पर्वत पर पहुँचे। उन्होंने नारदजी का भरपूर सत्कार किया और दूसरों की निंदा करते हुए आत्मप्रशंसा करने लगे।

नारदजी ने जब देखा कि आत्मप्रशंसा में डूबे विंध्याचल मान-मर्यादा की सीमा लाँघ रहे हैं तो वे उन्हें समझाते हुए बोले, "हे पर्वतराज! निस्संदेह आपकी सुंदरता, वैभवता और ऐश्वर्य देवराज इंद्र के समान है; इसकी तुलना किसी के साथ नहीं की जा सकती। परंतु पर्वतराज सुमेरु भी आपकी तरह शक्तिशाली और विशालकाय हैं। स्वयं सूर्यदेव प्रतिदिन उनकी परिक्रमा करते हैं। इसलिए उन्हें भी कम नहीं आँका जा सकता।"

यह कहकर देवर्षि नारद वहाँ से चले गए; लेकिन जाते-जाते विंध्याचल के मन में ईर्ष्या की भावना भर गए। उन्होंने सुमेरु को

नीचा दिखाने का संकल्प कर अपने शिखरों को ऊपर की ओर कर सूर्य का मार्ग रोक लिया।

प्रातः सूर्यदेव रथ पर सवार होकर सुमेरु की परिक्रमा करने चले तो मार्ग में अवरोध देख विस्मित रह गए। उन्होंने विंध्याचल से अपने शिखरों को समेटने की प्रार्थना की; लेकिन अहंकार और ईर्ष्या में डूबे विंध्य ने उनकी बात अनसुनी कर दी। सूर्य की गति ठहर जाने के कारण चारों ओर अव्यवस्था फैल गई। ऐसी स्थिति में देवराज इंद्र ने भी विंध्याचल को समझाने का भरसक प्रयत्न किया; लेकिन वे टस से मस न हुए।

अंततः ब्रह्माजी के परामर्श पर सभी देवगण महर्षि अगस्त्य की शरण में गए और सारी स्थिति बताते हुए उनसे सहायता की प्रार्थना की। महर्षि अगस्त्य उनकी सहायता के लिए सहर्ष तैयार हो गए और अपनी पत्नी लोपामुद्रा को लेकर विंध्याचल के पास पहुँचे। विंध्यराज उन्हें गुरु-रूप में पूजते थे। विंध्यराज ने मस्तक झुकाकर उन्हें प्रणाम किया।

तभी महर्षि अगस्त्य बोले, ''हे विंध्यराज! मुझे दक्षिण दिशा की ओर प्रस्थान करना है। किंतु तुम्हारे शिखर अत्यंत विशालकाय और ऊँचे हैं। मैं इन्हें पार करने में असमर्थ हूँ। इसलिए जब तक मैं दक्षिण से लौटकर न आ जाऊँ, तब तक तुम ऐसे ही अपना शीश झुकाकर रखना।''

विंध्याचल बोले, ''महर्षि! आप निश्‍चिंत रहें। जब तक आप लौटकर नहीं आएँगे, तब तक मेरा शीश ऐसे ही झुका रहेगा।''

इसके बाद अगस्त्य मुनि पत्नी सहित विंध्याचल को पार कर दक्षिण में चले गए और हमेशा के लिए वहीं रह गए।

इस प्रकार महर्षि अगस्त्य ने अपनी सूझ-बूझ से विंध्याचल का मान-मर्दन कर उसे झुका दिया और सूर्य का मार्ग पुनः खोल दिया।

□

नंद से नारद

प्रभासक्षेत्र में ऋषियों का एक आश्रम था। वहाँ नंद नामक एक दासी-पुत्र उनकी सेवा किया करता था। आश्रम में निवास करनेवाले समस्त ऋषिगण नंद के सेवाभाव और निष्ठा से बड़े प्रसन्न थे। वे उसे अपने पुत्र के समान मानते थे। नंद भी उनके लिए अपना सर्वस्व न्योछावर करने के लिए सदैव तत्पर रहता था। धीरे-धीरे आश्रम के वैदिक वातावरण और समर्पण भाव के कारण उसके समस्त पाप नष्ट हो गए। उसका चित्त पवित्र और शुद्ध हो गया। अब उसका समय प्रभु-लीलाओं का गान करने में व्यतीत होने लगा।

कुछ वर्षों के बाद ऋषियों ने आश्रम छोड़कर दूसरे स्थान पर जाने का निश्चय किया। नंद को जब इस बात का पता चला तो उनसे विनती करते हुए बोला, "ऋषिगण! मैंने अनेक वर्षों तक आपकी सेवा की है। दिन-रात आपके निकट रहने के कारण मेरा मन सांसारिक बंधनों से विरक्त हो गया है। आपके बिना रहने की कल्पना भी मेरे लिए असंभव है। इसलिए आप मुझे अपने साथ ले चलने की कृपा करें।"

नंद की प्रेम भरी विनती सुनकर ऋषिगण उसे समझाते

हुए बोले, ''हे वत्स! निस्संदेह तुमने हमारी सेवा में अपना तन-मन समर्पित कर दिया। हमें तुम्हारी कमी सदा अनुभव होगी। परंतु वत्स, संसार में तुम अकेले नहीं हो। तुम अपनी माता का एकमात्र सहारा हो। उसे छोड़कर संन्यास लेना तुम्हारे लिए उचित नहीं है। इसलिए तुम यहीं रहकर प्रभु-भक्ति में अपना मन लगाओ।''

इसके बाद नंद को दिव्य-ज्ञान प्रदान करके वे वहाँ से चले गए। नंद माता की सेवा करते हुए प्रभु-भक्ति में लीन हो गया।

एक बार वन से लकड़ियाँ बीनते हुए नंद की माता को सर्प ने डस लिया, जिसके फलस्वरूप वह काल का ग्रास बन गई। अब नंद बिलकुल अकेला हो गया। उसने घर त्याग दिया और वन में जाकर कठोर तपस्या करने लगा। उसने अपने मन और मस्तिष्क को एकाग्र कर अपना ध्यान भगवान विष्णु के चरणों में लगा लिया। इसी प्रकार अनेक वर्ष बीत गए।

अंततः नंद की तपस्या से प्रसन्न होकर भगवान विष्णु साक्षात् प्रकट हुए और वर माँगने के लिए कहा। नंद उनकी स्तुति करते हुए बोला, ''भगवन्! आपके दुर्लभ दर्शन पाकर मैं कृतार्थ हो गया। मेरे मन में कोई सांसारिक इच्छा शेष नहीं है। मैं इसी प्रकार आपका ध्यान करते हुए आपके स्वरूप को प्राप्त करना चाहता हूँ।''

भगवान विष्णु बोले, ''वत्स! मैं तुम्हारी निस्स्वार्थ और पवित्र भक्ति से अत्यंत प्रसन्न हूँ। तुम जैसा भक्त इस संसार में न तो हुआ है और न ही कोई होगा। तुमने अपनी भक्ति से मुझे भी बाँध लिया है। मैं वरदान देता हूँ कि अगले जन्म में तुम तीन लोकों में मेरे प्रिय भक्त के रूप में प्रसिद्ध होगे। मेरे प्रति तुम्हारी निस्स्वार्थ भक्ति तुम्हारे नाम को सदैव के लिए अमर कर देगी।''

यह कहकर भगवान विष्णु अंतर्धान हो गए।

तत्पश्चात् नंद ने ब्रह्मचर्य व्रत का संकल्प लिया और भगवान विष्णु की महिमा का गुणगान करते हुए पृथ्वी पर भ्रमण करने लगा। समय व्यतीत होता रहा और नंद ने श्रीविष्णु के चरणों में प्राण त्याग दिए।

भगवान विष्णु के वरस्वरूप अगले जन्म में नंद ब्रह्माजी के मानस-पुत्र के रूप में उत्पन्न होकर देवर्षि नारद के नाम से प्रसिद्ध हुए। इस जन्म में भी देवर्षि नारद ने ब्रह्मचर्य का पालन करते हुए स्वयं को भगवान विष्णु के चरणों में पूर्णतः समर्पित कर दिया।

□

सुकन्या और महर्षि च्यवन

च्यवन ऋषि महर्षि भृगु एवं पुलोमा के पुत्र और दैत्य गुरु शुक्राचार्य के भाई थे। एक बार भगवती माता की तपस्या करने की इच्छा से वे एक गहन वन में पहुँचे और निर्जल रहकर भगवती जगदंबिका का ध्यान करने लगे। धीरे-धीरे उनके शरीर पर मिट्टी की परतें, बेलें और लताएँ चढ़ गईं। चींटियों और दीमकों ने वहाँ अपने बिल बना लिये। फिर शीघ्र ही वे मिट्टी के एक विशाल ढेर के समान प्रतीत होने लगे।

उस वन के निकटवर्ती राज्य में राजा शर्याति नाम के एक प्रतापी राजा राज्य करते थे। राजा शर्याति की सुकन्या नाम की एक सुंदर कन्या थी। सुकन्या बड़ी चंचल स्वभाव की बालिका थी।

एक बार की बात है, राजा शर्याति अपनी रानियों और पुत्री सुकन्या के साथ उसी वन में भ्रमण के लिए आ निकले, जहाँ च्यवन ऋषि समाधिस्थ थे। सरोवर के मनोहारी दृश्य को देखकर राजा शर्याति ने कुछ देर वहीं विश्राम करने का निश्चय किया। सेवकों ने शीघ्र ही सब व्यवस्था कर दी।

पिता की आज्ञा लेकर सुकन्या अपनी सखियों के साथ वन में शरारतें करने लगी। इधर-उधर घूमते हुए वह च्यवन ऋषि के निकट पहुँच गई। सुकन्या उन्हीं के निकट खेलने लगी। अचानक उसे दो छिद्रों से किरणें-सी निकलती दिखाई दीं। वह जिज्ञासावश एक नोंकदार काँटे से उनके ऊपर की मिट्टी हटाने लगी।

अन्न एवं जल का त्याग कर देने के कारण च्यवन ऋषि का शरीर अत्यंत दुर्बल हो गया था। उन्होंने क्षीण स्वर में राजकुमारी सुकन्या को यह कार्य करने से रोका। किंतु उसने उनकी बात नहीं सुनी और अनजाने में ही उसने मुनि के नेत्र फोड़ दिए।

भगवान की माया से खेल-ही-खेल में राजकुमारी से यह अप्रिय घटना हो गई।

नेत्र भंग हो जाने से मुनि को असीम कष्ट होने लगा। उनके मुख से पीड़ादायी कराहें निकलने लगीं। इन कराहों को सुनकर राजकुमारी भयभीत हो गई और अपनी सखियों के साथ वहाँ से लौट गई। तब च्यवन ऋषि के शरीर से एक दिव्य तेज निकलने लगा। उस तेज के प्रभाव से उसी क्षण राजा शर्याति सहित सभी रानियों, मंत्रियों, सैनिकों, सेवकों और अन्य लोगों के उदर में भयंकर पीड़ा उत्पन्न हो गई। वे सभी पीड़ा से छटपटाने लगे।

राजा शर्याति शीघ्र ही अपने राज्य में लौट आए और राजवैद्य से हरसंभव इलाज करवाया; लेकिन उनकी बीमारी ठीक नहीं हुई।

राजकुमारी सुकन्या ने पिता और प्रजा को दुःखी देखकर अपना अपराध स्वीकार कर लिया।

राजा शर्याति तुरंत च्यवन ऋषि के पास पहुँचे और उनकी स्तुति करते हुए दुःखी स्वर में बोले, "हे दयानिधान! मेरी कन्या ने अनजाने में यह भयंकर पाप कर दिया है। आप उसके अपराध को क्षमा कर दें। आपकी सेवा के लिए मैं अनेक सेवक-सेविकाएँ प्रस्तुत कर दूँगा। वे प्रतिक्षण आपकी सेवा करते रहेंगे।"

महर्षि च्यवन बोले, "राजन्! मैं कभी किंचित् मात्र भी क्रोध नहीं करता। यद्यपि तुम्हारी पुत्री ने मुझे कष्ट पहुँचाया है, किंतु मैंने किसी को कोई शाप नहीं दिया है। तुम्हें जो कष्ट भोगना पड़ रहा है, वह इस पाप-कर्म का फल है। हे राजन्! यदि तुम इस कष्ट से मुक्ति पाना चाहते हो तो अपनी कन्या का विवाह मेरे साथ कर दो। इससे सुकन्या का पाप शांत हो जाएगा और तुम्हारे इस कष्ट का भी अंत हो जाएगा।"

यह सुनकर शर्याति दुःखी होकर लौट गए और मंत्रियों से विचार-विमर्श करने लगे। जब सुकन्या को च्यवन ऋषि की इच्छा ज्ञात हुई तो वह पिता से बोली, "पिताश्री! मुझे निस्संकोच ऋषिवर को सौंप दीजिए। मैं सदा संतुष्ट रहकर देवरूप में उनकी सेवा करूँगी। पिताश्री, भोग में मेरी रुचि नहीं है। आप मेरे विषय में निश्चिंत हो जाइए।"

शर्याति ने बहुत समझाने की कोशिश की, लेकिन सुकन्या अपने निर्णय से विचलित नहीं हुई। हारकर उन्होंने विधिपूर्वक सुकन्या का विवाह कर दिया। इस विवाह के उपरांत सभी लोग उदर की भयंकर व्याधि से मुक्त हो गए। सुकन्या ने अपने सुंदर वस्त्र व आभूषणों का त्याग कर दिया और मृगचर्म धारण करके च्यवन ऋषि की सेवा

करने लगी। दिन बीतते रहे।

एक दिन की बात है, सूर्य के दोनों पुत्र अश्विनीकुमार च्यवन ऋषि के आश्रम के निकट पधारे। वहाँ उनकी दृष्टि सुकन्या पर पड़ी। दोनों उसके निकट पहुँचे और आदरपूर्वक उसका परिचय पूछा। सुकन्या ने विनम्रतापूर्वक उन्हें अपना परिचय दिया।

तब अश्विनीकुमार बोले, "देवी, तुम्हारे पिता ने इन वृद्ध ऋषि के साथ तुम्हारा विवाह कैसे कर दिया? तुम जैसी सुंदर युवती तो देवलोक में भी दुर्लभ है। तुम्हें तो दिव्य वस्त्र और आभूषण पहनने चाहिए। ब्रह्माजी ने तुम्हारे भाग्य में यह क्या लिख दिया कि तुम जैसी सुंदर और मोहित कर देनेवाली स्त्री को एक नेत्रहीन ऋषि की पत्नी बना दिया। हे कोमलांगी! तुम इनके योग्य नहीं हो।"

अश्विनीकुमारों की बात सुनकर सुकन्या कुद्ध स्वर में बोली, "हे देवो! आपके मुख से ऐसी बातें शोभा नहीं देतीं। आप शीघ्र यहाँ से चले जाएँ, अन्यथा मैं सतीत्व की शक्ति से आप दोनों को भस्म कर दूँगी।"

सुकन्या का कथन सुनकर अश्विनीकुमार बोले, "देवी, तुम्हारे इस धर्म पालन से हमारा हृदय गद्‌गद हो गया है। हम देवताओं के वैद्य हैं और तुम्हारे पति को पुनः यौवन प्रदान कर सकते हैं। किंतु जब हम तुम्हारे पति को अपने समान सुंदर स्वरूपवाला बना देंगे, तब तुम्हें हम तीनों में से अपने पति को पहचानना होगा, तभी

हमारा वरदान फलीभूत होगा।''

सुकन्या ने च्यवन ऋषि को अश्विनीकुमारों की शर्त के बारे में बताया। वे इसके लिए सहमत हो गए।

अश्विनीकुमार उन्हें अपने साथ लेकर निकट स्थित एक सरोवर में प्रविष्ट हो गए। कुछ ही क्षणों के बाद तीन सुंदर युवक उस सरोवर से बाहर निकले। उनकी आकृति में कोई भेद नहीं था। रूप, अवस्था, स्वर और वेशभूषा में तीनों एक समान थे।

सुकन्या ने उन तीनों को देखा और भगवती जगदंबिका का ध्यान करने लगी। भगवती माता की कृपा से सुकन्या के हृदय में ज्ञान उत्पन्न हो गया और उसने उन तीनों में से अपने वास्तविक पति च्यवन ऋषि को चुन लिया। इस प्रकार दोनों अश्विनीकुमार संतुष्ट हो गए।

वे दोनों हाथ जोड़कर च्यवन ऋषि से बोले, ''हे मुनिवर! जब यज्ञ में सोमरस पीने का अवसर आता है, तब देवता हमें वैद्य मानकर निषिद्ध कर देते हैं। अतः आप अपनी शक्ति से हमें सोमरस पीने का अधिकारी बनाएँ।'' च्यवन ऋषि ने उन्हें सोमरस पीने का अधिकारी बनाने का वचन दिया। तत्पश्चात् दोनों अश्विनीकुमार प्रसन्नतापूर्वक स्वर्ग लौट गए।

राजा शर्याति और उनकी रानी हमेशा अपनी पुत्री सुकन्या के बारे में सोच-सोचकर दुःखी होते रहते थे। एक दिन महारानी शर्याति से बोलीं, ''महाराज, आपने एक नेत्रहीन ऋषि को अपनी पुत्री सौंप दी है। उसे अनेक कष्ट उठाने पड़ रहे होंगे। मैं सुकन्या को देखना चाहती हूँ। आप मुझे एक बार उसके पास ले चलिए।''

राजा शर्याति उसी समय पत्नी के साथ च्यवन ऋषि के आश्रम की ओर चल पड़े। आश्रम के निकट उन्हें एक नवयुवक ऋषि दिखाई दिए। वे ऋषि साक्षात् देवकुमार प्रतीत होते थे। उन्हें देखकर शर्याति के मन में संदेह उत्पन्न हो गया। वे सोचने लगे, 'च्यवन ऋषि तो वृद्ध थे। संभव है कि उनकी मृत्यु हो गई हो और सुकन्या ने कोई अन्य पति चुन लिया हो। लगता है मेरी पुत्री ने लोकनिंदा करानेवाला नीच कर्म कर दिया है।'

इस प्रकार राजा शर्याति चिंता के समुद्र में गोते खा रहे थे। संयोगवश सुकन्या ने उन्हें देख लिया। वह उनके पास आई और उन्हें प्रणाम करते हुए बोली, ''पिताश्री, आश्रम में आपका स्वागत है। आप इतने चिंतित क्यों दिखाई दे रहे हैं? समझी, ऋषिवर को देखकर आपके मन में शंकाएँ उत्पन्न हो रही हैं। इस समय विषाद त्यागकर मुझे

और मेरे पति को आशीर्वाद दें।''

पुत्री की बात सुनकर शर्याति क्रोधित होते हुए बोले, ''सुकन्या, परम तपस्वी च्यवन ऋषि कहाँ हैं? यह नवयुवक कौन है? तुमने च्यवन ऋषि का त्याग करके इस युवक से विवाह कर लिया! धिक्कार है तुम पर।''

पिता की बात बीच में ही काटकर सुकन्या आदरपूर्वक बोली, ''पिताश्री, ये च्यवन ऋषि ही हैं। अश्विनीकुमारों की कृपा से इन्हें ऐसा सुंदर और कांतिमय शरीर प्राप्त हुआ है। उन्होंने ही इन्हें कमल के समान सुंदर नेत्र प्रदान किए हैं। पिताश्री, आपकी पुत्री मर्यादा-विरुद्ध कार्य कर सकती है भला! आप इन्हीं से सारी बातें पूछ लें।''

च्यवन ऋषि ने महाराज शर्याति एवं रानी को आदरपूर्वक आसन पर बिठाया और उन्हें विस्तार से सारी बात बताते हुए बोले, ''राजन्! आप अपने मन से संदेह को निकाल दें। आपकी पुत्री एक श्रेष्ठ पतिव्रता नारी है। उसके विषय में ऐसा सोचना भी पाप है।''

ऋषि से सुकन्या के सतीत्व और पत्नी-धर्म के बारे में जानकर राजा शर्याति और महारानी अत्यंत हर्षित हुए। उन्होंने सुकन्या को प्रेमपूर्वक सीने से लगा लिया। तब च्यवन ऋषि विनम्रतापूर्वक शर्याति से बोले, ''राजन्, मैं आपके राज्य में एक यज्ञ करना चाहता हूँ, जिससे कि अश्विनीकुमारों को सोमरस पीने का अधिकारी बनाकर मैं अपनी प्रतिज्ञा पूर्ण कर सकूँ। यदि यज्ञ में इंद्र कुपित होंगे तो मैं अपने तप के तेज से उन्हें शांत कर दूँगा।''

'च्यवन ऋषि उनके राज्य में यज्ञ करेंगे', यह सोचकर ही राजा शर्याति का मन प्रसन्नता से खिल उठा।

सारी व्यवस्था संपन्न हो जाने पर च्यवन ऋषि ने राजा शर्याति से यज्ञ करवाना आरंभ कर दिया। उस महायज्ञ में इंद्र आदि सभी देवता आए थे। सोमरस पीने की इच्छा से दोनों अश्विनीकुमार भी वहाँ आए थे।

जब च्यवन ऋषि अन्य देवताओं के साथ अश्विनीकुमारों को भी सोमरस देने लगे, तब देवराज इंद्र उन्हें रोकते हुए बोले, ''मुनिश्रेष्ठ, अश्विनीकुमार चिकित्सा का कार्य करते हैं। इन्हें सोमरस पीने का अधिकार नहीं है। आप इन्हें सोमरस मत दीजिए।''

तब च्यवन ऋषि मधुर स्वर में बोले, ''देवेंद्र, सूर्यकुमारों में ऐसा कौन सा दोष है, जिसके कारण आप इन्हें सोमरस पीने के अयोग्य बता रहे हैं? ये मेरे द्वारा सोमरस पीने के अधिकारी बनाए जा चुके हैं। अतः अब मैं इन्हें सोमरस पिलाकर रहूँगा।''

इंद्र ने च्यवन ऋषि को अनेक प्रकार से समझाया, किंतु वे नहीं माने। यह देख इंद्र ने क्रुद्ध होकर च्यवन ऋषि पर वज्र का प्रहार किया। च्यवन ऋषि ने भी कुपित होकर यज्ञ-वेदी से 'मद' नामक एक विशाल और भयानक दैत्य उत्पन्न कर दिया। दैत्य मद ने अपने मुख से वज्र को पकड़ लिया और इंद्र पर आक्रमण कर दिया। दैत्य की भयानक आकृति देखकर इंद्र भयभीत हो गए और बृहस्पति की शरण में गए। देवगुरु बृहस्पति ने उन्हें वापस च्यवन ऋषि की शरण में जाने को कहा। इंद्र च्यवन ऋषि के चरणों में गिर पड़े और गिड़गिड़ाते हुए बोले, "ऋषिश्रेष्ठ, मेरा अपराध क्षमा करें। मुझे आपका निर्णय स्वीकार है। आज से अश्विनीकुमार सोमरस पीने के अधिकारी मान लिये जाएँगे। इस यज्ञ के साथ ही राजा शर्याति की कीर्ति भी जगत् में अक्षुण्ण बनी रहेगी। आप मद नामक इस भयंकर दैत्य से मेरी रक्षा करें।"

इंद्र की प्रार्थना से च्यवन ऋषि का क्रोध शांत हो गया। उन्होंने स्त्री-प्रसंग, मदिरापान, द्यूत, शिकार और अन्य असामाजिक स्थानों पर मद के रहने की व्यवस्था कर दी। तत्पश्चात् देवराज इंद्र को सोमरस पिलाया। इसके बाद अश्विनीकुमारों एवं अन्य देवताओं को सोमरस पीने की आज्ञा दी गई। इस प्रकार च्यवन ऋषि की कृपा से अश्विनीकुमार सोमरस पीने के अधिकारी बन गए।

□

लक्ष्मी की उत्पत्ति

एक बार कैलास मार्ग में देवराज इंद्र की भेंट ऋषि दुर्वासा से हुई। उन्होंने उनका यथोचित सत्कार किया। इससे प्रसन्न होकर ऋषि ने इंद्र को भगवान विष्णु का पारिजात नामक पुष्प प्रदान किया। लेकिन इंद्र के हाथ से पुष्प नीचे गिर गया और उसे ऐरावत ने अपने पैर से कुचल दिया।

दिव्य पुष्प का तिरस्कार होते देख महाक्रोधी दुर्वासा गरज उठे, ''इंद्र! तुमने 'श्री' और बल के मद में भरकर भगवान विष्णु के प्रिय पुष्प का घोर अपमान किया है। मैं शाप देता हूँ कि तुम इसी समय वैभव, 'श्री' और बल से हीन हो जाओ!''

शाप के कारण लक्ष्मी उसी समय स्वर्ग से अदृश्य हो गईं; देखते-ही-देखते देवगण तेजहीन और बलहीन हो गए। यह बात जब दैत्यों को पता चली तो उन्होंने दैत्यराज बलि के नेतृत्व में स्वर्ग पर आक्रमण कर दिया और देवताओं को परास्त कर तीनों लोकों पर अपना अधिकार कर लिया।

प्राण बचाकर ब्रह्माजी सहित सभी देवगण भगवान विष्णु की शरण में पहुँचे और शाप की बात बताकर उनसे सहायता की प्रार्थना की। श्रीविष्णु सांत्वना देते हुए बोले, ''इस समय तप-बल के कारण दैत्य अधिक शक्ति संपन्न हो गए हैं। शाप के कारण देवगण उन्हें परास्त नहीं कर सकते। अतएव सर्वप्रथम शाप का निवारण आवश्यक है। हे देवेंद्र! क्षीर-सागर का मंथन करो। इस मंथन के फलस्वरूप अनेक दिव्य पदार्थों के साथ-साथ तुम्हें अमृत प्राप्त होगा, जिसके सेवन से देवगण सदा के लिए अजेय-अमर हो जाएँगे। किंतु दैत्यों की सहायता लिये बिना इस दुष्कर कार्य को करना असंभव है। इसलिए तुम दैत्यों के साथ संधि करके उन्हें इस कार्य के लिए तैयार करो। इसके बाद तुम्हारे सभी कार्य सफल होते चले जाएँगे।''

देवराज इंद्र ने उसी समय दैत्यराज बलि के पास जाकर उनसे संधि कर ली। तदंतर दिव्य पदार्थों का लालच देकर उसे समुद्र-मंथन के लिए तैयार कर लिया।

निश्चित दिन मंथन प्रारंभ हुआ; मंदराचल पर्वत को मथानी तथा वासुकि नाग को रस्सी बनाया गया। मंदराचल के हिलने से समुद्र में भयंकर लहरें उठने लगीं। इसके फलस्वरूप समुद्र से सर्वप्रथम कालकूट नामक भयंकर विष प्रकट हुआ। उससे निकलनेवाली ज्वालाओं से संपूर्ण सृष्टि जलने लगी। चारों ओर हाहाकार मच गया। तब सृष्टि के कल्याण के लिए भगवान शिव उस भयंकर विष को पी गए। विष के प्रभाव से उनका कंठ नीला पड़ गया। तभी से भगवान शिव 'नीलकंठ' के नाम से प्रसिद्ध हुए।

पुनः मंथन आरंभ हुआ। एक-एक कर उसमें से उच्चैःश्रवा नामक घोड़ा, ऐरावत हाथी, कौस्तुभ मणि तथा कल्पवृक्ष निकले, जिन्हें दैत्यों और देवताओं ने परस्पर बाँट लिया। तदंतर समुद्र से वरमाला लिये देवी लक्ष्मी प्रकट हुईं। उनका रूप-सौंदर्य देखकर सभी मोहित हो गए। दैत्यराज बलि उन्हें प्राप्त करना चाहता था; लेकिन देवी लक्ष्मी ने भगवान विष्णु के गले में वरमाला डालकर उनका वरण किया। समुद्र से उत्पन्न होने के कारण लक्ष्मी समुद्र की पुत्री कहलाईं।

अंत में आयुर्वेद के ज्ञाता धन्वंतरि वैद्य अमृत-कलश लेकर निकले। अमृत पाने के लिए देवताओं और दैत्यों में भयंकर युद्ध छिड़ गया। तब भगवान विष्णु ने मोहिनी रूप धारण करके देवताओं को अमृत पिलाया।

इस प्रकार समुद्र-मंथन के बाद देवगण बल एवं 'श्री' से संपन्न हो गए। तत्पश्चात् उन्होंने दैत्यों को पराजित कर पुनः स्वर्ग पर अधिकार कर लिया।

□

दिव्य बालक

हैहय वंश में कार्तवीर्य नाम का एक प्रसिद्ध राजा हुआ। सदा धर्म में तत्पर रहनेवाले उस राजा की एक हजार भुजाएँ थीं, इस कारण उसका एक अन्य नाम सहस्रार्जुन भी था। भगवती जगदंबा उस राजा की इष्ट-देवी थीं। सहस्रार्जुन का अधिकतर समय दान-धर्म में बीतता था। उसने अनेक यज्ञ करके अपनी प्रचुर धन-संपदा भृगुवंशी ब्राह्मणों को दान कर दी थी। इस प्रकार भृगुवंशी ब्राह्मण अत्यंत धनी हो गए थे। सहस्रार्जुन ने अनेक वर्षों तक पृथ्वी पर राज्य किया और अंत में मोक्ष को प्राप्त हुआ।

उसकी मृत्यु के पश्चात् धीरे-धीरे हैहयवंशी क्षत्रियों की वैभवता समाप्त हो गई और वे निर्धन हो गए। एक समय की बात है, हैहयवंशी क्षत्रियों को धन की विशेष आवश्यकता पड़ी। सहायता माँगने के उद्देश्य से वे भृगुवंशी ब्राह्मणों के पास गए और नम्रतापूर्वक उनसे धन प्रदान करने की याचना की। किंतु उन लोभी ब्राह्मणों की बुद्धि भ्रष्ट हो चुकी थी। उन्होंने कहा, "भिक्षा पर जीवन व्यतीत करनेवाले हम तपस्वियों के पास धन कहाँ!" और उन्होंने सहायता करने से मना कर

दिया। हैहयवंशी क्षत्रिय निराश होकर लौट गए। इधर ब्राह्मणों ने हैहयवंशी क्षत्रियों के भय से अपना धन भूमि में दबा दिया। किंतु गुप्तचरों के माध्यम से उन्हें ब्राह्मणों की इस कुटिलता का पता चल गया।

सच्चाई का पता लगाने के लिए वे भृगुवंशी ब्राह्मणों के आश्रम में पहुँचे और आश्रम की भूमि खोदने लगे। शीघ्र ही उनके सामने धन का एक विशाल ढेर लग गया। यह देखकर वे क्रोधित हो गए और उन्होंने उन ब्राह्मणों पर आक्रमण कर दिया। ब्राह्मण अपने प्राणों की रक्षा के लिए पर्वत की कंदराओं में छिप गए। हैहयवंशी क्षत्रिय वहाँ भी पहुँच गए और भृगु वंश का संहार करते हुए वे इस भूमंडल पर घूमने लगे। जहाँ कहीं भी भृगु वंशज मिलते, उन्हें तीखे बाणों से मारकर मृत्यु के मुँह में पहुँचा देना अब उनका मुख्य कार्य बन गया था।

इस प्रकार हैहयवंशी क्षत्रिय अनेक वर्षों तक ब्राह्मणों का संहार करते रहे। उन्होंने भृगु वंश के प्राय: संपूर्ण ब्राह्मणों का संहार कर दिया। अब वे भृगु वंश की स्त्रियों को अपार पीड़ा पहुँचाने लगे। उनके भय से वे स्त्रियाँ अपना घर-परिवार छोड़कर हिमालय पर्वत पर चली गईं। उन्होंने गंगा नदी के तट पर भगवती माता की एक प्रतिमा बनाई और निराहार रहकर उसके सामने उपासना करने लगीं। उन्हें भगवती की उपासना करते हुए अनेक दिन बीत गए।

भृगुवंश की स्त्रियों की उपासना से प्रसन्न होकर भगवती माता उनके स्वप्न में आईं और उनसे बोलीं, ''हे पुत्रियो! चिंता त्याग दो। तुम्हारी रक्षा के लिए तुममें से ही एक स्त्री से एक वीर, पराक्रमी और बलशाली पुत्र उत्पन्न होगा। मेरा अंशभूत वह बालक तुम्हारा कार्य संपन्न करेगा।'' इस प्रकार उन दु:खी स्त्रियों को सांत्वना देकर जगदंबिका माता अंतर्धान हो गईं। माता जगदंबिका के वर से उन स्त्रियों का भय कम हो गया।

उनमें से केवल एक स्त्री गर्भवती थी।

हैहयवंशी क्षत्रियों को जब यह पता चला कि भृगु वंश की स्त्रियाँ हिमालय पर्वत पर निवास कर रही हैं तो वे वहाँ पहुँचकर उनका वध करने लगे। यह देखकर गर्भवती स्त्री भयभीत हो गई और रोने लगी। गर्भस्थ बालक ने जब सुना कि माता रो रही है, उसकी अवस्था बड़ी दयनीय है, कोई भी उसका रक्षक नहीं है, तब वह अपनी माँ की जंघा चीरकर बाहर निकल आया। वह बालक ऐसा प्रतीत होता था, मानो साक्षात् सूर्यदेव हो। बालक की ओर देखते ही सब क्षत्रिय तत्क्षण दृष्टिहीन हो गए।

उनके मन में यह विचार उत्पन्न हुआ कि वे सब उस बालक को देखते ही दृष्टिहीन हो गए, अवश्य ही वह बालक उस ब्राह्मणी के सतीत्व का तेज है। यह सोचकर वे दृष्टिहीन हैहयवंशी क्षत्रिय उस पतिव्रता ब्राह्मणी के चरणों में गिर गए और उससे विनती करते हुए बोले, ''हे माता! पापी बुद्धि हो जाने के कारण हम क्षत्रियों से इतना बड़ा अपराध हो गया है। इसी के कारण हम सब दृष्टिहीन हो गए हैं। हे देवी! अब हम तुम्हारी शरण में हैं। तुम महान् तपोबल से संपन्न हो। अतः हमें पुनः दृष्टि प्रदान करने की कृपा करो। हम वचन देते हैं कि अब कभी किसी प्राणी को नहीं सताएँगे। अज्ञानवश हमसे जो अपराध हो गया है, उसे क्षमा कर दो।''

उनकी विनती सुनकर ब्राह्मणी के आश्चर्य की सीमा न रही। हाथ जोड़े सामने खड़े उन दृष्टिहीन क्षत्रियों को आश्वासन देकर क्षमाशीला ब्राह्मणी ने कहा, ''क्षत्रियो! मेरी जंघा से उत्पन्न इस बालक ने तुम्हारे नेत्रों की ज्योति छीन ली है। तुम लोग सौ वर्षों से निरपराध भृगुवंशियों को मारते आ रहे हो। उन सबके तेज के रूप में सौ वर्षों से यह बालक मेरी कोख में पलता रहा। आज यह भगवती की कृपा से यहाँ प्रकट हुआ है। अपने अपराधों की क्षमा तुम इस दिव्य बालक से ही माँगो।''

वह बालक वहाँ एक श्रेष्ठ मुनि के रूप में विराजमान था। हैहयवंशी क्षत्रियों ने उसके चरणों में मस्तक झुका दिए और क्षमा माँगते हुए विनीत स्वर में बोले, ''हे दिव्य तेजधारी मुनिकुमार! यद्यपि हमारा अपराध क्षमा योग्य नहीं है, तथापि आप अत्यंत दयालु और परम तपस्वी हैं। कृपया हमारे अपराधों के लिए हमें क्षमा करें।''

तब वह दिव्य बालक बोला, ''हे क्षत्रियो! प्रायश्चित्त से सभी पाप धुल जाते हैं। क्रोध में आकर तुमने सैकड़ों निरपराध लोगों की हत्या की है। अब तुम क्रोध को त्यागकर अपना ध्यान माता भगवती की आराधना में लगाओ। माता भगवती परम दयालु और भक्त-वत्सला हैं। वे ही तुम्हारे अपराधों को क्षमा करके तुम्हें पापमुक्त कर सकती हैं।''

फिर उस तेजस्वी बालक ने क्षत्रियों की नेत्र-ज्योति लौटा दी। हैहयवंशी क्षत्रिय मुनिकुमार से आज्ञा लेकर लौट गए और भगवती जगदंबा की उपासना करने लगे। इधर ब्राह्मणी भी उस दिव्य बालक को लेकर अपने घर लौट आई और उसका पालन-पोषण करने लगी। इस प्रकार देवी की कृपा से उत्पन्न उस दिव्य बालक ने भृगुवंश को आगे बढ़ाया।

□

स्वायंभुव मनु

ब्रह्माजी जब सृष्टि-रचना के लिए उद्यत हुए तो उन्होंने अपने अंश से स्वायंभुव नामक मनु और शतरूपा को प्रकट किया। ब्रह्माजी के मानस पुत्र होने के कारण मनु उन्हीं के समान बुद्धिमान, तपस्वी और तेजयुक्त थे। ब्रह्माजी ने मनु और शतरूपा का विवाह कर दिया। तदंतर वे उनसे बोले, "वत्स, मैंने तुम्हारी उत्पत्ति मैथुनी सृष्टि का आरंभ करने के लिए की है। अब तुम दोनों परस्पर समागम करके इस सृष्टि को आगे बढ़ाओ। किंतु उससे पूर्व भगवान विष्णु को प्रसन्न कर उनसे आशीर्वाद प्राप्त करो। परंब्रह्म भगवान विष्णु की कृपादृष्टि से तुम अपने कार्यों को उचित प्रकार से पूर्ण कर पाओगे।"

ब्रह्माजी की आज्ञा से स्वायंभुव मनु क्षीरसागर के तट पर गए। वहाँ उन्होंने भगवान विष्णु की मूर्ति स्थापित करके घोर तपस्या आरंभ कर दी। वे सौ वर्षों तक निराहार रहकर एक पैर पर खड़े रहे और श्रीविष्णु के 'ॐ नारायण' मंत्र का जाप करते रहे।

अंततः भगवान विष्णु साक्षात् प्रकट होकर बोले, "हे वत्स! तुम्हारी तपस्या ने मुझे आने के लिए विवश कर दिया है। इच्छित वरदान माँगो वत्स, मैं तुम्हारी प्रत्येक मनोकामना पूर्ण करूँगा।"

मनु बोले, "भगवन्! आप भक्तों का कल्याण करनेवाले हैं। आप ही परंब्रह्म रूप में ब्रह्मांड के कण-कण में विद्यमान हैं। आपका तेज ही सूर्य का रूप धारण करके संपूर्ण जगत् को प्रकाशित करता है। भगवन्! आप संसार की उत्पत्ति, पोषण तथा संहार करनेवाले हैं। आपकी कृपा से ही इंद्रादि देवगण विभिन्न अलंकारों से सुशोभित होते हैं। हे प्रभु! ब्रह्माजी ने मुझे और शतरूपा को मैथुनी सृष्टि की रचना का कार्य सौंपा है। इस कार्य को प्रारंभ करने से पूर्व मैं आपका आशीर्वाद चाहता हूँ। साथ ही आप वरदान

दीजिए कि मेरा प्रत्येक कार्य बिना विघ्न के पूर्ण हो जाए। हे दयानिधान! आपकी कृपा से मेरी बुद्धि सदैव सात्त्विक रहे। आपके उपासक सभी कष्टों से मुक्त होकर आपके श्रीचरणों में स्थान पाएँ।''

भगवान विष्णु बोले, ''वत्स, तुम्हारी निस्स्वार्थ भक्ति ने मेरे मन को मोह लिया है। तुमने केवल एक वरदान में ही संपूर्ण सृष्टि का कल्याण माँग लिया है। वत्स, मैं वरदान देता हूँ कि तुम्हारी समस्त इच्छाएँ पूर्ण होंगी। जो भी सच्चे हृदय से मेरी पूजा-उपासना करेगा, मैं उसके सभी कष्टों को हर लूँगा। मेरी शरण में आनेवाला कभी भी खाली हाथ नहीं लौटेगा। हे वत्स! मेरे आशीर्वाद से तुम्हें असंख्य संतानों की प्राप्ति होगी। तुम्हारा यश, वैभव और पराक्रम सहस्रों वर्षों तक बना रहेगा। अंत में तुम्हें मेरा परमधाम प्राप्त होगा।''

इस प्रकार स्वायंभुव मनु को वरदान देकर भगवान विष्णु अंतर्धान हो गए। तदंतर मनु और शतरूपा ने मैथुनी सृष्टि का प्रारंभ किया। स्वायंभुव प्रथम मन्वंतर के मनु कहे गए हैं।

□

चंद्रमा को वरदान

चंद्रमा महर्षि अत्रि के पुत्र थे। उन्होंने दस हजार वर्षों तक कठोर तपस्या कर ब्रह्माजी को प्रसन्न किया और वरदानस्वरूप औषधियों, जल तथा ब्राह्मणों के अधिपति बने। उनका विवाह प्रजापति दक्ष की सत्ताईस कन्याओं के साथ हुआ। लेकिन इस सम्मान, वैभव और ऐश्वर्य ने उन्हें अहंकारी बना दिया।

एक बार चंद्रदेव किसी कारणवश देवगुरु बृहस्पति से मिलने उनके आश्रम में गए। लेकिन उस समय बृहस्पति आश्रम में नहीं थे। वहाँ उनकी दृष्टि देवगुरु की पत्नी तारा

पर पड़ी। सुंदरता और यौवन से परिपूर्ण तारा को देख चंद्रमा मोहित हो गए। काम-पाश ने उन्हें जकड़ लिया। वे उचित-अनुचित का ज्ञान भूल गए और तारा के रूप-यौवन की प्रशंसा करते हुए प्रेम-निवेदन करने लगे। तारा क्रोध में भरकर बोली, "चंद्रदेव, काम में अंधे होकर आप भूल रहे हैं कि मैं आपके गुरु की पत्नी हूँ। गुरु-पत्नी माता के समान होती है। उस पर कुदृष्टि रखनेवाला घोर पाप का भागी बनता है। इसलिए उचित यही है कि आप यहाँ से चले जाएँ।"

तारा के बाण रूपी तीक्ष्ण शब्दों ने चंद्रमा को विचलित कर दिया। वे पहले ही काम की आग से प्रताड़ित थे; इन शब्दों ने उसमें घी डालने का काम किया। अतः उन्होंने बलपूर्वक तारा का हरण कर लिया।

इधर, आश्रम में लौटने पर बृहस्पति को सारी घटना ज्ञात हुई। उन्होंने देवराज इंद्र को चंद्रमा की इस धृष्टता के बारे में बताया। देवराज इंद्र ने चंद्रमा को आदेश दिया कि वे उसी समय तारा को लौटा दें; किंतु बल और ऐश्वर्य के मद में चूर चंद्रमा ने उनकी बात अनसुनी कर दी।

अपनी अवज्ञा से इंद्र क्रुद्ध हो उठे और उन्होंने अन्य देवताओं के साथ चंद्रमा पर आक्रमण कर दिया। परंतु परम पराक्रमी चंद्रमा को पराजित करना आसान नहीं था। उन्होंने अकेले ही इंद्र सहित समस्त देवसेना को धूल चटा दी। पराजित इंद्र ने भगवान शिव की शरण ली। चंद्रमा के नीच कर्म के बारे में सुनकर शिव क्रोधित होकर युद्धभूमि में आ डटे। इस सृष्टि में ऐसा कौन है जो परंब्रह्म शिव के समक्ष टिक सके! उनके हुँकार मात्र से ही दसों दिशाएँ काँप उठीं।

अपने प्राण संकट में देखकर चंद्रमा ने तारा को लौटा दिया और भगवान शिव से क्षमा माँग ली।

लेकिन चंद्रमा ने गुरु-पत्नी के साथ समागम करने का घोर अपराध किया था, इसके फलस्वरूप वे क्षय रोग से पीड़ित होकर कांतिहीन हो गए। ऐसी स्थिति में ब्रह्माजी ने उन्हें भगवान शिव की पूजा-आराधना कर उन्हें प्रसन्न करने के लिए कहा।

चंद्रमा ने प्रभासक्षेत्र में शिवलिंग की स्थापना की और महामृत्युंजय मंत्र का जाप करते हुए कठोर तप करने लगे। इसी प्रकार अनेक महीने व्यतीत हो गए। उनके तप के तेज से संपूर्ण सृष्टि जलने लगी।

अंततः भगवान शिव साक्षात् प्रकट हुए और उन्हें मनोवांछित वरदान माँगने के लिए कहा। चंद्रदेव विनीत स्वर में बोले, "भगवन्! कामातुर होकर मैंने गुरु-पत्नी के

साथ दुष्कर्म करने का घोर पाप किया था। उसके कारण मेरा संपूर्ण शरीर पापग्रस्त होकर तेजहीन हो गया है। प्रभु, मुझे इस पाप से मुक्त करने की कृपा करें।''

भगवान शिव बोले, ''चंद्रदेव! तुमने जो पाप किया है, उसे कभी नष्ट नहीं किया जा सकता। परंतु मैं तुम्हारी तपस्या से अत्यंत प्रसन्न हूँ, इसलिए वरदान देता हूँ कि तुम्हारी कांति एक पक्ष में क्षीण होकर दूसरे पक्ष में पुनः बढ़ने लगेगी।'' तदंतर वे अंतर्धान हो गए।

तभी से चंद्रमा का तेज कृष्ण पक्ष में कम होने लगा, जबकि शुक्ल पक्ष में बढ़ने लगा। उनका पूर्ण रूप से कांतिहीन हो जाना अमावस्या कहलाता है, जबकि पूर्णिमा में वे पूरी तरह से कांतियुक्त होते हैं। उन्होंने जिस स्थान पर बैठकर तपस्या की थी, वह स्थान 'सोमेश्वर तीर्थ' के नाम से प्रसिद्ध हुआ।

□

स्त्री बनी पुरुष

सृष्टिकाल के आरंभ की घटना है, भगवान शंकर किसी वन में देवी पार्वती के साथ विहार कर रहे थे। उसी समय उनके दर्शनों की अभिलाषा से कुछ मुनिगण वहाँ पहुँचे। भगवान शिव और देवी पार्वती प्रेमालाप कर रहे थे। मुनिगण को देखकर पार्वतीजी लज्जित हो गईं। पार्वती की यह दशा देखकर भगवान शिव ने उस वन को शाप देते हुए कहा, ''आज से जो पुरुष इस वन में प्रवेश करेगा, वह स्त्री हो जाएगा।''

उसी समय से पुरुषों ने उस स्थान पर जाना बंद कर दिया और वह क्षेत्र शिव-पार्वती का सुरक्षित प्रणय-स्थल बन गया।

एक बार मुनि श्राद्धदेव के पुत्र सुद्युम्न शिकार खेलते हुए उस वन में आ निकले तो वे तत्क्षण एक सुंदर स्त्री में परिवर्तित हो गए। उनका घोड़ा भी घोड़ी बन गया। स्त्री बनते ही सुद्युम्न अपनी पुरानी बातें भूल गए और वन में यहाँ-वहाँ भटकने लगे। उस वन के निकट ही भगवान बुध (जो बाद में बुध ग्रह बने) का आश्रम था। स्त्री के रूप में सुद्युम्न वहाँ पहुँचे, तो बुध उन पर मोहित हो गए। बुध ने स्त्री बने सुद्युम्न का नाम 'इला' रख दिया। फिर दोनों ने प्रेम-विवाह कर लिया। इला उसी आश्रम में बुध के साथ रहने लगीं। कुछ समय पश्चात् इला ने एक पुत्र को जन्म दिया, जिसका नाम 'पुरूरवा' रखा गया।

बुध के आश्रम में स्त्री बने सुद्युम्न को वर्षों बीत गए। एक दिन इला को अपना पिछला जीवन याद आ गया। वे दुःख के सागर में डूब गईं और फिर एक दिन बुध से अनुमति लेकर अपने गुरु वसिष्ठ के आश्रम पर पहुँचीं। उन्होंने मुनि वसिष्ठ से पुनः

पुरुष होने की इच्छा प्रकट की। योगबल से वसिष्ठ को सुद्युम्न की सारी स्थिति ज्ञात हो गई। वसिष्ठजी कैलास पर्वत पर भगवान शिव के धाम पहुँचे और सुद्युम्न को स्त्री से पुनः पुरुष बनाने की प्रार्थना करने लगे।

वसिष्ठ की स्तुति से प्रसन्न होकर भगवान शिव ने कहा, ''सुद्युम्न एक महीने पुरुष रहेगा और एक महीने स्त्री।''

भगवान शिव से वरदान प्राप्त करके सुद्युम्न अपने राज्य में आ गए। वापस आकर उन्होंने पुनः राज्य का कार्यभार सँभाल लिया। स्त्री-रूप में परिवर्तित होने पर वे महल में रहते और पुरुष-रूप में होने पर राजदरबार में। पुरूरवा जब युवा हुए तो सुद्युम्न ने उन्हें राजगद्दी सौंपी और स्वयं वन में जाकर देवी भगवती की स्तुति करने लगे। तपस्या करते-करते सुद्युम्न इला नामक स्त्री बन गए थे। एक दिन देवी दुर्गा ने प्रसन्न होकर इला को अपने दिव्य रूप के दर्शन दिए और वर माँगने के लिए कहा।

इला बोलीं, ''हे माता! आपकी शक्ति अपरंपार है। ब्रह्मा, विष्णु, शिव, इंद्र आदि सभी देवगण आपके चरणों की वंदना करते हैं। आप स्त्री को पुरुष और पुरुष को स्त्री बनाने की शक्ति रखती हैं। कृपया मुझे भी स्त्री से पुरुष बनाने की दया करें।''

इला की कातर पुकार सुनकर देवी ने उन्हें तत्क्षण स्त्री से पुरुष बना दिया। सुद्युम्न भक्तिभाव से भरकर बोले, ''हे माँ! मेरी एक अभिलाषा और पूर्ण करें। मुझे सदा के लिए अपने चरणों में स्थान दें।''

भगवती ने अत्यंत प्रसन्न होकर शरणागत सुद्युम्न को सशरीर अपने परम धाम भेज दिया।

□

राजा सगर

इक्ष्वाकु वंश में बाहु नामक एक विलासी और दुराचारी राजा हुए। उन्होंने अनेक विवाह किए। यद्यपि उनकी रानियाँ उन्हीं के समान अहंकारी और ईर्ष्यालु स्वभाव की थीं; लेकिन उनमें यादवी नामक एक रानी ऐसी भी थी जो परम साध्वी और सदा ईश्वर-भक्ति में लीन रहनेवाली थी। ब्राह्मणों की सेवा करना, दान-दक्षिणा देना, भूखों को खाना खिलाना उसे अत्यंत प्रिय था। इन्हीं सद्‌गुणों के कारण प्रजा उसका बहुत सम्मान करती थी। राजा बाहु भी यादवी को अत्यंत प्रेम करते थे। इसलिए वे उसके किसी भी कार्य में बाधा नहीं डालते थे।

यादवी की यश-प्रसिद्धि और राजा बाहु के उसके प्रति अगाध प्रेम ने अन्य रानियों को ईर्ष्या से भर दिया। वे यादवी को नीचा दिखाने के लिए उचित अवसर ढूँढ़ने लगीं।

एक बार राजा बाहु के महल में एक परम तेजस्वी साधु पधारे। यादवी ने उनका यथोचित आदर-सत्कार किया और उन्हें भोजन करवाया। उसके निस्स्वार्थ सेवाभाव से साधु अत्यंत प्रसन्न हुए और मनोवांछित वर माँगने के लिए कहा। यादवी बोली, "हे मुनिवर! ईश्वर की कृपा से मेरे पास सबकुछ है। धन-धान्य के अथाह भंडार, असंख्य दासियाँ, वस्त्राभूषण–सब मेरे लिए सुलभ हैं। किंतु कमी है तो केवल एक ऐसे दीपक की, जो इस वंश को आगे बढ़ा सके। अतएव आप मुझे एक योग्य और वीर पुत्र की माता बनने का वरदान प्रदान करें।"

'तथास्तु' कहकर साधु ने उसे पुत्रवती होने का वरदान दे दिया।

कुछ दिनों बाद यादवी गर्भवती हो गई। जब यह बात अन्य रानियों को पता चली तो उनका रोम-रोम ईर्ष्या से जल उठा। 'यादवी राज्य के उत्तराधिकारी को जन्म देगी; राजा बाहु उसे और अधिक प्रेम करने लगेंगे; यादवी के सामने उनका अस्तित्व एवं

प्रभाव समाप्त हो जाएगा; सभी उन्हें तिरस्कृत भाव से देखेंगे'–ये बातें रहकर-रहकर उनके मन-मस्तिष्क में उठने लगीं। कुविचारों ने उनकी बुद्धि हर ली और वे यादवी को मार्ग से हटाने का षड्यंत्र रचने लगीं।

एक दिन अवसर पाकर उन्होंने यादवी के भोजन में भयंकर विष मिला दिया। परंतु साधु के वरदान और यादवी के तप के प्रभाव के कारण गर्भ में जाकर विष निष्प्रभावी हो गया।

उन्हीं दिनों हैहयवंशी राजा ने बाहु पर आक्रमण कर उनका राज्य छीन लिया। बाहु यादवी को लेकर वन में आ गए और वहीं निवास करते हुए अंततः उन्होंने प्राण त्याग दिए। पति के बिना जीवित रहने की कल्पना यादवी के लिए असह्य थी। अतएव वह भी प्राण त्यागने का निश्चय कर चिता पर बैठ गई।

तभी वहाँ महर्षि और्व आ पहुँचे। वे उसे रोकते हुए बोले, "हे पुत्री! इस समय तुम्हारे गर्भ में इक्ष्वाकु वंश का एक महान् राजा पल रहा है। पति के उपरांत इसकी रक्षा करना ही तुम्हारा सबसे बड़ा कर्तव्य है। इसलिए प्राण त्यागने का विचार अपने मन से निकाल दो।" तत्पश्चात् वे उसे अपने आश्रम में ले आए।

उचित समय पर यादवी ने एक तेजस्वी पुत्र को जन्म दिया। चूँकि बालक का जन्म 'गर' (विष) के साथ हुआ था, इसलिए उसका नाम 'सगर' रखा गया। युवा होने पर परम पराक्रमी सगर ने हैहयवंशी राजाओं को पराजित कर अपना राज्य पुनः प्राप्त किया।

□

धुंधु

इक्ष्वाकुवंशी राजा वृहदश्व के राज्य में चारों ओर सुख-समृद्धि का शासन था। प्रजा सुखपूर्वक जीवन व्यतीत कर रही थी। चूँकि वृहदश्व वृद्ध हो चले थे, अतः उन्होंने राज्य का कार्यभार अपने पुत्र कुवलाश्व को सौंपा और स्वयं वन-प्रस्थान का निश्चय कर लिया। परंतु जब वे वन को प्रस्थान करने लगे, तभी वहाँ उत्तंक मुनि आ पहुँचे।

उन्होंने बृहदश्व का मार्ग रोक लिया और कठोर स्वर में बोले, ''हे राजन्! जब तक राज्य में पूर्णरूप से शांति नहीं होती तब तक आप कुवलाश्व का राज्याभिषेक करके वन की ओर प्रस्थान नहीं कर सकते। आपका यह कार्य धर्म-विरुद्ध है।''

वृहदश्व विनीत स्वर में बोले, ''मुनिवर! मेरे राज्य में चारों ओर सुख-शांति का वास है। समयानुसार ऋतुएँ राज्य में धन-धान्य की वर्षा करती हैं। ऐसी स्थिति में मेरा वन-प्रस्थान का कार्य किस प्रकार धर्म-विरुद्ध हो सकता है? यदि आपको किसी प्रकार का कष्ट है तो कृपया बेझिझक कहें। मैं वचन देता हूँ कि उसका निदान किए बिना मैं कहीं नहीं जाऊँगा।''

''राजन्, मेरे आश्रम के निकट की गुफा में धुंधु नामक एक भयंकर दैत्य कठोर तपस्या कर रहा है। वह इतना विशालकाय है कि उसके मुख से आँधी के समान निकलनेवाली साँसों से हमारी यज्ञाग्नि प्रज्वलित नहीं हो पाती, जिससे हमारे धार्मिक कार्यों में विघ्न उत्पन्न हो रहा है। उसके कारण यहाँ का संपूर्ण क्षेत्र अपवित्र और असुरक्षित है। उसका संहार कर आप क्षत्रिय-धर्म का पालन करें।'' उत्तंक मुनि ने स्पष्ट शब्दों में सबकुछ बता दिया।

''आप निश्िंचत रहें, मुनिवर! क्षत्रिय अपने धर्म से कभी पीछे नहीं हटते। जब तक

धुंधु का संहार नहीं होता तब तक मैं वन की ओर प्रस्थान नहीं करूँगा।''

तदनंतर दैत्य धुंधु के वध के लिए वृहदश्व ने कुवलाश्व को महर्षि उत्तंक के साथ भेजा।

कुवलाश्व ने अपने सौ पुत्रों के साथ गुफा को चारों ओर से घेर लिया और धुंधु को युद्ध के लिए ललकारने लगे। ललकार सुनकर धुंधु के क्रोध का ठिकाना न रहा। वह तप अधूरा छोड़कर उठ गया और अस्त्र-शस्त्र लेकर युद्ध के लिए आ डटा।

देखते-ही-देखते भयंकर युद्ध छिड़ गया। दोनों ओर से अस्त्र-शस्त्रों का प्रयोग होने लगा। तपोबल के कारण धुंधु का पक्ष दृढ़तर होता जा रहा था। कुछ ही देर में उसने कुवलाश्व के अनेक पुत्रों को काल का ग्रास बना दिया। कुवलाश्व अपने पुत्रों को मरते देखते रहे। ऐसी विकट स्थिति में महर्षि उत्तंक ने भगवान श्रीविष्णु का रक्षा-मंत्र उच्चारित कर कुवलाश्व में विष्णु-शक्ति का तेज स्थापित कर दिया। फिर तो कुवलाश्व साक्षात् भगवान विष्णु के समान तेजवान् होकर धुंधु से युद्ध करने लगे। सर्वप्रथम उन्होंने धुंधु के सभी अस्त्र-शस्त्र नष्ट कर डाले। तत्पश्चात् उन्होंने एक दिव्य बाण चलाकर उसका मस्तक काट डाला।

धुंधु के मरते ही कुवलाश्व पर पुष्पों की वर्षा होने लगी। महर्षि उत्तंक ने प्रसन्न होकर कुवलाश्व को सदैव धन-धान्य से परिपूर्ण रहने तथा यशस्वी होने का आशीर्वाद दिया। इसके बाद कुवलाश्व अपने शेष बचे तीन पुत्रों को लेकर महल में लौट आए। कार्य पूर्ण होने के बाद वृहदश्व भी प्रसन्नतापूर्वक वन की ओर प्रस्थान कर गए। □

पाताल लौट जाओ

महान् तपस्वी महर्षि भृगु के पुत्र महर्षि च्यवन स्नान करने के लिए नर्मदा नदी के तट पर गए। जब वे नदी के जल में उतरने लगे तो एक भयंकर विषधर सर्प ने उन्हें अपने पाश में जकड़ लिया और उन्हें खींचकर पाताल-लोक में ले गया। सर्प के भय से ऋषि च्यवन मुनि मन-ही-मन भगवान विष्णु का स्मरण करने लगे। उन्होंने ज्यों-ज्यों भगवान विष्णु का चिंतन किया, त्यों-त्यों विषधार सर्प का सारा विष समाप्त होता गया। अंततः घबराकर सर्प ने च्यवन ऋषि को बंधन-मुक्त कर दिया और शाप के भय से उनकी स्तुति करने लगा। नाग-कन्याएँ उनकी पूजा करने लगीं। क्षमा-याचना करने पर च्यवन ऋषि ने उसे शाप नहीं दिया।

तत्पश्चात् च्यवन ऋषि ने नागों और दानवों की उस विशाल पाताल पुरी में प्रवेश किया और कई दिनों तक वहाँ भ्रमण करते रहे। एक दिन दैत्यराज प्रह्लाद की दृष्टि उन पर पड़ी। उन्होंने च्यवन ऋषि की पूजा की और पूछा, "भगवन्, आप यहाँ पाताल में कैसे पधारे? देवता सदा से दैत्यों से शत्रुता रखते आए हैं। उन्होंने आपको कहीं दैत्यों का भेद लेने तो नहीं भेजा? कृपया सत्य बात बताने का कष्ट करें।"

च्यवन ऋषि ने प्रह्लाद को अपने वहाँ पहुँचने की पूरी कथा

सुनाई। फिर जब च्यवन ऋषि पृथ्वी पर लौटने लगे तब प्रह्लाद ने पृथ्वी पर किसी पवित्र तीर्थ-स्थल पर जाने की इच्छा प्रकट की। च्यवन ऋषि ने उसे नैमिषारण्य नामक स्थान पर जाने का सुझाव दिया। प्रह्लाद अपने सेवकों के साथ नैमिषारण्य पहुँचा। वहाँ उसने पूजा-अनुष्ठान किए। एक जगह उसे अनेक ऐसे बाण दिखाई दिए, जिन पर गिद्ध के पंख लगे हुए थे। उसके मन में विचार उत्पन्न हुआ कि 'इस परम पुण्य तीर्थ में इन बाणों का क्या काम? कौन यहाँ की शांति भंग करने का प्रयास कर रहा है?' तभी उसकी दृष्टि तपस्यारत नर-नारायण पर पड़ी। उनके सामने धनुष-बाण रखे हुए थे।

यह देखकर दैत्यराज प्रह्लाद क्रोधित होते हुए बोले, "हे पाखंडियो! तुम लोग धर्म को धूल में मिला रहे हो। मैंने संसार में कभी ऐसी स्थिति नहीं देखी। एक ओर तुम तप कर रहे हो और दूसरी ओर तुमने अस्त्र धारण कर रखे हैं। यह धर्माचरण तुम्हें शोभा नहीं देता।" प्रह्लाद के कटु वचन सुनकर नर-नारायण बोले, "दैत्यराज, हमारे तप के विषय में तुम व्यर्थ चिंता मत करो। युद्ध और तपस्या, दोनों में ही हमारी गति है, इसे सारा जगत् जानता है। तुम अपना कार्य करो और हमें अपना धर्म निभाने दो।"

इन कटु शब्दों को प्रह्लाद ने अपना अपमान समझा और नर-नारायण से युद्ध आरंभ कर दिया। यह भीषण युद्ध एक हजार वर्षों तक निरंतर चलता रहा। अंत में भगवान विष्णु वहाँ प्रकट हुए और प्रह्लाद से बोले, "हे पुत्र! ये दोनों सिद्ध पुरुष हैं। इनका अवतार मेरे ही अंश से हुआ है। इनके विषय में तुम्हें कोई आश्चर्य नहीं करना चाहिए। ये जितात्मा तपस्वी नर और नारायण के नाम से विख्यात हैं। तुम इन्हें नहीं जीत सकते। अतः पाताल लौट जाओ।" भगवान श्रीविष्णु की आज्ञा से दैत्यराज प्रह्लाद अपने सेवकों सहित पाताल लौट गया और नर-नारायण पुनः तपस्या में लीन हो गए।

□

याज्ञवल्क्य को वर

याज्ञवल्क्य राजा जनक के पुरोहित थे और अपने गुरु के आश्रम में ही रहकर उनकी सेवा-उपासना करते थे। मुनि याज्ञवल्क्य एक धर्मात्मा, तपस्वी व दयालु स्वभाव के व्यक्ति थे। उनकी किसी बात से रुष्ट होकर एक बार उनके गुरु ने उन्हें शाप दे दिया कि आज से वे अपनी श्रेष्ठ विद्या से रिक्त हो जाएँ और सारा ज्ञान भूल जाएँ। शाप के प्रभाव से उनका सारा ज्ञान नष्ट हो गया।

दुःखी होकर याज्ञवल्क्य ने आश्रम त्याग दिया और कठोर तपस्या के लिए वन की ओर चले गए। उनकी तपस्या से प्रसन्न होकर सृष्टिकर्ता ब्रह्माजी प्रकट हुए। याज्ञवल्क्य ने अनेक प्रकार से उनकी पूजा-उपासना की।

फिर हाथ जोड़कर करुण स्वर में विनती करते हुए बोले, "भगवन, आप सृष्टि के रचनाकार हैं। तीनों लोकों में घटने वाली घटनाओं का आपको पूर्ण ज्ञान है। कोई भी तथ्य आपसे छिपा नहीं रह सकता है। मेरे गुरुदेव ने मुझे शाप दिया है, आप यह भली-भाँति जानते होंगे। हे प्रभु! ज्ञान के बिना मनुष्य-जीवन व्यर्थ है। ज्ञान ही मुक्ति का साधन होता है। ज्ञान के अभाव में मैं भी पशु के समान हो गया हूँ। अतः हे भगवन, यदि आप प्रसन्न हैं तो मुझे इस शाप से मुक्ति प्रदान करें। अन्यथा मैं अपने प्राण त्याग दूँगा।"

याज्ञवल्क्य की बात सुनकर ब्रह्माजी बोले, "वत्स, इस शाप का निदान करना मेरे वश में नहीं है। इसके लिए तुम्हें विद्या की देवी सरस्वती को प्रसन्न करना होगा। वे ही जगत् के प्राणियों को विद्या और ज्ञान प्रदान करती हैं। उनकी कृपा पाकर प्राणी तीनों लोकों में श्रेष्ठ पद प्राप्त करता है। इसलिए तुम उनकी तपस्या करो।"

फिर ब्रह्माजी की आज्ञा से सूर्यदेव ने याज्ञवल्क्य मुनि को सरस्वती मंत्र का उपदेश

दिया। याज्ञवल्क्य ने उस मंत्र को आत्मसात् कर लिया और भगवती सरस्वती की उपासना करने लगे। उन्होंने देवी की एक प्रतिमा स्थापित की और उनका ध्यान करते हुए निरंतर सरस्वती मंत्र का जप करने लगे।

भक्तों को ज्ञान प्रदान करनेवाली सरस्वती माता याज्ञवल्क्य की तपस्या से प्रसन्न होकर उनके समक्ष प्रकट हुईं। तब याज्ञवल्क्य उनकी स्तुति करते हुए बोले, "माते, मुझ पर कृपा करें। मैं निस्तेज हो गया हूँ। गुरु के शाप से मेरी स्मरण-शक्ति लुप्त हो गई है। मैं विद्या से वंचित हो गया हूँ। हे माते! मुझे ज्ञान, स्मृति, विद्या और ग्रंथ-रचना करने की कुशलता प्रदान करके अपना शिष्य बना लें। मैं आपकी शरण में हूँ। मेरी रक्षा कीजिए।"

याज्ञवल्क्य की स्तुति से प्रसन्न होकर भगवती सरस्वती ने उन्हें दिव्य-ज्ञान देकर मनोवांछित वर प्रदान किया। इस प्रकार, देवी सरस्वती की कृपा पाकर मुनि याज्ञवल्क्य सुप्रसिद्ध रचनाकार बने।

□

स्वारोचिष मनु

प्राचीन समय में वरुथिनी नामक अप्सरा ने एक राजा के संसर्ग से स्वारोचिष नामक पुत्र को जन्म दिया। वह अत्यंत सुंदर, वीर और पराक्रमी युवक था। पिता की मृत्यु के बाद स्वारोचिष राजा बना और धर्मपूर्वक राज्य चलाने लगा। उसकी कलावती, मनोरमा और विभावरी नामक तीन रानियाँ थीं। वह अपनी तीनों रानियों को समान प्रेम करता था। विवाह उपरांत उसे विजय, मेरुनंद और प्रभाव नामक तीन पुत्र प्राप्त हुए। पुत्रों के युवा होने पर उसने अपने राज्य को तीन भागों में विभाजित करके

तीनों पुत्रों को उनका राजा बना दिया। तदंतर वह अपनी रानियों के साथ पृथ्वी पर भ्रमण करने लगा।

एक बार स्वारोचिष शिकार खेलने वन में गया। वहाँ उसकी दृष्टि एक वाराह (सूअर) पर पड़ी। उसने शीघ्रता से धनुष पर बाण चढ़ाया और वाराह को मारने के लिए तैयार हो गया। तभी एक मृगी उसके पास आई और विनीत स्वर में बोली, "राजन्! इस वाराह के स्थान पर आप मुझे मार दीजिए। इससे मेरे दुःख का अंत हो जाएगा।"

मृगी के मुख से मनुष्य की बोली सुनकर स्वारोचिष को बड़ा आश्चर्य हुआ। वे मृगी से बोले, "हे मृगी! मैंने आज तक मनुष्य की बोली बोलनेवाली मृगी नहीं देखी। वास्तव में तुम कौन हो? तुम्हें क्या कष्ट है? क्यों तुम अपने प्राण त्यागना चाहती हो? मुझे बताओ, मैं तुम्हारी हरसंभव सहायता करूँगा।"

मृगी बोली, "राजन्! आपको देखकर मेरे मन में प्रेम उमड़ आया है। मैं मन-ही-मन आप पर आसक्त हो गई हूँ। परंतु आप एक मनुष्य हैं, फिर भला मुझसे प्रेम कैसे कर सकते हैं! यही सोचकर मेरा मन दुःखी हो रहा है। राजन्! आप मुझे मारकर मेरे दुःख का अंत कर दें। किंतु मरने से पहले मैं आपका एक बार आलिंगन करना चाहती हूँ।"

जैसे ही स्वारोचिष ने आगे बढ़कर मृगी को बाँहों में भर लिया, वैसे ही मृगी एक सुंदर देवी में परिवर्तित हो गई। यह चमत्कार देखकर स्वारोचिष बड़ा विस्मित हुआ। उसने उस देवी का परिचय पूछा।

वह देवी बोली, "राजन्! मैं इस वन की देवी हूँ। एक मुनि के शाप के कारण मुझे मृगी बनना पड़ा। किंतु आपके आलिंगन से मैं शापमुक्त हो गई हूँ। राजन्! मैं आपसे विवाह करना चाहती हूँ। आप मेरे गर्भ से अपने समान एक तेजस्वी पुत्र उत्पन्न करें।"

स्वारोचिष ने उससे विवाह कर लिया। तदंतर वनदेवी ने एक सुंदर पुत्र को जन्म दिया। उसका नाम 'द्युतिमान' रखा गया। राजा स्वारोचिष का पुत्र होने के कारण उसका एक नाम 'स्वारोचिष' भी पड़ गया। आगे चलकर वह बालक द्वितीय मनु पद पर आसीन हुआ।

□

नर और नारायण

धर्म के पुत्रों नर और नारायण को भगवान विष्णु का अंशावतार कहा गया है। वे दोनों परम तपस्वी और विद्वान् थे। बाल्यकाल से ही उनका मन विष्णु-भक्ति में रमता था। उन्होंने प्रण किया था कि वे आजीवन ब्रह्मचर्य धर्म का पालन करेंगे। तदंतर वे हिमालय पर जाकर कठोर तपस्या में लीन हो गए।

हजारों वर्ष बीत गए। धीरे-धीरे उनके तप के प्रभाव से सभी दिशाएँ प्रज्वलित होने लगीं। उनका तपोबल सूर्य के समान प्रकाशित होने लगा। चारों ओर उनके ब्रह्मचर्य और तपस्या की प्रशंसा होने लगी।

एक बार देवराज इंद्र ऐरावत पर सवार होकर भ्रमण के लिए निकले। मार्ग में गंगा के तट पर अग्नि के दो विशाल पिंड धधकते देखकर वे आश्चर्यचकित रह गए। तभी वहाँ देवर्षि नारद आ निकले। इंद्र ने उन्हें प्रणाम किया और उन अग्नि-पिंडों के बारे में पूछा।

नारदजी बोले, ''देवेंद्र! तपस्या में लीन ये दोनों मुनिकुमार धर्म के पुत्र नर और नारायण हैं। इस समय इनके तप का तेज ही प्रचंड अग्नि का रूप धारण करके बाहर निकल रहा है। इनके समान परम तपस्वी और धर्म-परायण संसार में दूसरा कोई नहीं है।''

''तो क्या नर-नारायण वरदान और शक्ति प्राप्त करके मुझसे भी अधिक शक्तिशाली हो जाएँगे? क्या वे स्वर्ग के सिंहासन की इच्छा लिये तपस्या कर रहे हैं?'' इंद्र के मन का भय अंततः बाहर निकल ही आया।

''देवेंद्र! नर-नारायण भगवान विष्णु के अंशावतार हैं। संसार में इनके लिए कुछ भी असंभव नहीं है। इनका मन जिस वस्तु पर आ जाएगा, उसे ये सहज ही प्राप्त कर

लेंगे। स्वर्ग का सिंहासन इनके लिए मार्ग के पत्थर की तरह है। परंतु फिर भी आपको सचेत रहना चाहिए।'' यह कहकर नारदजी मुसकराते हुए वहाँ से चले गए।

'नर-नारायण के लिए संसार में सबकुछ संभव है', यह सोचकर इंद्र बेचैन हो उठे। उन्होंने उसी समय वसंत एवं कामदेव सहित सोलह हजार अप्सराओं का आह्वान कर उन्हें नर-नारायण की तपस्या भंग करने के लिए भेजा। देखते-ही-देखते वसंत ने चारों ओर अपनी छटा बिखेर दी। पौधों पर पुष्प खिल आए; वृक्ष फलों से लद गए; भौंरे गुंजन करने लगे; अप्सराएँ मधुर कंठ में गाने लगीं।

सहसा नर-नारायण का तप खंडित हो गया। वे आश्चर्यचकित होकर आस-पास देखने लगे। योग-शक्ति द्वारा उन्हें ज्ञात हो गया कि इंद्र ने उनकी तपस्या में विघ्न डालने के लिए ही यह माया रची है। अतएव इंद्र का अभिमान चूर करने के लिए उन्होंने अपनी जंघा (उरु) से ही उर्वशी सहित सोलह हजार अप्सराओं की उत्पत्ति कर दी। यह देखकर स्वर्ग की अप्सराएँ लज्जित हो गईं और नर-नारायण से क्षमा माँगने लगीं। तब प्रसन्न होकर नर-नारायण ने उन्हें वरदान दिया कि द्वापर में वे श्रीकृष्णावतार धारण करके उन्हें पत्नी रूप में स्वीकार करेंगे।

जब देवराज इंद्र को इस बात का पता चला तो वे अन्य देवताओं के साथ नर-नारायण की शरण में आए और अपने अपराध की उनसे क्षमा माँगी। दया के सागर नर-नारायण ने इंद्र को क्षमा कर दिया और उन्हें भेंटस्वरूप उर्वशी सौंप दी। तदंतर वे पुनः तपस्या में लीन हो गए।

द्वापर युग में नर और नारायण ने अर्जुन और श्रीकृष्ण के रूप में अवतार लिया। इस अवतार में श्रीकृष्ण ने अप्सराओं को दिए गए वरदान को पूरा किया।

□

पृथ्वी का दोहन

वेन एक अत्यंत दुराचारी, पापी और निरंकुश राजा था। उसके अत्याचारों से संपूर्ण पृथ्वी पर हाहाकार मचा हुआ था। मद और ऐश्वर्य में डूबकर उसने प्रजा पर अनगिनत अत्याचार किए। राज्य में यज्ञ-हवन करने पर प्रतिबंध लगा दिया। ऐसी विकट स्थिति में सभी ऋषि-मुनि एकत्र होकर उसके पास गए और उसे धर्म का महत्त्व समझाते हुए प्रतिबंध को हटाने के लिए कहा।

वेन पर अहंकार का नशा चढ़ा था; वह हँसते हुए बोला, ''मूर्ख ब्राह्मणो! जिसका कोई अस्तित्व नहीं है, उसकी भक्ति करके तुम अपना समय नष्ट कर रहे हो। वह न तो तुम्हें सुख-ऐश्वर्य प्रदान कर सकता है और न ही तुम्हारी रक्षा कर सकता है। इस संसार में केवल मैं ही सर्वश्रेष्ठ, ज्ञानवान् और परम शक्तिशाली हूँ। इसलिए तुम मेरी भक्ति करो, मेरा पूजन करो और मुझे ही अपने यज्ञ का भाग अर्पित करो।''

ऋषि-मुनियों ने वेन को अनेक प्रकार से समझाने का प्रयास किया, लेकिन उसकी बुद्धि भ्रष्ट हो गई थी; उसने उनकी बात अनसुनी कर दी।

अतएव ऋषि-मुनि क्रोधित होकर बोले, ''वेन! मद और अहंकार ने तुझे विवेकहीन कर दिया है। इसलिए तू परमब्रह्म परमेश्वर से अपनी तुलना करने का दु:साहस कर रहा है। पापी, अब तेरा जीवित रहना संसार के लिए अमंगलकारी है। इसलिए मरने के लिए तैयार हो जा।''

यह कहकर उन्होंने वेन पर आक्रमण कर दिया और कमंडलु से प्रहार करने लगे। वेन ने प्रतिरोध किया, किंतु वह अपनी रक्षा करने में विफल रहा। देखते-ही-देखते उन्होंने उसे यमलोक पहुँचा दिया। तदंतर वे वेन की जंघा को मथने लगे। इसके फलस्वरूप काले रंग का टेढ़े अंगोंवाला एक छोटा पुरुष उत्पन्न हुआ। वह और उसकी

संतान 'निषाद' कहलाई। इसके बाद वेन की भुजाओं का मंथन किया गया। इससे स्त्री-पुरुष का एक जोड़ा प्रकट हुआ। उनके शरीर पर दिव्य चिह्न अंकित थे। इसमें पुरुष 'पृथु' के नाम से, जबकि स्त्री उनकी पत्नी 'अर्चि' के नाम से प्रसिद्ध हुई। ऋषि-मुनियों ने वेन के स्थान पर पृथु का राज्याभिषेक कर दिया।

उन दिनों पापियों के बोझ से व्यथित होकर पृथ्वी ने अन्न सहित संपूर्ण औषधियों को अपने गर्भ में छिपा लिया, जिसके कारण चारों ओर अन्नादि का अभाव हो गया। लोग भूख से पीड़ित होकर मरने लगे। जब पृथु को इसके बारे में पता चला तो वे धनुष पर बाण चढ़ाकर पृथ्वी को दंडित करने चल पड़े। उन्हें आता देख पृथ्वी ने गाय का रूप धारण किया और प्राण बचाकर भागी। लेकिन कहीं भी उसे आश्रय नहीं मिला।

अंततः वह पृथु के समक्ष प्रकट हुई और क्षमा माँगते हुए बोली, "हे राजन्! पापियों के अत्याचारों से व्यथित होकर ही मैंने सभी प्रकार के अन्न को गर्भ में छिपा लिया है। यदि आप उसे पुनः प्राप्त करना चाहते हैं तो मेरा दोहन करें।"

पृथ्वी की करुण विनती से पृथु का मन द्रवित हो गया। उन्होंने स्वयं बछड़ा बनकर उसका दोहन किया। तदंतर उन्होंने अपने तीखे बाणों से पर्वतों को तोड़कर पृथ्वी को समतल कर दिया। इसके बाद उन्होंने पृथ्वी को पुत्री-रूप में स्वीकार किया। राजा पृथु की पुत्री बनने के बाद ही वह पृथ्वी के नाम से प्रसिद्ध हुई।

□

औत्तम मनु

राजा उत्तम का विवाह बहुला नामक राजकुमारी के साथ हुआ। उत्तम अपनी पत्नी से बहुत प्रेम करते थे, किंतु फिर भी बहुला उनसे रुष्ट रहती थी। उसके इस व्यवहार ने धीरे-धीरे उत्तम को उससे दूर कर दिया। एक दिन ऐसा भी आया कि एक साधारण सी बात पर क्रोधित होकर उत्तम ने बहुला का त्याग कर दिया।

पति द्वारा त्यागे जाने पर बहुला वन में चली गई। वहाँ कपोत नामक एक दुराचारी नाग उसे देखकर उस पर मोहित हो गया। वह उसे बलपूर्वक नागलोक में ले आया। कपोत की नंदा नामक एक पुत्री थी। बहुला ने उससे रक्षा की प्रार्थना की। तब नंदा ने बहुला को वहीं एक स्थान पर छिपा दिया।

जब कपोत लौटा तो उसे बहुला कहीं नहीं मिली। उसने नंदा से उसके विषय में पूछा। परंतु उसने कोई जवाब नहीं दिया। बार-बार पूछने पर भी नंदा ने मुख नहीं खोला तो काम में अंधे कपोत ने उसे गूँगी होने का शाप दे दिया। तदंतर वह वहाँ से चला गया। इस प्रकार नंदा ने शाप झेलकर बहुला के चरित्र की रक्षा की।

इधर, उत्तम प्रजा के कष्टों को जानने के लिए रात्रि के समय वेश बदलकर घूमा करते थे। एक रात्रि वे वेश बदलकर नगर में घूम रहे थे। तभी एक घर से उन्हें कर्कश आवाजें आती सुनाई दीं। उन्होंने देखा, निकट घर में एक कुरूप स्त्री तेज स्वर में अपशब्द कह रही थी, जबकि उसका पति उसे मनाने की चेष्टा कर रहा था। एक ब्राह्मण का अपनी कुरूप पत्नी के लिए इतना प्रेम देखकर राजा उत्तम बड़े विस्मित हुए। सहसा उन्हें अपनी पत्नी की याद हो आई। उनका मन दुःख से भर उठा।

अगले दिन उत्तम ने कुलगुरु से बहुला का पता लगाने की प्रार्थना की। कुछ देर तक ध्यान लगाने के बाद कुलगुरु बोले, ''राजन्! आपकी पत्नी इस समय नागलोक में

पूर्णतः सुरक्षित हैं। आप उन्हें लाने की तैयारी करें। परंतु इससे पूर्व आपको मित्रविंदा नामक यज्ञ करना चाहिए, जिससे आप दोनों के बीच प्रतिकूलता समाप्त हो जाए।''

कुलगुरु के परामर्श पर राजा उत्तम ने सात यज्ञ किए। इन यज्ञों के प्रभाव से बहुला के मन में पति के लिए प्रेम उत्पन्न हो गया। वह उसके पास जाने के लिए लालायित हो उठी। तब कुलगुरु की आज्ञा से एक दैत्य सेवक नागलोक जाकर बहुला को साथ ले आया। अब दोनों पति-पत्नी सुखपूर्वक जीवन व्यतीत करने लगे।

एक दिन बहुला ने पति को नंदा के बारे में बताते हुए कहा, ''स्वामी, नागलोक में यदि नंदा न होती तो मेरा जीवित रहना असंभव था। उसने मेरे चरित्र की रक्षा के लिए शाप तक स्वीकार कर लिया। यदि आप उसके लिए कुछ कर सकें तो हम पर उसका ऋण कम हो सकता है।''

उत्तम ने इस विषय में कुलगुरु से परामर्श कर माता सरस्वती को प्रसन्न करने के लिए यज्ञ किया। यज्ञ के प्रभाव से नंदा फिर से बोलने लगी। इससे प्रसन्न होकर उसने बहुला और उत्तम को वरदान दिया कि शीघ्र ही उनके घर एक पराक्रमी पुत्र पैदा होगा, जो संपूर्ण पृथ्वी का स्वामी होगा।

उसी के वरदान के फलस्वरूप राजा उत्तम के घर औत्तम नामक पुत्र उत्पन्न हुआ। युवा होने पर औत्तम तीसरे मन्वतंर का स्वामी मनु बना।

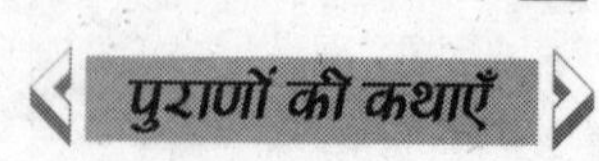

नागदेवी मनसा

एक बार नाग और सर्प भयंकर उत्पात मचाने लगे। उनके डसने से नित्य-प्रति असंख्य मनुष्य तथा पशु असमय काल का ग्रास बनने लगे। चारों ओर उनके आतंक का बोलबाला था। कोई भी उन पर नियंत्रण रखनेवाला नहीं था। ऐसी स्थिति में ब्रह्माजी के आदेश से महर्षि कश्यप ने अपने मानस से एक दिव्य कन्या की रचना की, जिसका नाम 'मनसा' रखा गया। तदंतर उन्होंने कुछ दिव्य मंत्रों की रचना कर मनसा को नागों और सर्पों की देवी नियुक्त कर दिया।

मनसा आरंभ से ही शिव-भक्ति में लीन रहती थीं। वे उनके आराध्य देव थे। अतः मनसा ने कैलास पर अपना आश्रय-स्थल बनाया और वहीं रहकर शिवजी की तपस्या में लीन हो गईं। भगवान शिव ने उन्हें पुत्री रूप में स्वीकार किया। कठोर तपस्या के बल पर मनसा ने शिवजी से भगवान श्रीकृष्ण का अष्टाक्षर मंत्र प्राप्त किया। तदंतर अष्टाक्षर मंत्र का जाप कर उन्होंने श्रीकृष्ण से अनेक दिव्य सिद्धियाँ प्राप्त कीं। तभी से मनसा–देवी रूप में प्रतिष्ठित होकर सभी के लिए पूजनीय हुईं। उनकी पूजा–आराधना करके मनुष्य नागों के आतंक से मुक्त हो गए।

मनसा का एक नाम 'जरत्कारु' भी था। सर्वप्रथम भगवान श्रीकृष्ण ने उन्हें इस नाम से संबोधित किया। उन्हीं दिनों पृथ्वी पर जरत्कारु नामक एक श्रेष्ठ मुनि हुए। महर्षि कश्यप ने मनसा का विवाह जरत्कारु नामक मुनि के साथ कर दिया। जरत्कारु मुनि ने प्रतिज्ञा की, कि जिस समय मनसा उनके आदेश का उल्लंघन करेगी, वे उसी क्षण उसका परित्याग कर देंगे। विवाह उपरांत दोनों सुखपूर्वक जीवन व्यतीत करने लगे।

एक बार संध्या-वेला से कुछ समय पूर्व जरत्कारु मुनि मनसा की गोद में सिर रखकर सो गए। उन्होंने मनसा को आज्ञा दी कि उनकी निद्रा में किसी प्रकार का विघ्न

उत्पन्न न हो। जरत्कारु नियम पूर्वक संध्या के समय इष्टदेव का पूजन किया करते थे। इसलिए जब सूर्य अस्त होने लगा, तब मनसा ने पति को सोते से जगा दिया।

आज्ञा का उल्लंघन होते देख जरत्कारु मुनि के क्रोध की सीमा न रही। तब मनसा विनम्र स्वर में बोलीं, "मुनिवर, मैं आपकी आज्ञा का उल्लंघन नहीं करना चाहती थी। परंतु यदि आपको न उठाती तो आप संध्या-पूजन से वंचित रह जाते। आपको उठाने का मेरा प्रयोजन केवल इतना ही था कि आपका नियम भंग न हो।"

मनसा की बात सुनकर जरत्कारु मुनि का क्रोध शांत हो गया। परंतु वे अपनी प्रतिज्ञा में बँधे हुए थे। अतएव उन्होंने मनसा का त्याग कर वहाँ से जाने का निश्चय कर लिया। जाने से पूर्व उन्होंने मनसा से मनोवांछित वर माँगने के लिए कहा। मनसा बोलीं, "मुनिवर, पतिव्रता स्त्री के लिए पति से बढ़कर कुछ और नहीं होता। परंतु यदि आप मुझे त्यागने का निश्चय कर ही चुके हैं तो मुझे पुत्रवती होने का वरदान दें। साथ ही वचन दें कि मैं जब भी आपका स्मरण करूँगी, आप मुझे दर्शन देंगे।"

'तथास्तु' कहकर जरत्कारु मुनि वहाँ से चले गए। कुछ समय उपरांत मनसा ने एक दिव्य और तेजस्वी पुत्र को जन्म दिया, जो संसार में 'आस्तीक' मुनि के नाम से प्रसिद्ध हुआ। स्वयं भगवान शिव ने उन्हें शिक्षा-दीक्षा प्रदान की थी। कालांतर में आस्तीक मुनि ने जनमेजय के सर्प-यज्ञ को बंद करवाया था।

□

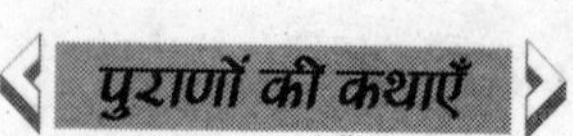

गौरी और लक्ष्मी

ब्रह्माजी जब सृष्टि की रचना कर रहे थे, तब की बात है। उन्होंने कई दैत्य पैदा किए, जो जगत् में हालाहल नामक दैत्य कहलाए। उन दैत्यों में अपार बल था। उन्होंने अपनी तपस्या से ब्रह्माजी को प्रसन्न कर लिया और उनसे इच्छित वर प्राप्त कर स्वर्ग पर अधिकार कर लिया। तत्पश्चात् उन्होंने बैकुंठ और कैलास को घेर लिया। उन दैत्यों का दु:साहस देखकर भगवान विष्णु और शिव उनसे स्वयं युद्ध करने आए। दैत्यों ने ब्रह्माजी से वर प्राप्त कर रखा था, अत: धीरे-धीरे भगवान विष्णु और शिव दैत्यों से पराजित होने लगे। तब भगवती जगदंबिका की अंशावतार देवी गौरी और देवी लक्ष्मी ने

अपनी शक्तियों को विष्णु और शिव में स्थापित कर दिया। महाशक्ति के प्रभाव से उन्होंने हालाहल दैत्यों को समाप्त कर दिया। इससे उनमें अपनी शक्ति के प्रति अहंकार उत्पन्न हो गया और वे परंब्रह्म जगदंबिका की शक्ति की अवहेलना करने लगे। यह देख लीलावश महागौरी और महालक्ष्मी वहाँ से अंतर्धान हो गईं। भगवती जगदंबिका की शक्ति हटते ही दोनों प्रधान देवता शक्ति और तेजहीन हो गए।

उनकी यह दशा देख ब्रह्माजी बहुत चिंतित हुए। ध्यान लगाने पर उन्हें सारी बात ज्ञात हो गई। उन्होंने उसी क्षण अपने पुत्र दक्ष एवं सनक, सनंदन आदि को बुलाया और उनसे कहा, ''हे पुत्रो! भगवती जगदंबिका के तेज के अभाव में शिव और श्रीहरि शक्तिहीन हो गए हैं। मैं सृष्टि के कार्य में लगा हुआ हूँ। इसलिए तुम अपनी भक्ति से माता जगदंबिका को प्रसन्न करके उनसे पुनः अवतार लेने की प्रार्थना करो।'' पितामह ब्रह्माजी की आज्ञा पाकर उनके सभी मानस-पुत्र भगवती माता को प्रसन्न करने के लिए हिमालय पर्वत पर चले गए और चित्त को एकाग्र करके माता के मायाबीज मंत्र का जप करने लगे। दीर्घकाल तक कठोर तप करने के पश्चात् माता जगदंबिका उनके सामने प्रकट हुईं और उनसे इच्छित वर माँगने को कहा।

तब दक्ष ने विभिन्न प्रकार से माता जगदंबिका की स्तुति की और विनम्रतापूर्वक बोले, ''माते, आप ऐसी कृपा करने का कष्ट करें, जिससे कि भगवान विष्णु और शिव को उनकी शक्तियाँ पुनः प्राप्त हो जाएँ। मेरे घर में अवतार लेकर मुझे धन्य करें, माँ।''

दक्ष की स्तुति से प्रसन्न होकर भगवती प्रेमपूर्वक बोलीं, ''हे दक्ष! मेरे शक्ति-रूपों का तिरस्कार करने से ही शिव और विष्णु की ऐसी दशा हुई है। किंतु तुमने मेरे प्रिय मायाबीज मंत्र का श्रद्धापूर्वक जप किया है, मैं तुम्हारी तपस्या से अत्यंत प्रसन्न हूँ। अतः मैं तुम्हें वरदान देती हूँ कि शिव और विष्णु को उनकी शक्तियाँ पुनः प्राप्त हो जाएँ। दक्ष, मैं तुम्हारे घर सती के रूप में जन्म लूँगी और क्षीरसागर के यहाँ लक्ष्मी के रूप में। फिर मेरी प्रेरणा से वे शक्तियाँ विष्णु और शिव के पास चली जाएँगी।''

जगदंबा के वरदान से शीघ्र ही दक्ष के घर में देवी सती का जन्म हुआ। देवी सती का विवाह शिव के साथ हुआ। क्षीरसागर के घर जन्म लेनेवाली देवी लक्ष्मी का विवाह समुद्र-मंथन के पश्चात् भगवान विष्णु से हुआ। इस प्रकार भगवती की कृपा से शिव और विष्णु पुनः शक्ति-संपन्न हो गए।

□

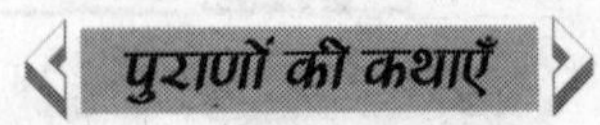

त्रिशंकु

अयोध्यापति राजा त्रय्यारुण का सत्यव्रत नामक एक दुराचारी पुत्र था, जो सदैव काम, लोभ, मोह, मद में डूबा रहता था। उसके दुष्कर्मों से संपूर्ण प्रजा भयभीत रहती थी। वह जिस मार्ग से गुजरता था, लोग डरकर इधर-उधर छिप जाते थे। दिन-प्रतिदिन उसकी उद्‌दंडता बढ़ती जा रही थी। एक बार काम में अंधे होकर उसने

एक विवाहिता ब्राह्मणी का हरण कर लिया। उसके इस पापकर्म से कुलगुरु वसिष्ठ अत्यंत क्रोधित हो गए और उन्होंने उसे पिशाच बन जाने का शाप दे दिया। अब वह पिशाच बनकर वन में भटकने लगा।

सत्यव्रत की मित्रता एक मुनिकुमार के साथ थी। उसने जब सत्यव्रत की दुर्दशा देखी तो उसे तप द्वारा भगवान विष्णु को प्रसन्न करने का परामर्श दिया। सत्यव्रत ने उसी समय कठोर तप आरंभ कर दिया। वर्ष-पर-वर्ष बीतते गए, किंतु श्रीविष्णु प्रसन्न न हुए। अंततः दुःखी सत्यव्रत ने एक बड़ी चिता तैयार की और प्राण त्यागने के लिए उद्यत हो गया।

परंतु इससे पूर्व वह चिता में प्रवेश करता, भगवान विष्णु साक्षात् प्रकट हो गए। उन्होंने चिता की अग्नि शांत कर दी और सत्यव्रत से बोले, "वत्स! मैं तुम्हारी तपस्या से अत्यंत प्रसन्न हूँ और वर देता हूँ कि शापमुक्त होकर तुम समस्त सुखों का उपभोग करोगे। तुम्हारी समस्त मनोकामनाएँ पूर्ण होंगी।" इस प्रकार वरदान देकर भगवान विष्णु वहाँ से अंतर्धान हो गए।

श्रीविष्णु के दर्शन मात्र से सत्यव्रत के सभी पाप नष्ट हो गए और वह पिशाच योनि से मुक्त होकर पुनः तेजयुक्त हो गया। तदंतर वह महल में लौट आया। कुछ दिन के बाद सत्यव्रत का राज्याभिषेक कर त्रय्यारुण वन को प्रस्थान कर गए। भगवान विष्णु की कृपा से उसके घर एक दिव्य और तेजस्वी बालक ने जन्म लिया। यही बालक आगे चलकर सत्यवादी हरिश्चंद्र के नाम से प्रसिद्ध हुआ।

पृथ्वी पर सभी भोगों को भोगने के बाद सत्यव्रत के मन में सशरीर स्वर्ग जाने का विचार उत्पन्न हुआ। उसने कुलगुरु वसिष्ठ को अपनी इच्छा से अवगत करवाया और इसका उपाय पूछा।

महर्षि वसिष्ठ उसे समझाते हुए बोले, "राजन्! सृष्टि के नियमानुसार ऐसा कोई भी प्राणी नहीं है जो सशरीर स्वर्ग जा सके। इसका उल्लंघन स्वयं सृष्टि के रचयिता ब्रह्माजी भी नहीं कर सकते। अतः आप यह इच्छा त्याग दें।"

निराश सत्यव्रत विश्वामित्र के पास पहुँचा और उन्हें महर्षि वसिष्ठ की असमर्थता बताते हुए सारी बात बताई। उन दिनों विश्वामित्र महर्षि वसिष्ठ के कट्टर प्रतिद्वंद्वी थे और उन्हें नीचा दिखाने का कोई भी अवसर नहीं चूकते थे। अतः उन्होंने सत्यव्रत को सशरीर स्वर्ग भेजने का निश्चय कर लिया।

उन्होंने यज्ञ का आयोजन कर अपने तपोबल द्वारा सत्यव्रत को स्वर्ग के द्वार पर

पहुँचा दिया। उसे सशरीर स्वर्ग में प्रविष्ट होते देख इंद्र के क्रोध की सीमा न रही। उन्होंने वज्र का प्रहार किया। वज्र के अमोघ प्रहार से घायल सत्यव्रत तेजी से पृथ्वी पर गिरने लगा। विश्वामित्र ने अपने योग द्वारा सत्यव्रत को उसी समय आधे मार्ग पर स्थिर कर दिया और उसके लिए एक नए स्वर्ग की रचना करने के लिए उद्यत हो गए। तब भयभीत इंद्र महर्षि विश्वामित्र की शरण में पहुँचे और उनसे क्षमा माँगकर सत्यव्रत को दिव्य शरीर प्रदान कर स्वर्ग ले गए।

इस प्रकार महर्षि विश्वामित्र के तपोबल के कारण सत्यव्रत की इच्छा पूर्ण हुई। आकाश में लटकने के कारण सत्यव्रत का एक नाम 'त्रिशंकु' पड़ गया।

□

तामस मनु

राजा स्वराष्ट्र भगवान सूर्यदेव के अनन्य उपासक थे। उनके वंश में सदियों से भगवान सूर्यनारायण की उपासना का चलन था। यही कारण था कि वे स्वयं भी सूर्य के समान तेजवान्, पराक्रमी, बलशाली, बुद्धिमान और धर्मप्रिय थे। स्वराष्ट्र प्रतिदिन भगवान सूर्य को जल एवं पुष्प अर्पित कर उनकी प्रदक्षिणा करते थे। उनकी इस भक्ति से प्रसन्न होकर एक दिन सूर्यदेव साक्षात् प्रकट हो गए और स्वराष्ट्र को दीर्घायु का वरदान प्रदान किया।

परंतु सूर्यदेव का यह वरदान स्वराष्ट्र के लिए शाप के समान बन गया। उनकी सौ रानियाँ थीं, परंतु काल का चक्र सभी को निगलता गया। सेनापति, मंत्रिगण, पुत्र-पौत्रो, संबंधी—एक-एक कर सभी उनका साथ छोड़ते गए। वे बिलकुल निःसहाय हो गए। यद्यपि उनका बल-पराक्रम पहले जैसा था, तथापि उनके जीने की इच्छा समाप्त हो गई। उन्होंने राजपाट त्याग दिया और वन में जाकर रहने लगे।

एक बार कई दिनों तक भयंकर वर्षा होती रही। ऐसा लगने लगा, मानो प्रलय आ गई हो। चारों ओर जल-जल ही नजर आने लगा। स्वराष्ट्र की कुटिया नदी के तट पर थी। एक दिन उन्होंने एक मृगी को नदी में डूबते देखा। वे तेजी से जल में उतरे और उसे पकड़कर किनारे पर ले आए। मृगी के कोमल स्पर्श से स्वराष्ट्र के मन में काम का संचार हो गया और उन्होंने उसके साथ समागम किया।

तभी वह मृगी मनुष्य-स्वर में बोलने लगी, ''स्वामी, मैं अनेक वर्षों से इस योनि में भटक रही थी। आज आपने मेरा उद्धार कर दिया।''

मृगी के मुख से मनुष्य-स्वर सुनकर स्वराष्ट्र अत्यंत विस्मित हुए। उन्होंने उसका परिचय पूछा। मृगी बोली, ''स्वामी! पूर्वजन्म में मैं आपकी पत्नी उत्पलावती थी। एक

बार चक्षु नामक मुनि अपनी पत्नी के साथ मृग रूप में प्रेम-क्रीड़ा कर रहे थे। मैंने अनजाने में वहाँ जाकर उनके प्रेम में विघ्न डाल दिया। क्रुद्ध होकर उन्होंने मुझे मृगी योनि में जन्म लेने का शाप दे दिया। बाद में क्षमा माँगने पर उन्होंने मुझे वरदान दिया कि मैं मृत्यु उपरांत मृग योनि में जन्म लूँगी। तदंतर मनुष्य द्वारा समागम किए जाने के बाद मुझे एक तेजस्वी पुत्र की माता बनने का सौभाग्य प्राप्त होगा। इसके बाद मैं शापमुक्त होकर मोक्ष प्राप्त करूँगी।''

मृगी की बात सुनकर स्वराष्ट्र अत्यंत प्रसन्न हुए। उन्होंने उसे साथ रख लिया। कुछ दिनों के बाद मृगी ने एक तेजस्वी पुत्र को जन्म देकर प्राण त्याग दिए। स्वराष्ट्र ने पुत्र का नाम 'तामस' रखा। तामस अपने पिता के समान ही तेजवान्, पराक्रमी और वीर था। युवा होने पर तामस ने अपने बल-पराक्रम से अकेले ही संपूर्ण पृथ्वी को जीत लिया और चौथे मनु के पद पर आसीन हुआ।

□

भगवान् जगन्नाथ

अवंती (उज्जैन) के राजा इंद्रद्युम्न भगवान विष्णु के अनन्य उपासक थे। प्रतिदिन उनकी आराधना किए बिना वे कोई भी कार्य आरंभ नहीं करते थे। श्रीविष्णु की कृपा से उनके राज्य में चारों ओर सुख-समृद्धि की वर्षा होती थी। वे नित्य ब्राह्मणों को दान-दक्षिणा देते, निर्धनों को भोजन करवाते। प्रजा के कल्याण हेतु उन्होंने राज्य में अनेक मंदिर, धर्मशालाओं, जलाशयों आदि का निर्माण करवाया। इन धार्मिक कार्यों से उनकी ख्याति दूर-दूर तक फैल गई।

एक बार राजा इंद्रद्युम्न ने राजकार्य से दूर रहकर कुछ समय भगवान नारायण की पूजा-उपासना में लगाने का निश्चय किया। उन्होंने कुलगुरु को इस बात से अवगत करवा दिया। तदंतर अपने पुत्र को राज्य का कार्यभार सौंपकर वे पुरुषोत्तम नामक क्षेत्र की ओर चल दिए। उनके साथ उनकी रानियाँ, सेनापति, मंत्रिगण तथा अनेक ऋषि-मुनिगण भी थे।

पुरुषोत्तम क्षेत्र में रहते हुए इंद्रद्युम्न ने यज्ञ-हवनादि अनेक धार्मिक कार्य किए। मंत्रोच्चारण की मधुर ध्वनियों से वह क्षेत्र गुंजायमान होने लगा। दूर-दूर से लोग आकर वहाँ विष्णु-भक्ति में डूबने लगे। ऐसे पावन वातावरण को देखकर इंद्रद्युम्न ने निश्चय कर लिया कि वे यहाँ भगवान नारायण के ऐसे स्वरूप की स्थापना करेंगे, जिसे संसार में युगों-युगों तक याद रखा जाएगा। लेकिन चिंता का विषय यही था कि यह कार्य पूर्ण कैसे किया जाए? इस बात को लेकर वे दिन-रात बेचैन रहने लगे।

एक रात इंद्रद्युम्न को स्वप्न में भगवान नारायण ने दर्शन दिए और उनकी चिंता का निवारण करते हुए बोले, ''वत्स, यहाँ से कुछ दूरी पर समुद्र-तट के निकट एक विशाल वृक्ष है। कल प्रातः वहाँ जाकर तुम वह वृक्ष काट लेना। तदंतर वहाँ दो ब्राह्मणदेव आकर

तुम्हारा मनोरथ पूर्ण करेंगे। वत्स! ध्यान रहे, यह बात गुप्त रहनी चाहिए।''

सहसा इंद्रद्युम्न की आँख खुल गई। वे विस्मित होकर उठ बैठे और स्वप्न के बारे में सोचने लगे।

प्रातःकाल उन्होंने भगवान नारायण की पूजा-उपासना की और कुल्हाड़ी लेकर स्वप्न में बताए गए वृक्ष के पास जा पहुँचे। उन्होंने अथक परिश्रम करके वृक्ष को काट गिराया। तभी भगवान विष्णु और देवशिल्पी विश्वकर्मा ब्राह्मण रूप धारण करके वहाँ आ पहुँचे। वे इंद्रद्युम्न से बोले, ''राजन्! भगवान नारायण ने हमें आपकी मनोकामना पूर्ण करने के लिए भेजा है। अब हम इससे भगवान की ऐसी दिव्य प्रतिमाएँ तैयार करेंगे, जो सहस्रों वर्षों तक भक्तों की समस्त इच्छाएँ पूर्ण करती रहेंगी।''

इसके बाद विश्वकर्मा ने कुछ ही पलों में श्रीकृष्ण, बलराम और सुभद्रा की सुंदर प्रतिमाएँ तैयार कर इंद्रद्युम्न को सौंप दीं। यह चमत्कार देखकर इंद्रद्युम्न हाथ जोड़कर बोले, ''हे ब्राह्मणदेव! निश्चय ही आप साधारण मनुष्य नहीं हैं। कृपया मुझे अपने वास्तविक स्वरूप के दर्शन करवाकर अनुगृहीत करें।''

तब भगवान नारायण वास्तविक रूप में प्रकट होकर बोले, ''वत्स! निस्संदेह तुमने अपनी दृढ़ भक्ति, निष्ठा और लगन द्वारा मुझे पा लिया है। मैं वरदान देता हूँ कि समस्त सुखों का उपभोग करने के बाद तुम्हें मोक्ष प्राप्त होगा। अब तुम इस स्थान पर इन तीनों मूर्तियों की विधिवत् स्थापना करवाओ। इनके दर्शन मात्र से ही भक्तों की समस्त मनोकामनाएँ पूर्ण होंगी।'' यह कहकर भगवान श्रीविष्णु विश्वकर्मा सहित वहाँ से अंतर्धान हो गए।

इसके बाद इंद्रद्युम्न ने विशाल उत्सव का आयोजन कर तीनों मूर्तियों की स्थापना करवाई। कालांतर में वह स्थान 'जगन्नाथ पुरी' नाम से प्रसिद्ध हुआ।

□

कुजंभ दैत्य

एक बार वन में शिकार खेलते हुए विदूरथ नामक राजा एक विशाल छिद्र के पास जा पहुँचे। पृथ्वी पर इतना बड़ा छिद्र देखकर वे आश्चर्यचकित रह गए। तभी वहाँ उन्हें ब्रह्मर्षि सुव्रत दिखाई दिए। उन्होंने उनसे उस विशाल छिद्र के बारे में पूछा।

सुव्रत बोले, ''राजन्! पाताल में कुजंभ नामक एक भयंकर दैत्य रहता है। वह बड़ा पापी, दुष्ट और अधर्मी है। राजन्! उसके पास देव शिल्पी विश्वकर्मा का सुनंद नामक एक ऐसा दिव्य मूसल है, जिसके प्रहार से वह पृथ्वी पर विशाल छिद्र कर देता है। इससे दैत्य सरलतापूर्वक पाताल से पृथ्वी पर आकर ऋषि-मुनियों पर अत्याचार करते हैं। राजन्, हम आपकी प्रजा हैं, हमारी रक्षा करें।''

विदूरथ बोले, ''ब्रह्मर्षि! आपका कथन सत्य है। निस्संदेह ऐसे पापी और दुष्ट दैत्य का अंत अवश्य होना चाहिए। परंतु उसके पास दिव्य मूसल है, जिसके कारण उसे पराजित करना असंभव है। मुनिवर, उसे किस प्रकार मारा जा सकता है, इस विषय में आप ही मेरा मार्गदर्शन करें?''

''राजन्! यद्यपि कुजंभ का मूसल अत्यंत शक्तिशाली है? परंतु यदि कोई कन्या उसे स्पर्श कर ले तो वह मूसल एक दिन के लिए शक्तिहीन हो जाता है। स्वयं कुजंभ इस बात से पूर्णतः अनभिज्ञ है। यदि ऐसा हो सके, तो उस पापी को मारना अत्यंत सरल होगा।'' सुव्रत ने उपाय बताया।

महल में लौटकर राजा विदूरथ ने इस विषय पर अपने मंत्रियों के साथ विचार-विमर्श किया और दैत्य कुजंभ को मारने की योजना बनाने लगे।

विदूरथ की मुदावती नामक एक अत्यंत सुंदर कन्या थी। एक दिन वह अपनी

सखियों के साथ उपवन में भ्रमण कर रही थी। दैववश वहाँ दैत्य कुजृंभ आ पहुँचा। मुदावती को देखकर वह मोहित हो गया और उसका हरण कर पाताल ले आया। मुदावती को छुड़वाने के लिए विदूरथ ने सुनीति और सुमति नामक अपने पुत्रों को भेजा। किंतु उस दैत्य ने उन्हें भी बंदी बना लिया।

अंत में राजा भनंदन के पुत्र वत्सप्री ने दैत्य कुजृंभ को मारकर मुदावती को लाने की प्रतिज्ञा की। वह अकेला कुजृंभ के पास जा पहुँचा और उसे युद्ध के लिए ललकारने लगा। कुजृंभ मूसल हाथ में लेकर चल पड़ा। परंतु उसी समय मुदावती ने मूसल को स्पर्श कर लिया, जिससे उसकी दैवी शक्ति क्षीण हो गई।

वत्सप्री और कुजृंभ में भयंकर युद्ध छिड़ गया। चूँकि मूसल शक्तिहीन हो चुका था, अतः देखते-ही-देखते वत्सप्री ने कुजृंभ का मस्तक काट डाला। तत्पश्चात् वत्सप्री ने दिव्य मूसल नागराज अनंत को सौंपा और मुदावती को लेकर विदूरथ के पास लौट आया।

विदूरथ ने धूमधाम से उन दोनों का विवाह कर दिया।

□

सावित्री

मद्र देश के राजा अश्वपति भगवती जगदंबा के अनन्य भक्त थे। उनकी कृपा से ही निस्संतान अश्वपति के घर एक सुंदर कन्या का जन्म हुआ। उन्होंने कन्या का नाम रखा–'सावित्री'। पिता के समान सावित्री भी बचपन से ही जगदंबा की श्रद्धा और भक्तिपूर्वक आराधना करती थी। इस प्रकार कई वर्ष बीत गए; सावित्री युवा हो गई।

एक दिन सावित्री अपनी सखियों के साथ वन-भ्रमण के लिए निकली। भ्रमण करते हुए वह उनसे बिछड़कर घने वन में निकल गई। वहाँ उसका सामना एक सिंह से हो गया। वह प्राण बचाने के लिए भागी और सिंह दहाड़ते हुए उसका पीछा करने लगा। परंतु इससे पहले कि वह सावित्री पर आक्रमण करता, एक बाण सनसनाता हुआ आया और सिंह को भेदता हुआ निकल गया। सावित्री अपने रक्षक को देखने लगी, जो उससे कुछ दूरी पर खड़ा था। उस सुंदर युवक के हाथ में धनुष-बाण सुशोभित था; पास ही लकड़ियों का ढेर पड़ा हुआ था।

सावित्री ने युवक से उसका परिचय पूछा। वह युवक बोला, "राजकुमारी, मैं राजा द्युमत्सेन का पुत्र सत्यवान हूँ। शत्रुओं ने छलपूर्वक हमारा राज्य छीन लिया और मेरे पिता को नेत्रहीन कर हमें देश-निकाला दे दिया। अब हम वन में आश्रम बनाकर रहते हैं तथा लकड़ियाँ बेचकर गुजर-बसर करते हैं।" तदंतर उसने सावित्री को उसके शिविर तक पहुँचा दिया।

महल में लौटकर भी सावित्री के मन-मस्तिष्क पर सत्यवान का चित्र उभर रहा था। उसकी सुंदरता, सरलता और वीरता ने उसे अत्यंत प्रभावित किया था। सावित्री ने सत्यवान के साथ विवाह करने का निश्चय कर पिता के समक्ष अपनी इच्छा रखी। देवर्षि नारद ने सावित्री और अश्वपति को बताया कि सत्यवान की आयु मात्र एक वर्ष

है। परंतु सावित्री अपने निश्चय पर अटल रही। अंततः अश्वपति ने भगवती जगदंबा की इच्छा समझ सावित्री का विवाह सत्यवान के साथ कर दिया।

विवाह के उपरांत सत्यवान सावित्री को अपने आश्रम में ले आया और सुखपूर्वक जीवन व्यतीत करने लगा। इसी प्रकार एक वर्ष पूर्ण हो गया। अब सावित्री सत्यवान को कभी भी अकेला नहीं छोड़ती थी। वह जहाँ भी जाता, वह उसके साथ जाती।

एक दिन सत्यवान लकड़ियाँ काटने गया; सावित्री भी उसके साथ थी। लकड़ियाँ काटते समय सहसा सत्यवान वृक्ष से नीच गिरा और देखते-ही-देखते उसने प्राण त्याग दिए। सावित्री मृत देह के साथ लिपट कर रोने लगी। तभी उसकी दृष्टि यमराज पर पड़ी, जो आत्मा को पाश में बाँधकर यमपुरी की ओर जा रहे थे। वह भी उनके पीछे-पीछे चल पड़ी। यमराज ने सावित्री को लौट जाने के लिए कहा।

सावित्री हाथ जोड़कर बोली, "भगवन्, स्त्री का सुख सदैव पति के साथ होता है। वह जहाँ रहता है, स्त्री के लिए वही स्थान श्रेष्ठ होता है। पति का अनुसरण करना पत्नी का एकमात्र कर्तव्य होता है। फिर भला मैं अपने कर्तव्य से कैसे विमुख हो सकती हूँ? आप मेरे पति को जहाँ लेकर जाएँगे, मैं भी वहीं जाऊँगी। पति के बिना यह संसार अब मेरे लिए मिथ्या है।"

यमराज ने सावित्री को अनेक प्रकार से समझाने की कोशिश की, परंतु सब व्यर्थ! अंततः सावित्री की निष्ठा से प्रसन्न होकर यमराज ने सत्यवान को मुक्त कर दिया तथा उसे दीर्घायु का आशीर्वाद दिया। तत्पश्चात् उन्होंने सावित्री को सौ पुत्रों की माता बनने और धन-धान्य से परिपूर्ण होने का वर दिया। उन्हीं के वरदान के कारण द्युमत्सेन को उनका राज्य पुनः प्राप्त हुआ।

इस प्रकार सावित्री ने अपने पतिव्रत धर्म की शक्ति से मृत्यु को भी झुकने के लिए विवश कर दिया।

□

भ्रामरी देवी

पाताल लोक में अरुण नाम का एक भयंकर और पराक्रमी दैत्य रहता था। एक बार उसने निश्चय किया कि वह अपने वंशजों पर अत्याचार करनेवाले देवताओं को पराजित करके उनसे स्वर्ग का राज्य छीन लेगा। यह दृढ़ निश्चय करके वह हिमालय पर गया और ब्रह्माजी को प्रसन्न करने के लिए कठोर तप करने लगा। उस दैत्य ने निराहार रहते हुए हजारों वर्षों तक कठोर तपस्या की। कठिन तपस्या के कारण उसके शरीर से आग की लपटें निकलने लगीं। धीरे-धीरे वे लपटें भीषण होती चली गईं और ब्रह्मांड को जलाने लगीं।

इस नए संकट से आतंकित होकर इंद्र सहित सभी देवगण ब्रह्माजी की शरण में गए और उनसे प्रार्थना करते हुए बोले, ''हे सृष्टिकर्ता! रक्षा कीजिए। हे देव! दैत्यराज अरुण कठोर तपस्या कर रहा है। उसके शरीर से निकलनेवाली प्रचंड ज्वालाएँ सृष्टि को जला रही हैं। जगत् में चारों ओर हाहाकार मच गया है। भगवन! शीघ्र उसे रोकने का उपाय कीजिए।'' देवताओं की करुण प्रार्थना सुन ब्रह्माजी ने उन्हें सहायता का वचन दिया और गायत्री देवी के साथ हंस पर बैठकर अति शीघ्र दैत्यराज अरुण के पास चल दिए।

उस समय निराहारी तपस्वी अरुण के शरीर में केवल प्राण शेष रह गए थे। उसका शरीर सूखकर हड्डियों का ढाँचा मात्र रह गया था। वह नेत्र मूँदे ध्यान में लीन था। उसका तेज देखकर ऐसा प्रतीत होता था मानो साक्षात् सूर्यदेव प्रकट हो गए हों। अरुण के निकट पहुँचकर ब्रह्माजी बोले, ''दैत्यराज, नेत्र खोलो और हमारे साक्षात् दर्शन करो। तुम्हारी परीक्षा पूर्ण हुई। वर माँगो।''

अरुण ने ब्रह्माजी को प्रणाम किया और उनसे वर माँगते हुए बोला, ''ब्रह्मदेव, मुझे

वर दें कि न तो युद्ध में मेरी मृत्यु हो, न ही अस्त्र-शस्त्र से मैं काल का ग्रास बनूँ, न किसी स्त्री या पुरुष में मुझे मारने की शक्ति हो और न ही दो या चार पैरोंवाला कोई प्राणी मुझे मार सके। मुझमें इतना विपुल बल उत्पन्न हो जाए कि मैं देवताओं को पराजित कर सकूँ।''

परमपिता ब्रह्माजी ने दैत्यराज अरुण को मनोवांछित वर प्रदान कर दिया। तब अरुण ने देवी गायत्री की स्तुति की। स्तुति से प्रसन्न होकर देवी गायत्री बोलीं, ''दैत्यराज, जब तक तुम मेरे प्रिय गायत्री मंत्र का नियमित जप करते रहोगे, तुम्हें कोई भी पराजित नहीं कर सकेगा। तुम सभी प्राणियों में अजेय बने रहोगे।''

वर पाकर दैत्य अरुण पुनः बलशाली और शक्ति-संपन्न हो गया। उसने सभी असुरों को एकत्रित किया और एक विशाल सेना के साथ देवताओं पर आक्रमण कर दिया। वर के प्रभाव से उसने बातों-ही-बातों में देवताओं को पराजित करके स्वर्ग पर अधिकार कर लिया। वह इंद्र, सूर्य, यम, चंद्रमा और अग्नि आदि देवताओं के अधिकारों पर नियंत्रण कर जगत् पर शासन करने लगा। स्वर्ग पर अधिकार हो जाने पर भी वह सदा गायत्री मंत्र का जप करता रहता था।

दैत्यों से पराजित होने और अधिकार छिन जाने पर इंद्र आदि देवगण शिव की शरण में गए और उन्हें दैत्य अरुण के बारे बताने लगे। भगवान शिव बोले, ''देवताओ,

ब्रह्माजी के वर के कारण अरुण को युद्ध में पराजित करना असंभव है। स्त्री, पुरुष, द्विपद, चतुष्पद, अस्त्र, शस्त्र–किसी भी प्रकार से उसका वध संभव नहीं है। अत: सबसे पहले तुम दैत्य अरुण को गायत्री मंत्र से पृथक् करो। इससे उसकी मृत्यु के योग्य परिस्थितियाँ बन जाएँगी।''

देवताओं के कल्याण के उद्देश्य से देवगुरु बृहस्पति दैत्यराज अरुण के पास पहुँचे और उसे अपने वाक्जाल से गायत्री जप से विमुख कर दिया। अपना कार्य पूर्ण कर बृहस्पति लौट आए। उन्होंने इंद्र को यह शुभ समाचार सुनाया।

इसके बाद इंद्रादि देवता भगवती माता को प्रसन्न करने के लिए कठोर तपस्या करने लगे। वे मायाबीज-मंत्र का निरंतर जप करते हुए भगवती माता के चिंतन में लीन हो गए। उनकी तपस्या से प्रसन्न होकर भगवती जगदंबिका प्रकट हुईं।

देवताओं ने उनसे दैत्यराज अरुण का संहार करने की प्रार्थना की। अरुण के वध के लिए भगवती जगदंबा ने अपने संपूर्ण अंश से एक तेजयुक्त देवी को प्रकट किया। वे देवी आभूषणों और दिव्य वस्त्रों से अलंकृत थीं। सूर्य के समान तेजयुक्त वे देवी भ्रमरों से युक्त पुष्पों की माला धारण किए थीं, जो उनका आकर्षण बढ़ा रही थी। वे देवी चारों ओर से असंख्य भ्रमरों से घिरी हुई थीं। वे भ्रमर माता के प्रिय शब्द 'ह्रीं' का उच्चारण कर रहे थे। भ्रमर-प्रिय होने के कारण वे देवी 'भ्रामरी' के नाम से प्रसिद्ध हुईं। उन्हें देखकर सब देवता उनकी स्तुति करने लगे।

देवी भ्रामरी के प्रसन्न होने पर देवताओं ने देवी को अपने दु:ख का कारण बताया। देवताओं की करुण विनती सुनकर माता भ्रामरी क्रोधित हो गईं। उन्होंने अपने सेवक भ्रमरों को तत्काल दैत्य अरुण का संहार करने के लिए भेजा। उन भ्रमरों के कारण संपूर्ण पृथ्वी पर अंधकार छा गया। आकाश, धरातल, पर्वत– सभी ओर असंख्य भ्रमर दृष्टिगोचर होने लगे। उन भ्रमरों ने आनन-फानन में दैत्यों पर आक्रमण कर दिया। ऐसी स्थिति में न तो युद्ध हुआ और न ही अस्त्र-शस्त्रों का प्रयोग। भ्रमर न तो द्विपदी थे और न ही चतुष्पद। उन्होंने अपने तीखे-विषैले डंकों से दैत्यराज अरुण को चटपट ढेर कर दिया। दैत्यों को मौत की नींद सुलाकर सभी भ्रमर देवी भ्रामरी के पास लौट आए।

इस प्रकार, माता भ्रामरी की कृपा से दैत्यराज अरुण मारा गया और स्वर्ग पर फिर से देवताओं का अधिकार हो गया।

□

रैवत मनु

ऋतवाक् मुनि के घर एक सुंदर पुत्र ने जन्म लिया। लेकिन उसके जन्म से कुछ दिनों के बाद से ही ऋतवाक् मुनि और उनकी पत्नी रोग-शोक से ग्रस्त रहने लगे। यज्ञादि धर्म-कर्म से उनकी विरक्ति हो गई। उनका समय व्यर्थ के कार्यों में निकलने लगा। धीरे-धीरे उनका पुत्र भी हठी और उद्दंड होता गया। आश्रम में रहनेवाले ऋषि-मुनियों को तंग करना, उनकी वस्तुओं को छिपा देना उसका प्रिय खेल बन गया। उसकी इन शरारतों से सभी दुःखी थे। ऋतवाक् मुनि ने उसे अनेक बार समझाने का प्रयास किया, लेकिन सब व्यर्थ।

एक बार ज्योतिषाचार्य गर्ग मुनि अपने शिष्यों के साथ ऋतवाक् मुनि के आश्रम में पधारे। उन्होंने उनका यथोचित सत्कार किया और उनसे कुछ दिन वहीं रहने की प्रार्थना की। गर्ग मुनि ने उनकी प्रार्थना सहर्ष स्वीकार कर ली।

एक दिन गर्ग मुनि और ऋतवाक् मुनि परस्पर विचार-विमर्श कर रहे थे। तब गर्ग मुनि बोले, ''मुनिवर! अनेक दिनों से मैं आपके मुख पर चिंता की लकीर देख रहा हूँ। ऐसा कौन सा कारण है जो आपको अंदर से पीड़ित कर रहा है? आप किस बात को लेकर इतने व्यथित रहते हैं?''

ऋतवाक् मुनि ने उन्हें अपने पुत्र की उद्दंडता के बारे में बताया।

महर्षि गर्ग कुछ देर ध्यान लगाने के बाद बोले, ''मुनिवर! इसमें न तो आपका कोई दोष है और न ही किसी अन्य का। रेवती नक्षत्र के अंतिम चरण 'गंडांत' में आपके पुत्र का जन्म हुआ है, जिसके कारण वह इतना उद्दंडी और हठी है।''

यह सुनकर ऋतवाक् मुनि का क्रोध का घड़ा फूट पड़ा और वे आवेश में भरकर बोले, ''मुनिवर! रेवती नक्षत्र के कारण ही मेरे पुत्र में नीचता, हठ, उद्दंडता आदि

अवगुण उत्पन्न हुए हैं। इसलिए मैं रेवती नक्षत्र को आकाश से गिर जाने का शाप देता हूँ! न रेवती नक्षत्र रहेगा और न ही किसी में अवगुणों का जन्म होगा!''

शाप के कारण रेवती नक्षत्र का तेज पृथ्वी पर आ गिरा और एक दिव्य कन्या के रूप में परिवर्तित हो गया। उस स्थान से कुछ दूरी पर प्रमुच नामक मुनि का आश्रम था। वे कन्या को अपने आश्रम में ले आए। उन्होंने उसका नाम 'रेवती' रख दिया।

युवा होने पर प्रमुच मुनि ने रेवती का विवाह दुर्गम नामक राजा के साथ निश्चित कर दिया। परंतु विवाह से पूर्व रेवती ने शर्त रखी कि उसका विवाह केवल रेवती नक्षत्र में ही संपन्न होगा। इसलिए सर्वप्रथम आकाश में रेवती नक्षत्र की स्थापना आवश्यक है। तब प्रमुच मुनि ने अपने तपोबल से रेवती नक्षत्र का तेज आकाश में पुनर्स्थापित कर दिया; तदंतर दुर्गम और रेवती का विवाह कर दिया।

विवाह के उपरांत रेवती के गर्भ से एक वीर और पराक्रमी पुत्र उत्पन्न हुआ, जो आगे चलकर रैवत नाम से पाँचवें मनु के पद पर प्रतिष्ठित हुआ।

□

दुर्गम का अंत

प्राचीन समय में दैत्य वंश में दुर्गम नामक एक अत्यंत शक्तिशाली, पराक्रमी और अत्याचारी दैत्य हुआ। बचपन से ही उसके मन में देवताओं के प्रति घृणा और शत्रुता का भाव कूट-कूटकर भरा हुआ था। अतएव दैत्यराज के पद पर आसीन होते ही उसने एक विशाल सेना लेकर स्वर्ग पर आक्रमण कर दिया। परंतु देवताओं के समक्ष उसकी एक न चली और जान बचाकर उसे रणभूमि से भागना पड़ा।

एक बार दैत्यराज दुर्गम अपनी पराजय से चिंतित होकर राजमहल में बैठा था, तभी वहाँ देवर्षि नारद पधारे। वे देवताओं के साथ-साथ दैत्यों के लिए भी बहुत आदरणीय थे। दुर्गम ने उनका यथोचित सत्कार कर उन्हें आसन प्रदान किया। नारदजी ने दुर्गम को चिंतित देख उसकी चिंता का कारण पूछा।

दुर्गम बोला, ''हे मुनिवर! देवासुर-संग्राम में हमें मुँह की खानी पड़ी। देवताओं की शक्ति के सामने हम पूरी तरह से असहाय हैं। हमारे बल, पराक्रम और माया का उनपर कोई असर नहीं होता। मुझे उनकी शक्ति क्षीण करने और स्वर्ग पर अधिकार करने का उपाय नहीं सूझ रहा। कृपया इस विषय में आप मेरा मार्गदर्शन करें।''

देवर्षि नारद बोले, ''दैत्यराज! देवताओं की संपूर्ण शक्ति वेदों

में निहित है। यदि आप किसी प्रकार वेदों को प्राप्त कर लें तो वे शक्तिहीन हो जाएँगे। तब आप उन्हें सरलता से पराजित कर सकते हैं। इसके लिए आप तपस्या द्वारा ब्रह्माजी को प्रसन्न करें और उनसे वर-स्वरूप चारों वेद माँग लें।"

नारदजी के परामर्शानुसार दुर्गम उसी समय वन में चला गया और कठोर तपस्या करने लगा। अनेक वर्ष बीत गए। धीरे-धीरे उसके तप का तेज संपूर्ण सृष्टि को जलाने लगा। अंततः दुर्गम की तपस्या से प्रसन्न होकर ब्रह्माजी प्रकट हुए और मनोवांछित वर माँगने को कहा।

दुर्गम स्तुति करते हुए बोला, "परमपिता, मुझे चारों वेद प्रदान करें। साथ ही वरदान दें कि देवता, पुरुष, पशु, पक्षी—कोई भी युद्ध में मुझे पराजित न कर सके।"

'तथास्तु' कहकर ब्रह्माजी ने दुर्गम की इच्छा पूर्ण कर दी।

वरदान पाकर दुर्गम परम शक्तिशाली हो गया। उसने पुनः स्वर्ग पर आक्रमण कर दिया और देवताओं को परास्त कर तीनों लोकों पर अधिकार कर लिया। तदंतर उसने पृथ्वी पर होनेवाली सभी वैदिक क्रियाएँ—यज्ञ, हवन आदि बंद करवा दिए। ऋषि-मुनियों पर अत्याचार किए जाने लगे। चारों ओर हाहाकार मच गया।

ऐसी स्थिति में देवताओं सहित सभी ऋषि-मुनिगण भगवती जगदंबा की स्तुति कर उनसे सहायता की प्रार्थना करने लगे। भक्तों की पुकार सुनकर भगवती जगदंबा का हृदय भर आया और वे भयंकर रूप धारण कर दैत्य दुर्गम का वध करने चल पड़ीं।

दुर्गम को जब यह समाचार मिला तो वह भी सेना सहित युद्धभूमि में आ डटा। दोनों पक्षों में भयंकर युद्ध छिड़ गया। देखते-ही-देखते भगवती जगदंबा ने दुर्गम की संपूर्ण सेना का संहार कर दिया। अपनी सेना का नाश देखकर दुर्गम क्रोधित हो उठा और तलवार लेकर भगवती जगदंबा से युद्ध करने लगा। अंत में जगदंबा ने खड्ग के एक ही वार से दुर्गम का सिर धड़ से अलग कर दिया।

दुर्गम के मरते ही चारों वेद पुनः ब्रह्माजी के पास लौट गए। इस प्रकार भगवती जगदंबा की कृपा से स्वर्ग पर देवताओं का पुनः अधिकार हो गया। दुर्गम दैत्य का वध करने के कारण भगवती जगदंबा 'दुर्गा' के नाम से प्रसिद्ध हुईं।

□

हयग्रीव

एक बार पृथ्वी पर हयग्रीव नामक अत्यंत भयंकर दैत्य हुआ। उसका मस्तक घोड़े का तथा धड़ दैत्य का था। उसने अनेक वर्षों तक कठोर तपस्या की। उसकी तपस्या से प्रसन्न होकर ब्रह्माजी प्रकट हुए और वर माँगने के लिए कहा। हयग्रीव उनकी स्तुति करते हुए बोला, "परमपिता! आप सृष्टि के रचयिता हैं। आपके दर्शन पाकर मैं धन्य हो गया। भगवन्! यदि आप प्रसन्न हैं तो मुझे अमरता प्रदान करें।"

दैत्य हयग्रीव की बात सुनकर ब्रह्माजी चिंतित हो उठे और उसे समझाते हुए बोले, "वत्स, विधि के विधान के अनुसार इस संसार में जो जनमा है, एक-न-एक दिन उसे मृत्यु का ग्रास बनना ही है। स्वयं मैं भी इस नियम से अछूता नहीं हूँ। इसलिए अमरता के स्थान पर तुम कुछ और माँग लो।"

हयग्रीव बोला, "ब्रह्मदेव! संसार में समान रंग, रूप, बल एवं आकारवाले दो प्राणी नहीं होते। इसलिए आप वर दें कि मेरी मृत्यु उस प्राणी के हाथों हो जो रंग, रूप, बल और आकार में बिलकुल मेरे समान हो; जो न तो मनुष्य हो और न ही पशु।"

'तथास्तु' कहकर ब्रह्माजी ने हयग्रीव को वरदान दे दिया।

अकल्पनीय मृत्यु का वरदान पाकर हयग्रीव का दुःसाहस बढ़ गया। उसने दैत्यों की सेना एकत्रित की और स्वर्ग पर आक्रमण कर दिया। शीघ्र ही देवताओं और दैत्यों में भयंकर युद्ध छिड़ गया। इसमें भगवान विष्णु दस हजार वर्षों तक निरंतर दैत्यों के साथ युद्ध करते रहे।

एक दिन युद्ध करते-करते थकान के कारण भगवान विष्णु को नींद आ गई। वे वहीं बैठ गए और धनुष का सहारा लेकर ऊँघने लगे। दैत्यों ने जब यह देखा तो उन्होंने पूरी शक्ति के साथ देवताओं पर हमला बोल दिया। इंद्र शीघ्रता से श्रीविष्णु के पास

पहुँचकर उन्हें उठाने लगे। लेकिन उनके द्वारा किए गए प्रयास विफल हो गए। श्रीविष्णु अचेत-से पड़े रहे।

तब इंद्र की प्रार्थना पर ब्रह्माजी ने वम्री नामक एक कीड़े को उत्पन्न किया। उसने श्रीविष्णु के धनुष की डोरी काट दी। सहसा एक भयंकर गर्जन हुआ; दसों दिशाएँ गूँज उठीं; चारों ओर घोर अंधकार छा गया। कुछ क्षण के बाद अंधकार छँटा तो सभी आश्चर्यचकित रह गए। वहाँ भगवान विष्णु का केवल धड़ था, मस्तक अदृश्य हो गया। इंद्रादि देवगण चिंतित होकर एक-दूसरे को देखने लगे।

तभी दिव्य आकाशवाणी हुई–"चिंता त्याग दो, देवगण! यह भगवान विष्णु की ही लीला है। ब्रह्माजी ने दैत्य हयग्रीव को वरदान दिया था कि उसकी मृत्यु उसके समान रंग-रूप एवं आकारवाले प्राणी द्वारा होगी। उसकी मृत्यु का समय आ चुका है। इसलिए आप अश्व का मस्तक काटकर श्रीविष्णु के धड़ पर लगा दीजिए।"

इंद्र ने उसी समय अश्व का मस्तक काटकर भगवान विष्णु के धड़ पर लगा दिया। सिर लगते ही श्रीविष्णु उठ खड़े हुए। तदंतर वे दैत्य हयग्रीव के साथ मल्लयुद्ध करने लगे। दोनों में हजारों वर्षों तक युद्ध होता रहा। अंत में भगवान हयग्रीव ने दैत्य हयग्रीव को अपने मुष्टि-प्रहार से काल का ग्रास बना दिया।

इस प्रकार अश्व का मस्तक लगाने के कारण भगवान विष्णु का यह अवतार 'हयग्रीव' कहलाया।

□

भक्तराज अंबरीष

प्राचीन समय में अंबरीष नामक एक धर्मप्रिय राजा हुए। वे भगवान विष्णु के श्रेष्ठ भक्तों में से एक माने जाते थे। उन्होंने सांसारिक सुखों का त्याग करके मन को भगवान विष्णु के श्रीचरणों में केंद्रित कर लिया था। यद्यपि वे प्रतिदिन राजकीय कार्य सुचारु रूप से करते थे, तथापि उनका ध्यान श्रीहरि की ओर लगा रहता था। श्रीविष्णु भी अपने भक्त पर विशेष कृपा रखते थे। उनका सुदर्शन चक्र अंबरीष

की रक्षा के लिए सदैव उनके साथ रहता था।

एक बार राजा अंबरीष ने पत्नी सहित एक वर्ष तक एकादशी व्रत किया। इस दौरान उन्होंने ब्राह्मणों को भरपूर दान-दक्षिणा दी। व्रत की समाप्ति पर उन्हें भोजन ग्रहण करना था, तभी वह व्रत पूर्ण होता। अभी वे भोजन करने बैठे ही थे कि वहाँ महर्षि दुर्वासा आ पहुँचे। अंबरीष ने उन्हें भोजन करने के लिए कहा। दुर्वासा ने उनका आग्रह स्वीकार कर लिया। लेकिन भोजन से पूर्व वे अंबरीष को प्रतीक्षा करने के लिए कहकर स्नान करने चले गए।

दैव योग से स्नान करते समय दुर्वासा मुनि ध्यानमग्न हो गए। इधर, एकादशी का समय निकलता जा रहा था। अंबरीष विकट स्थिति में फँस गए। एकादशी रहते भोजन करना आवश्यक था, परंतु दुर्वासा मुनि के बिना वे भोजन ग्रहण नहीं कर सकते थे। उन्होंने इस विषय में ब्राह्मणों से विचार-विमर्श किया। सभी ने एकमत होकर कहा, ''राजन्! शास्त्रों में जल को भोजन के समान सरस माना गया है। इसलिए आप जल पीकर अपने व्रत को पूर्ण करें।''

अंबरीष ने जल पी लिया और दुर्वासा मुनि की प्रतीक्षा करने लगे।

लौटने पर जब दुर्वासा मुनि को सारी घटना पता चली तो वे क्रोध में भरकर बोले, ''दुष्ट! तुमने मेरे आदेश की अवहेलना कर घोर अपराध किया है। तुम्हें अब मेरे क्रोध से कोई नहीं बचा सकता।'' यह कहकर उन्होंने अपनी जटा की एक लट से भयंकर कृत्या पैदा की और उसे अंबरीष को मारने का आदेश दिया।

कृत्या जैसे ही तलवार लेकर आगे बढ़ी, भगवान विष्णु का सुदर्शन चक्र प्रकट हो गया। और फिर देखते-ही-देखते उसने कृत्या को जलाकर भस्म कर दिया। तदंतर वह दुर्वासा मुनि की ओर लपका।

कृत्या के संहार को देखकर दुर्वासा मुनि पहले ही भयभीत हो चुके थे; चक्र को अपनी ओर आते देख उनका साहस जवाब दे गया। वे प्राण बचाकर वहाँ से निकल भागे। लेकिन चक्र ने उनका पीछा नहीं छोड़ा। दुर्वासा मुनि जहाँ-जहाँ गए, चक्र उनके पीछे गया। वे ब्रह्माजी की शरण में गए, लेकिन उन्होंने भी अपनी असमर्थता प्रकट कर दी। भगवान शिव ने दुर्वासा मुनि को भगवान विष्णु की शरण में जाने का परामर्श दिया।

दुर्वासा शीघ्र ही बैकुंठ लोक पहुँचे और भगवान विष्णु से रक्षा करने की प्रार्थना करने लगे।

श्रीविष्णु बोले, ''मुनिवर! मुझे मेरे भक्त मुझसे भी अधिक प्रिय हैं। जिसने मेरे चरणों में स्वयं को समर्पित कर दिया हो, उस भक्त को मैं भला कैसे छोड़ सकता हूँ? यदि आप प्राणों का हित चाहते हैं तो उन्हीं अंबरीष की शरण में जाएँ। केवल वे ही आपको अभय प्रदान कर सकते हैं।''

थक-हारकर दुर्वासा मुनि अंबरीष के पास पहुँचे और उनसे क्षमा माँगने लगे। दयालु अंबरीष ने उन्हें क्षमा कर दिया। तदंतर उनकी प्रार्थना से सुदर्शन चक्र अदृश्य हो गया। इसके बाद उन्होंने दुर्वासा मुनि का यथोचित सत्कार किया। उनके इस व्यवहार से दुर्वासा मुनि अत्यंत प्रसन्न हुए और उन्हें आशीर्वाद देकर वहाँ से चले गए।

अनेक वर्षों तक सुखपूर्वक राज्य करने के बाद अंबरीष ने अपनी भक्ति और निष्ठा से मृत्यु के बाद मोक्ष प्राप्त किया।

□

शाप और वरदान

देवर्षि नारद और पर्वत मुनि परस्पर बहुत गहरे मित्र थे। अकसर वे दोनों एक साथ भ्रमण करते हुए दूर निकल जाते थे। एक बार दोनों ने एक साथ पृथ्वी-भ्रमण का निश्चय किया। भ्रमण पर चलने से पूर्व दोनों ने प्रतिज्ञा की कि वे अपने मन में उठनेवाले विचारों से एक-दूसरे को अवगत करवाते रहेंगे। इस प्रकार दोनों पृथ्वी-भ्रमण के लिए चल दिए।

भ्रमण करते हुए वे दोनों सुरम्य नामक नगरी में पहुँचे। वह अत्यंत सुंदर, ऐश्वर्य-संपन्न और विशाल नगरी थी। वहाँ संजय नामक राजा राज्य करते थे। उन्होंने दोनों मुनियों का स्वागत किया और उनसे कुछ दिन वहीं निवास करने की प्रार्थना की। उन्होंने संजय की प्रार्थना स्वीकार कर ली।

राजा संजय की दमयंती नामक एक पुत्री थी। वह अत्यंत सुंदर, सुशील और कोमल स्वभाव की थी। संजय ने मुनियों की सेवा के लिए उसे नियुक्त कर दिया। वह बड़े सेवाभाव से अपने कर्तव्य को निभाने लगी। धीरे-धीरे नारदजी के मन में दमयंती के प्रति प्रेम-भाव उत्पन्न हो गया। वे उसकी ओर आकर्षित होने लगे। दमयंती भी नारदजी के सौंदर्य से मोहित हो गई।

शीघ्र ही इस बात का पता पर्वत मुनि को चल गया। उन्होंने नारदजी से इस विषय में पूछा। नारदजी ने उन्हें सबकुछ सच-सच बता दिया। साथ ही दमयंती के साथ विवाह करने की इच्छा भी व्यक्त की।

सच सुनकर पर्वत मुनि क्रोध से भर गए तथा कटु स्वर में बोले, ''नारद, तुमने अपने मन की बात छिपाकर अपनी प्रतिज्ञा भंग की है। मैं तुम्हें शाप देता हूँ कि तुम इसी समय वानर-मुख के हो जाओगे।''

शाप ने शीघ्र अपना प्रभाव दिखाया और कुछ ही क्षणों में नारदजी का मुख वानर का हो गया।

अब तो नारदजी का क्रोध भी आसमान छूने लगा। उन्होंने अपने कमंडलु से जल निकाला और पर्वत मुनि से बोले, ''पर्वत! तुमने एक छोटी सी बात पर मुझे इतना कठोर शाप दे दिया। ठीक है, मैं शाप देता हूँ कि तुम इसी समय से स्वर्ग जाने की शक्ति से वंचित हो जाओ।''

इस प्रकार क्रोध में भरकर दोनों मुनियों ने एक-दूसरे को शाप दे दिया। इसके बाद पर्वत मुनि वहाँ से चले गए। नारदजी का मुख वानर का हो गया था, लेकिन फिर भी दमयंती उनसे प्रेम करती रही। उसने अपने पिता से नारदजी के साथ विवाह करने की अनुमति माँगी। संजय को इस विवाह से कोई आपत्ति नहीं थी। उसने शुभ मुहूर्त देखकर दोनों का विवाह करवा दिया।

विवाह के बाद नारदजी ने निकट के वन में एक आश्रम बना लिया और दमयंती के साथ गृहस्थ-सुख भोगने लगे।

एक दिन भ्रमण करते हुए पर्वत मुनि उस आश्रम में आ पहुँचे। दोनों मित्र एक-दूसरे को देखकर व्यथित हो गए। नारदजी ने उनका भरपूर स्वागत किया और अपने अपराध की क्षमा माँगी। पर्वत मुनि भी ग्लानि से भरे हुए थे। उन्होंने वरदान देकर नारद का मुख पहले जैसा कर दिया। नारदजी ने भी अपने शाप को वरदान से बदल दिया। इस प्रकार दोनों मित्रों ने आपसी कटुता को मिटा दिया।

□

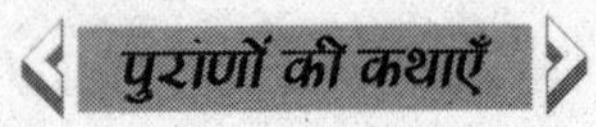

झूठा अहंकार

भगवती दुर्गा ने जब पृथ्वी से लगभग सभी दानवों को समाप्त कर दिया तो देवगण निश्चिंत हो गए और देवराज इंद्र सहित सभी देवता भगवती माता की भक्ति से विमुख होकर भोग-विलास में डूब गए। उनका अधिकांश समय सोमरस पीने और अप्सराओं का नृत्य देखते हुए बीतने लगा। भोगों में लिप्त होकर वे बलहीन हो गए।

देवताओं की यह स्थिति देखकर बचे-खुचे दैत्यों के हृदय में स्वर्ग-विजय का विचार एक बार फिर कुलबुलाने लगा। इस उद्देश्य में सफलता के लिए उन्होंने कठोर तप आरंभ कर दिया। जब दैत्यों की तपस्या ने ब्रह्मांड में हलचल उत्पन्न कर दी, तब ब्रह्माजी दैत्यों के समक्ष साक्षात् प्रकट हुए और उनसे वर माँगने के लिए कहा। दैत्यों ने उनसे अपार बल का वरदान माँगा। ब्रह्माजी ने उन्हें इच्छित वर प्रदान कर दिया। वरदान प्राप्त होते ही दैत्यों की शक्ति बढ़ गई और उन्होंने ऋषि-मुनियों पर अत्याचार करने आरंभ कर दिए। आश्रमों और यज्ञों को नष्ट-भ्रष्ट कर दिया गया। देवताओं की पूजा करनेवालों को मृत्यु के घाट उतारा जाने लगा।

दैत्यों के इस कार्य से देवताओं को पूजा और यज्ञ का भाग मिलना बंद हो गया। इससे वे और अधिक शक्तिहीन हो गए। तब देवताओं को पूर्णरूप से परास्त करने के लिए अभिमानी दैत्यों ने उन पर आक्रमण कर दिया और भीषण युद्ध करने लगे। यह युद्ध अनेक वर्षों तक चला। दोनों पक्षों की ओर से दिव्यास्त्रों और अनेक प्रकार की मायाओं का विचित्र प्रयोग किया गया। यह युद्ध ऐसा प्रतीत होता था मानो प्रलयकाल आ गया हो।

दैत्य अपूर्व बल का वर प्राप्त कर चुके थे, अतः उनके बल के समक्ष देवता

धीरे-धीरे कमजोर पड़ते गए। तब उनकी यह दुर्दशा देखकर परम दयालु माता भगवती ने अपने तेज को देवताओं में स्थापित कर दिया। माता भगवती की शक्ति प्राप्त होते ही सभी देवता पुनः बलशाली और शक्ति-संपन्न हो गए और पूरे उत्साह के साथ युद्ध करने लगे। देवताओं को शक्ति-संपन्न होते देख दैत्य भयभीत हो गए और अपने प्राण बचाकर पाताल में छिप गए। इस प्रकार भगवती माता की कृपा से इस देवासुर-संग्राम में देवताओं की विजय हुई।

देवगण इस बात से अनजान थे कि भगवती की शक्ति के कारण ही उनकी विजय हुई थी। वे तो इसे अपने बल की जीत मान रहे थे और सभी लोकों में अपनी शक्ति का बखान करते हुए घूम रहे थे।

देवताओं को अहंकार के नशे में चूर देखकर भगवती उन्हें सबक सिखाने के उद्देश्य से यक्ष के रूप में प्रकट हुईं। उनका तेज सूर्य के प्रकाश को भी क्षीण कर रहा था। यक्ष रूपी देवी भगवती केवल एक प्रकाश-पुंज के रूप में थीं। तेजमय यक्ष को स्वर्गलोक के निकट देखकर देवर्षि नारद देवसभा में उपस्थित हुए और देवराज इंद्र से बोले, ''देवेंद्र, स्वर्गलोक से कुछ ही दूरी पर एक दिव्य तेजमय यक्ष प्रकट हुआ है। यह किसी दुष्ट की चेष्टा है या किसी असुर की माया, इस बारे में बताना कठिन है। राजन्! ऐसा तेज पहले कभी दिखाई नहीं दिया। देवताओं के हित में उसके बारे में पता लगाना आपका परम कर्तव्य है। आप इसी क्षण उसके बारे में समुचित जानकारी प्राप्त करें।''

देवर्षि नारद की बात सुनकर देवता परस्पर विचार करने लगे। अंत में इस कार्य के लिए अग्निदेव को चुना गया।

जिज्ञासा से भरे अग्निदेव तत्क्षण स्वर्ग से चल पड़े और पल भर में यक्ष के पास पहुँच गए और गर्व भरे स्वर में बोले, ''हे मायावी! मैं अग्निदेव हूँ। जगत् को पल भर में भस्म कर देने की शक्ति है मुझमें। मेरी तीव्र लपटों से प्राणी त्राहि-त्राहि कर उठते हैं। अपने बारे में सब बता दो, अन्यथा मैं तुम्हें पल भर में भस्म कर दूँगा।''

अग्निदेव के गर्वयुक्त वचन सुनकर यक्ष ने उनके सामने एक तिनका रख दिया और कहा, ''हे अग्निदेव! मैं तुम्हारा पराक्रम देखना चाहता हूँ। तुम में जगत् को भस्म करने की शक्ति है तो जरा इस तिनके को जलाकर दिखा दो। तब मैं अपने बारे में तुम्हें सबकुछ बताऊँगा।''

अभिमानी अग्निदेव ने तीव्र ज्वालाएँ प्रकट कीं और तिनके को जलाने का प्रयास करने लगे। किंतु अपनी पूरी शक्ति लगाकर भी वे उसे नहीं जला सके। अंत में वे लज्जित होकर लौट गए और इंद्र को सारी बात बताई।

तब देवराज इंद्र ने वायुदेव से कहा, ''हे वायुदेव! तुम में यह सारा जगत् ओत-प्रोत है। तुम्हारी शक्ति से ही संसार सचेष्ट बना हुआ है। तुम प्राणरूप होकर प्राणियों के शरीर में संपूर्ण शक्तियों का संचार करते हो। तुम्हीं उस यक्ष के बारे में समुचित जानकारी प्राप्त करो।''

देवराज इंद्र के मुख से अपनी प्रशंसा सुनकर वायुदेव भी गर्व से भरकर यक्ष के समीप पहुँचे और उससे अपना परिचय देने को कहा। यक्ष ने अपनी बात दोहराते हुए कहा, ''वायुदेव, तुम्हारे सामने यह तिनका पड़ा है। इसे अपनी शक्ति से उड़ा दो। और यदि तुम यह नहीं कर सकते तो अभिमान त्यागकर देवराज इंद्र के पास लौट जाओ।''

यक्ष का कथन सुनकर वायुदेव ने उपहासपूर्वक एक फूँक मारी, लेकिन जब तिनका नहीं उड़ा तो वे पुनः कोशिश करने लगे। फिर वे पूरी शक्ति लगाकर उस तिनके को उड़ाने में लग गए। किंतु अपने प्रयास में वे सफल नहीं हुए। अभिमान चूर होने पर वायुदेव लज्जित होकर देवताओं के पास लौट गए और इंद्र से बोले ''देवराज, अग्निदेव ठीक ही कहते थे। वह यक्ष बड़ा मायावी लगता है। उसने हमारे अहंकार को चूर करके रख दिया है।''

तब सभी देवता इंद्र से बोले, ''हे देवराज! आप देवताओं के स्वामी हैं। देवासुर-संग्राम में आप ही हमारा नेतृत्व करते हैं। दैत्य आपके नाममात्र से ही काँप उठते हैं। अब आप

ही उस यक्ष के बारे में पता लगाइए। आपकी शक्ति के आगे वह यक्ष अवश्य टूट जाएगा।''

अपनी प्रशंसा सुन इंद्र अभिमान में भरकर यक्ष के पास गए। वे जैसे ही उसके पास पहुँचे, वह तेजस्वी यक्ष उसी क्षण अंतर्धान हो गया। यक्ष के बिना बात किए अदृश्य हो जाने से देवराज इंद्र को बड़ी आत्मग्लानि हुई। वे सोचने लगे, 'अब स्वर्ग किस मुँह से जाऊँ? देवता मेरा उपहास उड़ाएँगे।'

इंद्र इस प्रकार विचारमग्न थे, तभी एक आकाशवाणी गूँजी, ''हे देवेंद्र! इस संकट से उबरने के लिए तुम भगवती के मायाबीज-मंत्र का जप करो।''

इंद्र ने अभिमान त्यागकर मायाबीज-मंत्र का जप शुरू कर दिया। इंद्र को जप करते हुए अनेक दिन बीत गए।

फिर एक दिन चैत्र मास के शुक्ल पक्ष में नवमी तिथि के अवसर पर इंद्र के सामने एक विराट् दिव्य तेज प्रकट हो गया। उस दिव्य तेजपुंज से 'उमा' नाम की एक देवी प्रकट हुईं। उमा देवी के शिव के समान तीन नेत्र थे। चारों वेद साक्षात् प्रकट होकर उन देवी की स्तुति कर रहे थे। उनके दर्शन मात्र से इंद्र का हृदय भक्ति से गद्गद हो गया।

देवराज इंद्र ने भगवती उमा को प्रणाम किया और उनकी स्तुति करते हुए बोले, ''माते! वह यक्ष कौन था और यहाँ किस प्रयोजन से प्रकट हुआ था? यह जानने के लिए मैं बड़ा उत्सुक हूँ। यह रहस्य बताने की कृपा करें।''

तब भगवती उमा बोलीं, ''वत्स, जगत् की सृष्टि, पालन और संहार मेरी ही माया के वशीभूत हैं। मैं ही शक्ति के रूप में सब जगह स्थित हूँ। मेरी ही कृपा से तुम दैत्यों को पराजित करने में सफल हुए थे; किंतु अभिमानवश यह सब भूलकर तुम भोग-विलास में डूब गए थे। इसलिए तुम्हारी आँखें खोलने के लिए ही मेरा तेज यक्ष के रूप में प्रकट हुआ था। वस्तुतः वह मेरा ही रूप था। अतः अब तुम भोग-विलास छोड़कर यत्नपूर्वक शासन करो।''

अब तक सभी देवता वहाँ आ चुके थे। सबने भक्तिभाव से उमा देवी की स्तुति की और उनके आदेश को गाँठ में बाँध लिया।

□

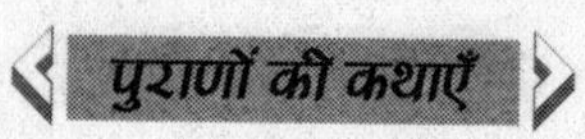

चाक्षुष मनु

राजा अनमित्र का विवाह भद्रा नामक राजकुमारी के साथ हुआ। विवाह के बाद भद्रा ने एक ऐसे दिव्य बालक को जन्म दिया, जिसे अपने पूर्वजन्म की सभी घटनाओं का ज्ञान था। इसी कारण वह बालक भद्रा से अलग-थलग रहता था। भद्रा ने उसे अनेक प्रकार से रिझाने का प्रयास किया, लेकिन असफल रही। अंत में क्रोधित होकर उसने बालक को वन में छुड़वा दिया।

वन में एक भयंकर राक्षसी रहती थी। उसे बच्चों का मांस अत्यंत प्रिय था। लेकिन भोजन से पूर्व वह बच्चों को परस्पर बदलने का खेल खेलती थी। उसने वन में पड़े हुए भद्रा के पुत्र को विक्रांत नामक राजा के पुत्र से बदल दिया। तदंतर उसने विक्रांत के पुत्र को एक ब्राह्मण के घर सुला दिया और उस ब्राह्मण के पुत्र को मारकर खा गई। इस प्रकार खेल-खेल में राक्षसी ने बच्चों को बदल दिया।

राजा विक्रांत ने भद्रा के पुत्र को अपना समझकर उसका नाम 'आनंद' रखा और उसका पालन-पोषण करने लगा। युवा होने पर विक्रांत ने उसे विद्याध्ययन के लिए गुरु के साथ भेजने का निश्चय कर लिया। गुरु ने आनंद को विद्यार्जन से पूर्व माता के चरण-स्पर्श करने को कहा।

आनंद विनम्र स्वर में बोला, "गुरुदेव! आपने माता के चरण-स्पर्श करने को कहा है। परंतु यह तो बताया ही नहीं कि मैं जन्म देनेवाली माता को प्रणाम करूँ अथवा पालन करनेवाली माता को?"

यह बात सुनकर वहाँ उपस्थित सभी लोग विस्मित रह गए। विक्रांत ने आनंद से इसका रहस्य पूछा। तब आनंद बोला, "राजन्! मेरा जन्म राजा अनमित्र की पत्नी भद्रा के गर्भ से हुआ है। उन्होंने मुझे वन में छुड़वा दिया था। एक राक्षसी ने मुझे आपके

पुत्र के साथ बदल दिया था। इस समय आपका पुत्र निकट के गाँव में एक ब्राह्मण के घर 'चैत्र' नाम से पल-बढ़ रहा है।''

राजा विक्रांत ने उसी समय सैनिक भेजकर ब्राह्मण सहित चैत्र को अपने पास बुलवा लिया। तदंतर ब्राह्मण को सारी स्थिति बताकर धन देकर विदा कर दिया।

चूँकि विक्रांत को उनका पुत्र मिल चुका था, अत: आनंद भी वहाँ से वन चला गया और कठोर तपस्या करने लगा। इस प्रकार तपस्या करते हुए हजारों वर्ष बीत गए। अंतत: उसकी तपस्या से प्रसन्न होकर ब्रह्माजी साक्षात् प्रकट हुए और मनोवांछित वर माँगने को कहा।

आनंद ने वरदान में मोक्ष माँगा।

तब ब्रह्माजी बोले, ''वत्स, मनुष्य जब तक इस पृथ्वी पर अपने कर्म नहीं भोग लेता, तब तक उसे मोक्ष नहीं मिलता। निस्संदेह तुम मोक्ष के अधिकारी हो, लेकिन उससे पूर्व तुम्हें इस पृथ्वी के सभी सुखों का उपभोग करना है। मैं तुम्हें मनु पद पर आसीन होने का वरदान देता हूँ। पूर्वजन्म में तुम मेरे चक्षु से उत्पन्न हुए थे, इसलिए इस जन्म में तुम 'चाक्षुष मनु' के नाम से प्रसिद्ध होगे।'' यह कहकर ब्रह्माजी अंतर्धान हो गए।

तत्पश्चात् आनंद संपूर्ण पृथ्वी को विजयी कर मनु-पद पर आसीन हुए और हजारों वर्षों तक पृथ्वी का उपभोग करते हुए मोक्ष के अधिकारी बने।

□

उतथ्य मुनि

कोशल देश में देवदत्त नामक ब्राह्मण अपनी पत्नी रोहिणी के साथ रहता था। एक बार उसने तमसा नदी के तट पर पुत्रेष्टि यज्ञ का आयोजन किया। इस अवसर पर अनेक ऋषि-मुनियों को आमंत्रित किया। गोभिल मुनि यज्ञ के पुरोहित थे। निश्चित समय पर यज्ञ आरंभ किया गया। इसमें गोभिल मुनि ने एक मंत्र का गलत उच्चारण कर दिया, जिसे सुनकर देवदत्त तीखे स्वर में बोला, ''मुनिवर! आप जैसे परम विद्वान्

द्वारा गलत मंत्रोच्चारण उचित नहीं है। कृपया आप मंत्रों के सही उच्चारण पर ध्यान केंद्रित करें, अन्यथा यज्ञ का प्रयोजन व्यर्थ हो जाएगा।''

देवदत्त की बात गोभिल मुनि के हृदय को भेदती हुई निकल गई। वे पल भर में क्रोधित हो उठे और गरजकर बोल, ''मूर्ख! यज्ञ का पुरोहित साक्षात् देवगुरु के समान होता है। उसी के आमंत्रण पर देवगण यज्ञ का फल प्रदान करते हैं। तुम मुझे ही उचित-अनुचित का पाठ पढ़ा रहे हो? तुम्हारा यह व्यवहार अत्यंत मूर्खतापूर्ण है। जा, मैं तुझे शाप देता हूँ कि तेरे घर जन्म लेनेवाला बालक मूर्ख और हठी होगा!''

शाप सुनकर देवदत्त गोभिल मुनि के चरणों में गिरकर क्षमा माँगने लगा, ''हे मुनिवर! विद्वान् के लिए अज्ञानी संतान की अपेक्षा संतानहीन रहना अधिक उपयुक्त है, क्योंकि ऐसी संतान सदा दुःख और अपयश का कारण बनती है। इसलिए कृपया अपने शाप से मेरा उद्धार करें।''

इतनी देर में मुनि का क्रोध दूध में आए उबाल की भाँति शांत हो गया। वे बोले, ''देवदत्त! मैं इस शाप को लौटा तो नहीं सकता, इसका प्रभाव अवश्य कम कर सकता हूँ। मैं आशीर्वाद देता हूँ, शापवश तुम्हारा पुत्र जन्म से मूर्ख होगा, परंतु बाद में वह परम विद्वान् हो जाएगा।''

यज्ञ-समाप्ति के कुछ माह बाद रोहिणी ने एक बालक को जन्म दिया, जिसका नाम 'उतथ्य' रखा गया। शाप के कारण उतथ्य जन्म से ही मूर्ख था। देवदत्त ने पुत्र को शिक्षा-दीक्षा ग्रहण करने के लिए गुरु के पास भेजा। परंतु बारह वर्ष व्यतीत होने के बाद भी वह निरक्षर और मूर्ख रहा। धीरे-धीरे लोग उसका उपहास उड़ाने लगे। इससे व्यथित होकर उतथ्य वन में चला गया और गंगा के किनारे कुटी बनाकर रहने लगा।

सत्य वचन बोलना और ब्रह्मचर्य का पालन कराना-उतथ्य इन दोनों नियमों का पूर्ण निष्ठा से पालन करता था। इस प्रकार चौदह वर्ष बीत गए। सत्य व्रत का नियमित पालन करने के कारण उतथ्य का नाम 'सत्यव्रत' पड़ गया। यद्यपि उसने किसी प्रकार की उपासना या तपस्या नहीं की थी, तथापि लोगों में यह बात प्रचारित हो गई कि उसके मुख से कभी भी असत्य वचन नहीं निकलते। धीरे-धीरे लोग उसका सम्मान करने लगे।

एक बार एक शिकारी के बाण से घायल एक वाराह (सूअर) प्राण बचाकर उतथ्य की कुटी के निकट जा छिपा। उसकी दयनीय स्थिति देखकर उतथ्य ने सहसा 'ऐ' शब्द का उच्चारण किया। 'ऐ' माता भगवती का सारस्वत मंत्र है। उतथ्य ने न तो

कभी यह मंत्र सुना था और न ही इसका उच्चारण किया था। उसके मुख से अनजाने में ही निकले इस मंत्र से माता भगवती प्रसन्न हो गईं और उन्होंने उतथ्य को दिव्य ज्ञान, बुद्धि एवं विद्या प्रदान कर दी। देखते-ही-देखते उतथ्य में ज्ञान का संचार हो गया।

तभी वहाँ शिकारी आ पहुँचा। उसने उतथ्य को प्रणाम किया और वाराह के विषय में पूछा। उतथ्य धर्मसंकट में पड़ गया। एक ओर सत्यव्रत का पालन था तो दूसरी ओर शरणागत वाराह! अंततः उतथ्य कोमल स्वर में बोला, ''हे व्याध! जिन आँखों ने इस वाराह को देखा है, वे बोल नहीं सकतीं और जो जिह्वा बोल सकती है, उसने वाराह को नहीं देखा। इसलिए मैं तुम्हारे प्रश्न का उत्तर कैसे दे सकता हूँ?'' शिकारी निराश होकर लौट गया।

भगवती जगदंबा के वरदानस्वरूप आगे चलकर यही उतथ्य संसार में परम विद्वान् और महान् कवि के रूप में प्रसिद्ध हुआ।

□

पतिव्रता शैव्या

प्रतिष्ठानपुर में कौशिक नामक एक कोढ़ी और अपाहिज ब्राह्मण रहता था। उसकी पत्नी शैव्या अत्यंत पतिव्रता और धार्मिक स्वभाव की महिला थी। वह लगनपूर्वक पति की सेवा किया करती थी। यद्यपि कौशिक अत्यंत क्रोधी स्वभाव का था तथा शैव्या को अपशब्द बोलता रहता था, तथापि वह उसकी कटु बातों को अनसुना कर देती। इसी प्रकार दिन व्यतीत हो रहे थे।

एक बार एक सुंदर वेश्या को देखकर कौशिक मोहित हो गया। उसने पत्नी के समक्ष मन की इच्छा रखी, "प्रिये! उस सुंदर वेश्या ने मेरा हृदय चुरा लिया है। मैं उसे पाना चाहता हूँ। तुम मुझे उसके पास ले चलो।" शैव्या ने पति की इच्छा को सहर्ष स्वीकार कर लिया और आधी रात के समय पति को कंधे पर बिठाकर वेश्या के पास चल दी।

मार्ग में एक शूली गड़ी हुई थी। इस शूली का प्रयोग चोरों-डाकुओं को दंडित करने के लिए किया जाता था। शैव्या शूली के पास से निकली तो कौशिक के स्पर्श से शूली हिल गई। उस समय दैववश मांडव्य मुनि को शूली पर चढ़ाकर दंडित किया गया था। शूली के हिलते ही मांडव्य मुनि पीड़ा से भर उठे। उन्होंने कौशिक को शाप दे दिया–"मूर्ख, तुमने शूली हिलाकर मुझे भयंकर कष्ट पहुँचाया है। मैं शाप देता हूँ कि सूर्योदय के साथ ही तुम्हारे प्राण निकल जाएँगे।"

शाप सुनकर शैव्या विनीत स्वर में बोली, "मुनिवर, अनजाने में हुए कष्ट के लिए दंड का कोई विधान नहीं है। आप इतने ज्ञानवान् होकर ऐसा अनर्थ कैसे कर सकते हैं? मेरे पति से यह कार्य अनजाने में हुआ है। आप कृपया अपना शाप वापस ले लें।"

मांडव्य क्रुद्ध स्वर में बोले, "जैसे धनुष से निकला बाण नहीं लौटता, वैसे ही

शाप भी लौटाया नहीं जा सकता। तुम्हारे पति ने मुझे पीड़ा पहुँचाई है। इसे इसका दंड अवश्य भोगना होगा। इसका जीवन केवल सूर्योदय तक ही शेष है।''

शैव्या शांत स्वर में बोली, ''मुनिवर, जैसी आपकी इच्छा। परंतु यदि मेरे सतीत्व में शक्ति है तो कल सूर्योदय नहीं होगा। मैं अपने सतीत्व के बल पर सूर्य को भी रोक दूँगी।'' यह कहकर वह पति सहित घर लौट आई।

शैव्या के सतीत्व में इतनी शक्ति थी कि स्वयं सूर्यदेव भी उसके समक्ष असहाय हो गए। अनेक दिनों तक सूर्योदय नहीं हुआ। सृष्टि का चक्र रुक गया; चारों ओर हाहाकार मच गया। ऐसी विकट स्थिति में सृष्टि के रचयिता ब्रह्माजी शैव्या के पास गए और उसे समझाते हुए बोले, ''पुत्री, तुम्हारे सतीत्व की शक्ति ने प्रकृति के नियमों को भी खंडित कर डाला है। सूर्य इस जगत् के पोषक हैं। यदि सूर्योदय नहीं हुआ तो संपूर्ण जगत् नष्ट हो जाएगा। इसलिए तुम उन्हें अपने सतीत्व की शक्ति से मुक्त कर दो।''

शैव्या हाथ जोड़कर बोली, ''भगवन्, स्त्री के लिए उसके पति से बढ़कर दूसरा कोई नहीं होता। मैं अपने पति के जीवन के बदले सूर्य को कदापि मुक्त नहीं कर सकती। इसलिए आप कोई उचित मार्ग सुझाएँ।''

ब्रह्माजी ने शैव्या को वचन दिया कि सूर्योदय के उपरांत वे कौशिक को पुनरुज्जीवित कर देंगे। शैव्या ने सूर्यदेव को मुक्त कर दिया। तदंतर अपने वचन के अनुसार ब्रह्माजी ने कौशिक को पुनरुज्जीवित कर उसे पूर्ण स्वस्थ कर दिया। इस प्रकार अपने सतीत्व के बल पर शैव्या ने न केवल अपने पति के प्राणों की रक्षा की, अपितु सृष्टि को भी अपने सम्मुख नतमस्तक कर दिया।

□

वैवस्वत मनु

देव शिल्पी विश्वकर्मा की संज्ञा नामक एक सुंदर पुत्री थी। वह अत्यंत संस्कारी, धर्म-कर्म में विश्वास रखनेवाली तथा सेवा की भावना से ओत-प्रोत थी। युवा होने पर विश्वकर्मा ने उसका विवाह सूर्यदेव के साथ कर दिया। उनके अंश से संज्ञा ने वैवस्वत और यम नामक दो पुत्रों तथा यमुना नामक एक पुत्री को जन्म दिया।

भगवान सूर्यदेव अत्यंत तेजवान् थे, जबकि संज्ञा कोमल स्वभाव की थी। इस कारण कई बार उनका तेज संज्ञा के लिए असहनीय हो जाता। उसने अनेक वर्षों तक सूर्य के तेज को सहन किया, परंतु अंततः विवश होकर उसने वहाँ से चले जाने का निश्चय कर लिया। उसने अपनी छाया को सूर्य के पास छोड़ दिया और स्वयं पिता के

पास जाकर रहने लगी। उसने यह कार्य इतनी गुप्त विधि से किया कि किसी को इसका पता न चल सका। स्वयं सूर्यदेव भी इस बात से अनभिज्ञ रहे।

पिता के पास रहते हुए जब उसे अनेक महीने बीत गए, तब एक दिन विश्वकर्मा ने उसे बुलाकर समझाया, ''पुत्री, विवाह के उपरांत स्त्री के लिए पिता की अपेक्षा उसके पति का घर ही सर्वोपरि होता है। उसका सुख-दुःख पति के साथ ही जुड़ा होता है। पिता के घर इतने दिन तक रहना किसी भी प्रकार से सम्मानजनक नहीं है। पुत्री, तुम्हें यहाँ रहते हुए अनेक दिन हो गए हैं। अब तुम अपने पति के घर जाने की तैयारी करो।''

यद्यपि संज्ञा जाना नहीं चाहती थी, परंतु पिता के बार-बार समझाने पर वह सूर्यदेव के पास चल पड़ी। मार्ग में उसके मन में फिर से सूर्य के तेज का भय उत्पन्न हो गया और उसने लौटने का विचार त्याग दिया। उसने निश्चय किया कि वह सूर्यदेव के तेज को सौम्य करने के लिए कठोर तप करेगी। तत्पश्चात् वह उत्तरकुरु नामक पर्वत पर चली गई और घोड़ी का रूप धारण करके कठोर तपस्या करने लगी।

इधर, सूर्यदेव छाया को संज्ञा समझते रहे। उनके अंश से संज्ञा ने शनिदेव को जन्म दिया। एक बार किसी बात से क्रोधित होकर संज्ञा ने यम को शाप दे दिया। सूर्यदेव को जब इस बात का पता चला तो वे आश्चर्यचकित रह गए।

माता अपने पुत्र को किस प्रकार शाप दे सकती है! यह सोचकर सूर्य ने सत्य जानने के लिए समाधि लगाई। कुछ ही देर में उनके सामने सारी घटना स्पष्ट हो गई। वे उसी समय विश्वकर्मा के पास गए और उन्हें सारी बात बताकर अपना तेज कम करने की प्रार्थना की। तब विश्वकर्मा ने सूर्य के ऋग्वेदमय तेज से पृथ्वी की, सामवेदमय तेज से स्वर्ग की तथा यजुर्वेदमय तेज से पाताल की रचना की। उनके तेज से ही दिव्यास्त्रों की रचना हुई।

तेज कम हो जाने के बाद सूर्य उत्तरकुरु पर्वत पर गए और अश्व का रूप धारण करके संज्ञा के साथ समागम किया। इसके फलस्वरूप उन्हें अश्विनीकुमारों की प्राप्ति हुई। तदंतर उन्होंने संज्ञा से वर माँगने के लिए कहा। संज्ञा ने वर में वैवस्वत के लिए मनु-पद तथा यम की शाप-मुक्ति माँगी। सूर्यदेव ने प्रसन्नतापूर्वक उन्हें मनोवांछित वरदान प्रदान कर दिया।

इस प्रकार, वैवस्वत मनु के पद पर आसीन होकर सातवें मन्वंतर के स्वामी बने।

□

इंद्र बने बैल

देवताओं और दैत्यों की शत्रुता जग जाहिर है। सृष्टि के आरंभ से ही तीनों लोकों पर अधिकार पाने के लिए इनके बीच अनेक बार संग्राम हुए। यद्यपि देवता अपने बल-पराक्रम से स्वर्ग पर अपना आधिपत्य बनाए रखते, लेकिन शीघ्र ही सुरा-सुंदरी आदि विषय-भोगों में डूबकर वे अपनी शक्ति क्षीण कर लेते। जबकि दैत्य कठोर तपस्या द्वारा अनेक सिद्धियाँ, दिव्य अस्त्र-शस्त्र एवं वरदान प्राप्त कर पुनः देवताओं पर आक्रमण कर देते। इस प्रकार हजारों वर्ष बीत गए।

एक बार दैत्यों ने ब्रह्माजी को प्रसन्न कर उनसे अमोघ शक्तियाँ प्राप्त कर लीं। साथ ही उनसे वरदान प्राप्त किया कि युद्ध में देवता उन्हें कभी पराजित नहीं कर सकें

अब दैत्यों का पराक्रम आकाश छूने लगा। उन्होंने एक साथ मिलकर स्वर्ग पर आक्रमण कर दिया। देवताओं ने उनका वीरतापूर्वक सामना किया; लेकिन ब्रह्माजी द्वारा दैत्यों को दिए गए वरदान के समक्ष वे असहाय हो गए तथा प्राण बचाकर रणभूमि से भाग निकले।

तीनों लोकों पर दैत्यों का अधिकार हो गया। उन्होंने निश्चय कर लिया था कि वे देवताओं का संपूर्ण नाश करके सदैव के लिए उनका नाम मिटा देंगे। इसलिए सर्वप्रथम उन्होंने पृथ्वी पर यज्ञ-हवन आदि समस्त धार्मिक कार्य बंद करवा दिए, जिससे देवगण और भी शक्तिहीन हो गए। तदंतर वे चुन-चुनकर देवताओं का संहार करने लगे।

इस संकट की घड़ी में इंद्र आदि देवगण भगवान विष्णु की शरण में गए और उनसे सहायता की प्रार्थना की। श्रीविष्णु उन्हें समझाते हुए बोले, "देवेंद्र! ब्रह्माजी द्वारा दिए गए वरदान के कारण देवगण दैत्यों को पराजित करने में पूर्णतः असमर्थ हैं। त्रिदेवों में सम्मिलित होने के कारण स्वयं मैं भी इसमें आपकी कोई सहायता नहीं कर सकता। परंतु यदि इक्ष्वाकुवंशी राजा पुरंजय आपकी सहायता करने को तैयार हो जाएँ तो आप सरलतापूर्वक दैत्यों को पराजित कर स्वर्ग पर अधिकार कर सकते हैं। इसलिए आप उनकी शरण में जाएँ।"

इंद्र उसी समय राजा पुरंजय के पास पहुँचे और युद्ध में दैत्यों के विरुद्ध देवताओं की सहायता करने की प्रार्थना की।

पुरंजय अत्यंत पराक्रमी और धर्मप्रिय राजा थे। इंद्र की बात सुनकर वे कुछ देर तक सोचते रहे, फिर दृढ़ स्वर में बोले, "देवेंद्र, देवासुर-संग्राम में मैं देवताओं की ओर से युद्ध अवश्य करूँगा, किंतु इसके लिए आपको मेरा वाहन बनना होगा। आप पर सवार होकर जब मैं युद्ध करूँगा, तब कोई भी मुझे पराजित नहीं कर सकेगा।"

देवराज इंद्र ने पुरंजय की बात मान ली।

शंखनाद बज उठे। पुरंजय के नेतृत्व में देवसेना ने दैत्यों पर आक्रमण कर दिया। इस युद्ध में देवराज इंद्र बैल बने और पुरंजय ने उन पर सवार होकर दैत्यों का संहार किया। अंततः राजा पुरंजय के समक्ष दैत्य पराजित हो गए और स्वर्ग पर पुनः देवताओं का अधिकार हो गया।

इस प्रकार इंद्र को बैल बनाने तथा उनके ककुद (पीठ) पर सवार होने के कारण राजा पुरंजय 'इंद्रवाह' और 'ककुत्स्थ' नाम से प्रसिद्ध हुए।

□

मधु-कैटभ

सृष्टि के आरंभिक काल की बात है। तीनों लोक जल में डूबे हुए थे। भगवान विष्णु शेषनाग पर सोए हुए थे। सैकड़ों वर्षों तक भगवान विष्णु निद्रालीन रहे। तब एक दिन उनके कानों में जमे मैल से मधु और कैटभ नामक दो दानव उत्पन्न हो गए। वास्तव में वह मैल रजोगुण व तमोगुण का मिश्रण था, जिसने उन दो प्रतापी दैत्यों को जन्म दिया था। जल में खेलते-कूदते ही वे युवा हो गए। एक दिन उन्हें आकाश में एक दिव्य चमक दिखाई दी। वे दोनों उस दिव्य चमक को ही सृष्टि का साक्षात् रचयिता मानकर उसकी स्तुति करने लगे।

अनजाने में ही उन्होंने एक हजार वर्षों तक देवी दुर्गा की कठिन तपस्या की। उनकी भक्ति से प्रसन्न होकर उस दिव्य तेज से आकाशवाणी होने लगी, "दैत्यो! तुम्हारी तपस्या से मैं प्रसन्न हूँ। इच्छानुसार वर माँगो।"

मधु-कैटभ हाथ जोड़कर बोले, "हे देवी! हमें इच्छा-मृत्यु का वरदान देने की कृपा करें।" देवी भगवती ने उन्हें इच्छानुसार वरदान दे दिया और अपने तेजरूप में अदृश्य हो गईं। भगवती से वरदान पाकर मधु-कैटभ अत्यंत अभिमानी हो गए। दोनों दैत्य जल-जीवों पर अत्याचार करने लगे। एक दिन उनकी दृष्टि कमल के आसन पर विराजमान ब्रह्माजी पर पड़ी। ब्रह्माजी को देख दोनों दैत्य उन्हें युद्ध के लिए ललकारते हुए बोले, "हे प्राणी! हमारे साथ युद्ध करो अथवा कमल का यह सुंदर आसन हमें सौंपकर यहाँ से चले जाओ, अन्यथा हम तुम्हें समाप्त कर देंगे।"

ब्रह्माजी ने ध्यान लगाया तो उन्हें उनकी शक्ति का भली-भाँति ज्ञान हो गया और वे अपने आराध्य देव भगवान विष्णु की शरण में उनकी सहायता लेने पहुँचे। ब्रह्माजी को वहाँ चिंतित देखकर श्रीविष्णु बोले, "पद्म योनि ब्रह्माजी ! आप जप-तप छोड़कर

यहाँ कैसे आ गए? आप अत्यंत भयभीत क्यों हैं?''

ब्रह्माजी बोले, ''भगवन्, आपके कान के मैल से मधु और कैटभ नामक दो दैत्य उत्पन्न हुए हैं। वे बड़े भयंकर और बली हैं। मैं उन्हीं के भय से आपकी शरण में उपस्थित हुआ हूँ। उनसे मेरी रक्षा कीजिए, प्रभु!''

तभी ब्रह्माजी को खोजते हुए मधु और कैटभ भी वहाँ पहुँच गए। ब्रह्माजी को वहाँ देखकर वे दैत्य अहंकारपूर्ण शब्दों में बोले, ''हे प्राणी! तुझे कोई नहीं बचा सकता। तू जिसकी शरण में आया है, उसके देखते-देखते ही हम तेरे प्राण हर लेंगे। इसके बाद सर्प पर बैठे इस प्राणी को भी मार देंगे। यदि तुम दोनों अपने प्राणों की रक्षा चाहते हो तो हमारी शरण में आ जाओ। हम तुम्हें जीवनदान दे देंगे।''

मधु और कैटभ की बात सुनकर भगवान विष्णु शांत स्वर में बोले, ''दानव श्रेष्ठ! तुम बहुत बली हो। तुम्हें असीम अभिमान हो गया है। यदि युद्ध करने की अभिलाषा हो तो आ जाओ, मैं तुम्हारा अभिमान दूर कर दूँगा।''

श्रीविष्णु की बात सुनकर दैत्य मधु और कैटभ की आँखें क्रोध से लाल हो उठीं। मधु क्रोधोन्मत्त होकर भगवान विष्णु से जा भिड़ा। दोनों में युद्ध होने लगा। मधु के थक जाने पर कैटभ लड़ने लगता था। फिर मधु और फिर कैटभ। इस प्रकार युद्ध चलता रहा। ब्रह्माजी आकाश में खड़े होकर यह दृश्य देख रहे थे। पाँच हजार वर्षों तक यह लड़ाई चलती रही, तब श्रीहरि मधु और कैटभ की मृत्यु के विषय में विचार करने

लगे, 'इतने लंबे युद्ध के बाद भी ये भयंकर दानव नहीं थके, यह बड़े आश्चर्य की बात है। मेरा बल और पराक्रम कहाँ चला गया? ये दानव स्वस्थ किस प्रकार बने रहते हैं?' यह सोचकर भगवान विष्णु ने ध्यान लगाया तो उन्हें ज्ञात हुआ कि 'देवी के इच्छा-मृत्यु के वरदान के कारण मधु और कैटभ दैत्य इतने बली हैं। ये दानव वर के प्रभाव से गर्व में चूर हो रहे हैं। इनसे लड़ना व्यर्थ है। इनके अंत के लिए भगवती की ही शरण लेना उचित होगा।' यह विचार कर विष्णु योगनिद्रा देवी भगवती की स्तुति करने लगे।

तब देवी ने उन्हें साक्षात् दर्शन दिए और कहा, 'मेरी वक्र-दृष्टि से ये दोनों दानव वीर शीघ्र ही मारे जाएँगे।''

इसके पश्चात् भगवान विष्णु पुनः युद्ध के लिए तैयार हो गए। परस्पर घोर युद्ध होने लगा। तभी अचानक मधु-कैटभ की दृष्टि आकाश में देवी भगवती की ओर पड़ी और तत्क्षण दोनों भगवती की माया से सम्मोहित हो गए। तभी भगवान श्रीविष्णु बोले, ''वीरो, तुम्हारे युद्ध-कौशल से मैं अत्यंत प्रसन्न हूँ। तुम्हें जो इच्छा हो, वर माँग लो।''

इस समय मधु और कैटभ भगवती की माया से मोहित थे, अतः विष्णु की बात सुनकर वे अहंकारपूर्ण स्वर में बोले, ''हे वीर! तुम्हारे पास क्या है हमें देने के लिए? उलटे तुम्हें कुछ चाहिए तो कहो। तुम्हारे इस अद्‌भुत युद्ध से हम बड़े प्रसन्न हैं। जिस वर की अभिलाषा हो, हमसे प्रार्थना करो।''

श्रीविष्णु बोले, ''दानव वीर! यदि तुम मुझ पर प्रसन्न हो और वर देना चाहते हो तो दोनों मेरे हाथ से अपनी मृत्यु स्वीकार कर लो।'' यह सुनकर दोनों दैत्य भयभीत हो उठे। फिर चारों ओर जल भरा देखकर युक्तिपूर्वक बोले, ''हे हरि! हम अपना वचन अवश्य निभाएँगे। तुम हमें ऐसे स्थान पर मृत्यु दो, जहाँ जल न हो।'' भगवान विष्णु ने अपनी दोनों विशाल जाँघें फैलाकर मिलाईं और मधु-कैटभ को जल पर ही जलरहित स्थान दिखा दिया तथा बोले, ''इस स्थान पर जल नहीं है। यहाँ अपने सिर रखो।'' मधु-कैटभ ठगे-से खड़े थे। उन्होंने स्वयं को मृत्यु के मुख में डाल दिया था। जैसे ही दैत्यों ने भगवान की जंघाओं पर सिर रखे, उन्होंने सुदर्शन चक्र से उनके सिर काट दिए। उस समय जल उन दैत्यों के रक्त और मज्जा से व्याप्त हो गया। यह भी कहा जाता है कि पृथ्वी इन दैत्यों के रक्त और मज्जा से ही बनी। तभी से पृथ्वी का एक नाम 'मेदिनी' पड़ गया।

□

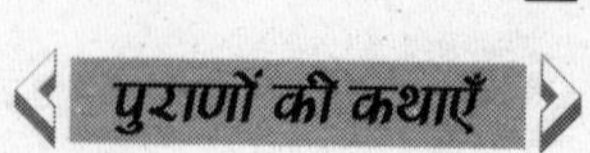

आदित्य

यद्यपि दैत्य और देवता एक ही पिता की संतान थे, तथापि स्वर्ग पर अधिकार को लेकर उनके बीच सदैव युद्ध छिड़ा रहता था। एक बार दैत्यों और देवताओं में भयंकर युद्ध छिड़ गया। इस युद्ध में दैत्यों ने स्वर्ग पर अधिकार कर देवताओं को वहाँ से भागने के लिए विवश कर दिया। वे वन-वन भटकते हुए जीवनयापन करने लगे। उनकी यह दुर्दशा देखकर देवमाता अदिति अत्यंत दुःखी रहने लगीं।

एक दिन देवर्षि नारद भ्रमण करते हुए महर्षि कश्यप के आश्रम की ओर आ निकले। वहाँ उनकी भेंट देवमाता अदिति से हुई। उन्हें व्यथित देखकर नारद समझाते हुए बोले, ''माते! जब तक यह सृष्टि रहेगी, तब तक देवताओं और दैत्यों में युद्ध चलता रहेगा। इसका न तो आदि है, न अंत। परंतु फिर भी, देवताओं के कल्याण के लिए मैं आपको एक उपाय बताता हूँ। माते! आप निराहार रहकर भगवान सूर्यदेव की उपासना करें। यदि वे आपके पुत्र रूप में प्रकट हो जाएँ तो देवगण अपना तेज पुनः प्राप्त कर लेंगे। उनके समक्ष दैत्य परास्त हो जाएँगे।''

नारदजी के परामर्श के अनुसार अदिति ने उसी दिन से निराहार रहकर कठोर तपस्या आरंभ कर दी। अनेक वर्षों की कठोर तपस्या के बाद अंततः भगवान सूर्यदेव प्रसन्न हुए और प्रकट होकर अदिति से मनोवांछित वर माँगने के लिए कहा। अदिति बोलीं, ''भगवन्! आप संपूर्ण सृष्टि का पोषण करते हैं। आपकी आराधना करनेवाला कभी निराश नहीं होता। सृष्टि के कण-कण में आपका तेज ही विद्यमान है। हे प्रभु! मेरी इच्छा है कि आप मेरे गर्भ से पुत्र रूप में जन्म लें।''

'तथास्तु' कहकर भगवान सूर्यदेव ने अदिति को मनोवांछित वरदान दे दिया।

वरदान स्वरूप कुछ दिनों बाद अदिति गर्भवती हो गईं। दिन-प्रतिदिन उसका गर्भ

सूर्य के समान प्रकाशित होने लगा। एक दिन किसी बात पर रुष्ट होकर महर्षि कश्यप ने गर्भस्थ शिशु के लिए 'मृत' शब्द का प्रयोग कर दिया। देखते-ही-देखते अदिति का गर्भ अग्नि-पिंड के रूप में प्रकट हो गया। उसमें से निकलनेवाली अग्नि की प्रचंड लपटें सृष्टि को जलाने लगीं। तब भयभीत कश्यप ने पिंड की स्तुति कर अपने अपराध की क्षमा माँगी।

तभी एक आकाशवाणी हुई, "महर्षि! आप प्रतिदिन इस पिंड की उपासना करें। उचित समय आने पर इसमें से एक दिव्य बालक जन्म लेगा, जो संसार में 'आदित्य' नाम से प्रसिद्ध होकर ब्रह्मांड में स्थापित होगा।"

महर्षि कश्यप और अदिति प्रतिदिन प्रकाश-पिंड की पूजा-उपासना करने लगे। नियत समय पर उस प्रकाश-पिंड में से अस्त्र-शस्त्रों से सुसज्जित एक तेजवान् बालक प्रकट हुआ। यही बालक 'आदित्य' तथा 'मार्तंड' नामों से प्रसिद्ध हुआ। आदित्य ने सभी देवताओं को एकत्रित कर दैत्यों पर आक्रमण कर दिया। उसके तेज के समक्ष दैत्य तेजहीन हो गए और प्राण बचाकर पाताल की ओर भाग निकले।

इस प्रकार स्वर्ग पर पुनः देवताओं का अधिकार हो गया। बाद में आदित्य ब्रह्मांड में सूर्य रूप में स्थित हो गए।

□

स्वाहा

सृष्टि के आरंभ में जब देवताओं की उत्पत्ति हुई तो भोजन की खोज में उन्हें यहाँ-वहाँ भटकना पड़ता था। उनकी इस समस्या का समाधान करने के लिए भगवान विष्णु अपने अंश से यज्ञ-पुरुष के रूप में उत्पन्न हुए। परमपिता ब्रह्माजी ने देवताओं से कहा कि ब्राह्मण लोग जो हवन आदि करेंगे, वही उन्हें भोजन के रूप में प्राप्त होगा।

लेकिन इसके बाद भी देवताओं के भोजन की समस्या हल नहीं हुई। ऋषि-मुनि जो भी हवन करते, वह हवन-पदार्थ अग्नि में जल नहीं पाता था। अग्नि में जलाने की शक्ति नहीं थी। इस समस्या के समाधान के लिए सभी देवताओं ने परमब्रह्म श्रीकृष्ण की स्तुति की। उनकी स्तुति से प्रसन्न होकर भगवान श्रीकृष्ण प्रकट हुए और उनसे इच्छित वर माँगने के लिए कहा।

तब परमपिता ब्रह्माजी बोले, ''भगवन! अग्निदेव यज्ञ में पड़ने वाली आहुतियों को भस्म नहीं कर पाते। भस्म शक्ति के अभाव के कारण देवताओं को यज्ञ का भाग नहीं मिल पाता और वे निराहार ही रह जाते हैं। देवताओं के कल्याण के लिए आप अग्नि को भस्म करने की शक्ति प्रदान करें, जिससे यज्ञ में डाली जानेवाली हवन सामग्री देवताओं को सरलता से प्राप्त हो जाए।''

ब्रह्माजी की बात सुनकर भगवान श्रीकृष्ण ने भगवती के अंश से देवी 'स्वाहा' की उत्पत्ति की और बोले, ''ब्रह्मदेव, भगवती के अंश से उत्पन्न देवी स्वाहा देवताओं के सभी मनोरथों को पूर्ण करेंगी। ये अग्नि की भस्म शक्ति बनकर यज्ञ में डाली जानेवाली हवन सामग्री को भस्म करेंगी।'' देवी स्वाहा को उत्पन्न करके भगवान श्रीकृष्ण वहाँ से अंतर्धान हो गए।

तब ब्रह्माजी ने स्वाहा को वरदान दिया और कहा, "देवी स्वाहा! तुम अग्नि की भस्म करने की शक्ति बनो। जो मनुष्य मंत्र के अंत में तुम्हारे नाम का उच्चारण करके देवताओं के लिए हवन पदार्थ अर्पण करेंगे, वह देवताओं को सहज ही उपलब्ध हो जाएगा।"

फिर ब्रह्माजी ने स्वाहा को अग्निदेव की पत्नी बनने का निमंत्रण दिया। लेकिन स्वाहा भगवान कृष्ण को पति रूप में प्राप्त करने की इच्छा से वन में तपस्या करने लगीं। उनकी तपस्या से प्रसन्न होकर भगवान श्रीकृष्ण ने उन्हें दर्शन दिए और वर देते हुए कहा, "स्वाहा, वाराह अवतार के समय तुम नग्नजित् नामक राजा के यहाँ जन्म लोगी, जहाँ तुम्हारा नाम 'नाग्नजिती' होगा। तब तुम्हें मेरी पत्नी बनने का सौभाग्य प्राप्त होगा। अभी तुम अग्निदेव की प्रिय पत्नी बनो।"

फिर श्रीकृष्ण की आज्ञा से स्वाहा उस जन्म में अग्निदेव की पत्नी बनीं। इस प्रकार सृष्टि का कार्य सुचारु रूप से चलने लगा। ऋषि, मुनि, मनुष्य अब जो भी हवन करते थे, उनकी सामग्री देवताओं को मिलने लगी थी। आज भी आप देखते होंगे कि हवन आदि पूजा-पाठ में मंत्र के अंत में 'स्वाहा' शब्द का उच्चारण किया जाता है। इस प्रकार हमारी भेंट देवताओं तक शीघ्र पहुँच जाती है। □

स्वधा

सृष्टि के आरंभ में ब्रह्माजी ने सात पितरों की उत्पत्ति की। इनमें से चार मूर्तिमान थे और तीन तेज के रूप में। उन सातों पितरों के भोजन के लिए उन्होंने श्राद्ध और तर्पण में भेंट दिया हुआ पदार्थ निश्चित कर दिया।

लेकिन जब ब्राह्मणों के श्राद्ध और तर्पण के भोज्य पदार्थ पितरों को नहीं मिले तो भूख से पीड़ित होकर वे ब्रह्माजी की शरण में गए और बोले, ''हे ब्रह्मदेव! आपने मनुष्यों के कल्याण के लिए हमारी उत्पत्ति की और श्राद्ध व तर्पण किया हुआ पदार्थ हमारे लिए निश्चित किया। किंतु भगवन्! उनके द्वारा अर्पित पदार्थ हमें उपलब्ध नहीं हो रहे हैं। पूर्वकाल में जब देवताओं को यज्ञ आदि का भाग प्राप्त नहीं हो रहा था और वे निराहार होकर आपकी शरण में आए थे, तब आपने भगवती की कृपा से देवी स्वाहा की उत्पत्ति करके देवताओं का कल्याण किया था। अत: हे देव! आप हमारे लिए भी कोई ऐसी ही व्यवस्था करने की कृपा करें, जिससे हमारी भूख शांत हो सके।''

पितरों की बात सुनकर ब्रह्माजी बोले, ''पुत्रो, मैं भगवती दुर्गा से एक देवी प्रकट करने की प्रार्थना करूँगा। उनकी कृपा से तुम्हारी समस्या अवश्य दूर हो जाएगी।''

पितरों को आश्वस्त करने के बाद ब्रह्माजी ने नेत्रों को बंद करके भगवती माता का ध्यान लगाया। तब भगवती ब्रह्माजी के मन से उनकी मानसी-कन्या के रूप में प्रकट हुईं। वे देवी सैकड़ों चंद्रमा की प्रभा के समान चमक रही थीं। भगवती जगदंबा की अंश रूपा होने के कारण उन देवी में विद्या, गुण और बुद्धि समान रूप से विद्यमान थे। वे देवी दिव्य रत्नों और आभूषणों से अलंकृत थीं। भगवती महालक्ष्मी के समस्त गुण उनमें विद्यमान थे। ब्रह्माजी ने मनोकामनाएँ पूर्ण करनेवाली उन कल्याणमयी देवी का नाम 'स्वधा' रखा।

इसके बाद वर देते हुए बोले, "हे स्वधा! तुम्हारी उत्पत्ति पितरों के कल्याण के लिए हुई है। अतः मैं तुम्हें पितरों को सौंपता हूँ। जो मनुष्य मंत्रों के अंत में 'स्वधा' लगाकर उनका उच्चारण करके, पितरों के लिए भोजन पदार्थ अर्पण करेगा, उसका दान सहर्ष स्वीकार होगा। उसकी समस्त इच्छाएँ पूर्ण होंगी। इस प्रकार तुम्हारे द्वारा पितरों की भूख शांत होगी।"

इसके बाद देवताओं, पितरों, ऋषियों, मुनियों और मनुष्यों ने अत्यंत श्रद्धापूर्वक भगवती स्वधा की स्तुति की। भगवती स्वधा ने प्रसन्न होकर उन्हें इच्छित वर प्रदान किए। उनके वर-प्रसाद से वे सभी परम संतुष्ट हो गए और उनकी समस्त मनोकामनाएँ पूर्ण हो गईं।

इस प्रकार पितरों की तुष्टि के लिए 'स्वधा' शब्द का उच्चारण श्रेष्ठ माना जाने लगा।

□

रौच्य मनु

रुचि नामक युवक घर-बार त्यागकर साधुओं का जीवन व्यतीत कर रहा था। उसने न तो रहने के लिए घर बनाया और न ही किसी प्रकार का धन-धान्य एकत्रित किया। सारा दिन प्रभु-भक्ति में लीन रहने के बाद शाम को जो रूखा-सूखा मिलता, उसे खाकर संतुष्ट हो जाता था। इसी प्रकार समय व्यतीत होता रहा।

चूँकि रुचि ने विवाह नहीं किया था, इसलिए पितृगण चिंतित हो उठे। उन्होंने उसे विवाह के लिए प्रेरित करने का निश्चय किया। एक दिन रुचि ध्यानमग्न बैठा हुआ था, तभी पितृ प्रकट हुए और उसे समझाते हुए बोले, ''वत्स, विवाह एक आवश्यक कर्म है। इसके बिना लोक-परलोक के अनेक कार्यों में विघ्न उत्पन्न हो जाता है। जब तक वंश-वृद्धि होती है, पितृगण संतुष्ट रहते हैं। इसलिए तुम भी विवाह करके अपने वंश को बढ़ाओ और हमें संतुष्ट करो। इसके बिना तुम्हें मोक्ष नहीं मिल सकता।''

पितरों की बात ने रुचि को विचलित कर दिया। उसके मन में भी विवाह की इच्छा उत्पन्न हो गई। लेकिन उस जैसे विरक्त योगी के साथ कोई भी अपनी कन्या का विवाह करने को तैयार नहीं हुआ। तब उसने ब्रह्माजी को प्रसन्न करने का निश्चय कर तपस्या आरंभ कर दी। सौ वर्षों तक उसने निराहार रहकर कठोर तप किया। अंतत: ब्रह्माजी प्रसन्न हो गए और उससे वर माँगने को कहा।

रुचि बोला, ''हे भगवन्! मुझे अतुलनीय बल, धन, वैभवता तथा यौवन प्रदान करें। साथ ही मुझे एक सुंदर, योग्य और सुशील पत्नी प्रदान करें, जिससे मैं अपने पितरों की इच्छा पूर्ण कर सकूँ।''

''तथास्तु! मैं तुम्हें प्रजापति के पद पर आसीन करता हूँ। अनेक वर्षों तक संपूर्ण पृथ्वी का उपभोग करने के बाद तुम्हें मोक्ष प्राप्त होगा। तुम्हारी अनेक संतानें होंगी, जो

सृष्टि-निर्माण में सहायक होंगी। परंतु वत्स, तुम्हें अपने अनुरूप पत्नी प्राप्त करने के लिए पितरों की उपासना करनी चाहिए। तुम्हारी यह इच्छा केवल वे ही पूरी कर सकते हैं।'' यह कहकर ब्रह्माजी अंतर्धान हो गए।

इसके बाद रुचि ने पितरों की विधिवत् पूजा-आराधना कर उनका आवाहन किया। पितृगण रुचि के हृदय की बात जानते थे। वे उसे वरदान देते हुए बोले, ''वत्स, इसी स्थान पर तुम्हारी भेंट एक युवती से होगी। वह युवती तुम्हारे लिए सर्वथा उपयुक्त है। उसके गर्भ से तेरहवें मन्वंतर का मनु उत्पन्न होगा, जो संसार में 'रौच्य मनु' के नाम से प्रसिद्ध होगा। वह तुम्हारे समान ज्ञानवान् होकर संपूर्ण पृथ्वी पर शासन करेगा।''

पितरों की आज्ञा से रुचि वहीं आश्रम बनाकर निवास करने लगा।

एक दिन प्रम्लोचा नामक अप्सरा अपनी पुत्री मालिनी के साथ भ्रमण करते हुए उस ओर आ निकली। अनेक दिनों से वह अपनी पुत्री के लिए योग्य वर ढूँढ़ रही थी। जब से देवर्षि नारद ने उसे प्रजापति रुचि के बारे में बताया था, तभी से वह मालिनी का विवाह रुचि के साथ करने को आतुर थी। उसने रुचि के समक्ष अपनी पुत्री के विवाह का प्रस्ताव रखा। वह इसी समय की प्रतीक्षा कर रहा था, अत: उसने सहर्ष सहमति दे दी। शीघ्र ही दोनों का विवाह संपन्न हो गया। कुछ दिनों के बाद मालिनी ने एक दिव्य बालक को जन्म दिया। यही बालक रौच्य नाम से तेरहवें मन्वंतर का स्वामी बना।

□

वामन अवतार

दैत्यराज बलि अत्यंत वीर और शक्तिशाली था। उसके तपोबल और शक्तियों के समक्ष इंद्रादि देवता भी भयभीत रहते थे। उसने कठोर तप कर अनेक वरदान प्राप्त किए। तदंतर तीनों लोकों पर अपना अधिकार कर लिया। देवगण अपने-अपने स्थानों से पदच्युत होकर वनों में छिपकर दिन व्यतीत कर रहे थे। ऐसी विषम स्थिति में उनके उद्धार के लिए भगवान विष्णु देवमाता अदिति के गर्भ से एक वामन (बौने) योगी के रूप में प्रकट हुए।

उन दिनों दैत्य गुरु शुक्राचार्य के परामर्श पर बलि अश्वमेध यज्ञ कर रहा था। इस अवसर पर वह द्वार पर आए याचकों को उनकी मनोवांछित वस्तुएँ प्रदान करता था। भगवान वामन भी उसकी यज्ञशाला की ओर चल पड़े। जल्दी ही वे बलि की यज्ञशाला में पहुँच गए।

उनके तेजयुक्त मुख को देखकर बलि मोहित-सा हो गया। उसने उन्हें आसन प्रदान किया और विनीत स्वर में बोला, ''हे ब्राह्मणकुमार! कृपया बताएँ, मैं आपको कौन सी वस्तु भेंटस्वरूप प्रदान करूँ?''

भगवान वामन बोले, ''राजन्! आपका यश तीनों लोकों में फैला है। आपके समान दानी संसार में दूसरा कोई नहीं है। तीनों लोकों पर आपका अधिकार है। निस्संदेह आप मेरी सभी

मनोकामनाएँ पूर्ण कर सकते हैं। परंतु फिर भी, आप मुझे केवल तीन पग भूमि देने की कृपा करें।''

जैसे ही बलि हाथ में जल लेकर दान देने को उद्यत हुआ, शुक्राचार्य उसे रोकते हुए बोले, ''दैत्यराज! आप यह क्या करने जा रहे हैं? मुझे यह ब्राह्मणकुमार कोई छलिया लगता है। अवश्य यह विष्णु या इंद्र है, जो छलपूर्वक तुम्हारा ऐश्वर्य हड़पने के लिए यहाँ आया है। इसलिए धैर्य से काम लीजिए।''

''गुरुवर, यदि श्रीविष्णु भी मेरे पास आकर कुछ माँगें तो मैं उन्हें इच्छित वस्तु देने से पीछे नहीं हटूँगा। आप व्यर्थ ही चिंता कर रहे हैं। कृपया मुझे मेरा कर्तव्य निभाने दें।''

बलि ने सपाट शब्दों में शुक्राचार्य की अवहेलना कर दी। क्रोधित शुक्राचार्य वहाँ से चले गए। तदंतर बलि ने वामन को तीन पग भूमि देने का वचन दिया।

बलि द्वारा संकल्प करते ही भगवान वामन ने अपना आकार बढ़ाना आरंभ कर दिया। देखते-ही-देखते उनका शरीर आकाश को छूने लगा। उनकी भुजाएँ ब्रह्मांड तक फैल गईं। उन्होंने अपने एक पग में संपूर्ण पृथ्वी को नाप लिया। उनका दूसरा पग सत्यलोक तक जा पहुँचा। इस प्रकार केवल दो पगों में ही उन्होंने संपूर्ण ब्रह्मांड को अपने अधीन कर लिया। तीसरे पग के लिए कोई स्थान नहीं बचा। तब भगवान वामन बोले, ''दैत्यराज बलि! तुमने तीन पग भूमि देने का वचन दिया था। परंतु दो पग में ही मैंने संपूर्ण ब्रह्मांड को नाप लिया। अब तीसरा पग रखने के लिए स्थान देकर अपना संकल्प पूर्ण करो।''

दैत्यराज बलि ने भगवान वामन की स्तुति की और उनके तीसरे पग के लिए स्वयं का मस्तक आगे कर दिया। बलि का समर्पण देखकर भगवान वामन अत्यंत प्रसन्न हुए। उन्होंने बलि को सावर्णि मन्वंतर में इंद्र-पद पर आसीन होने का वरदान दिया। तत्पश्चात् उनकी आज्ञा से बलि अपने परिवार सहित पाताललोक में चला गया।

इस प्रकार भगवान विष्णु ने वामन अवतार धारण करके तीनों लोकों पर पुनः देवताओं को स्थापित कर दिया।

□

राजा पुरूरवा

वैवस्वत मनु के विवाह को अनेक वर्ष हो चुके थे। परंतु उनके घर संतान उत्पन्न नहीं हुई थी। इसी कारण वे दुःखी रहते थे। तब ब्रह्माजी के परामर्श पर उन्होंने पुत्रेष्टि यज्ञ करवाया। परंतु यज्ञ में आहुति डालते समय यज्ञ पुरोहित ने पुत्र के स्थान पर 'पुत्री' शब्द का उच्चारण कर दिया, जिसके फलस्वरूप वैवस्वत मनु की पत्नी ने कन्या को जन्म दिया। उस कन्या का नाम 'इला' रखा गया।

एक बार इला अपनी सखियों के साथ वन-भ्रमण के लिए गई। वहाँ उसकी भेंट बुधदेव से हुई। बुध देवगुरु बृहस्पति के पुत्र थे। उनकी सुंदरता, सौम्यता और तेज ने इला को मोहित कर दिया। घर लौटकर उसने बुध से विवाह करने की इच्छा प्रकट की। वैवस्वत मनु भी बुध के विषय में जानते थे। उन्होंने प्रसन्नतापूर्वक इला का विवाह उनके साथ कर दिया।

विवाह के बाद इला ने एक सुंदर और दिव्य बालक को जन्म दिया। बुध ने उसका नाम 'पुरूरवा' रखा। पिता के समान पुरूरवा भी अत्यंत सुंदर, वीर और तेजस्वी थे। देवता भी उनके बल-पराक्रम का लोहा मानते थे। उन्होंने अकेले ही संपूर्ण पृथ्वी पर अधिकार कर लिया और धर्मपूर्वक शासन करने लगे।

एक बार उर्वशी नामक अप्सरा की दृष्टि पुरूरवा पर पड़ी। वह उनके बारे में पहले से जानती थी। उसका मन पुरूरवा को पाने के लिए मचल उठा। पुरूरवा भी उर्वशी के रूप-सौंदर्य को देखकर मोहित हो गए। उन्होंने उसके समक्ष विवाह का प्रस्ताव रखा। तब उर्वशी बोली, "राजन्! आपसे विवाह करना मेरे लिए सौभाग्य की बात होगी। आप जैसा पति पाकर मेरा जीवन धन्य हो जाएगा। किंतु इसके लिए आपको मेरी दो शर्तों का पालन करना होगा। पहली यह कि मैथुन के अतिरिक्त आप

कभी भी मेरे सामने वस्त्रहीन नहीं होंगे; दूसरी मैं आपको भेड़ के दो बच्चे सौंपती हूँ। आपको सदैव इनकी रक्षा करनी होगी। यदि आप इनमें से किसी भी शर्त का उल्लंघन करेंगे तो मैं उसी क्षण स्वर्ग वापस लौट जाऊँगी।''

पुरूरवा ने दोनों शर्तें स्वीकार कर उर्वशी से विवाह कर लिया।

उधर उर्वशी के बिना स्वर्ग सूना-सा हो गया। देवराज इंद्र का मन भी उर्वशी के बिना व्यथित रहने लगा। अंत में उन्होंने उसे वापस बुलाने का निश्चय कर लिया। इस कार्य के लिए उन्होंने दो गंधर्वों को भेजा। गंधर्वों ने रात्रि के समय उर्वशी की भेड़ों को चुरा लिया। भेड़ों की आवाजें सुनकर उर्वशी ने मैथुन में रत पुरूरवा को उनकी रक्षा करने के लिए कहा। पुरूरवा तलवार लेकर वस्त्रहीन अवस्था में ही चल दिए। यद्यपि वे भेड़ों को सुरक्षित ले आए, तथापि उर्वशी ने उन्हें वस्त्रहीन देख लिया था, अतएव वह उसी समय स्वर्ग लौट गई।

उर्वशी के बिना पुरूरवा उदास और निराश रहने लगे। एक वर्ष के उपरांत सहसा उर्वशी उनके सामने प्रकट हुई। उसकी गोद में पुरूरवा का पुत्र था। उसने वह शिशु पुरूरवा को सौंप दिया और वचन दिया कि वह वर्ष में एक दिन पुरूरवा के साथ व्यतीत किया करेगी। तत्पश्चात् वह स्वर्ग को लौट गई।

इसके बाद पुरूरवा भगवान विष्णु की भक्ति करते हुए धर्मपूर्वक शासन करने लगे। श्रीविष्णु की कृपा से मृत्यु के बाद पुरूरवा गंधर्वलोक में चले गए, जहाँ वे उर्वशी के साथ रहने लगे।

□

विदेह

एक बार राजा निमि ने एक विशाल यज्ञ का आयोजन किया। इस अवसर पर उन्होंने महर्षि अगस्त्य, पुलस्त्य, अंगिरा, गौतम सहित अनेक ऋषि-मुनियों को आमंत्रित किया। निमि ने कुलगुरु महर्षि वसिष्ठ को इस यज्ञ का पुरोहित नियुक्त किया, परंतु उन्हीं दिनों देवराज इंद्र ने भी एक यज्ञ का आयोजन किया, जिसमें उन्होंने महर्षि वसिष्ठ से पुरोहित बनने की प्रार्थना की। अतः उन्होंने इंद्र का प्रस्ताव स्वीकार कर लिया।

इस बात से निमि व्यथित हो गए और विनीत स्वर में बोले, ''गुरुवर, आप हमारे कुलगुरु हैं। आपके बिना यह यज्ञ कदापि पूर्ण नहीं हो सकता। सभी ऋषि-मुनिगण इसमें आमंत्रित हैं। यज्ञ की शुभ घड़ी निर्धारित हो चुकी है। इसलिए आप इस यज्ञ के आचार्य बनकर यज्ञ को सफल बनाएँ।''

''राजन्, मैं पहले ही इंद्र को वचन दे चुका हूँ और मैं अपना वचन कभी भंग नहीं कर सकता। इसलिए आप किसी और को पुरोहित बनाकर यज्ञ पूर्ण कर लें।'' यह कहकर महर्षि वसिष्ठ इंद्र के यज्ञ में चले गए।

थक-हारकर निमि ने गौतम ऋषि को पुरोहित बनाकर विधिवत् यज्ञ पूर्ण किया।

इधर इंद्र का यज्ञ पूर्ण करने के बाद वसिष्ठजी निमि से मिलने पहुँचे। उस समय किसी कार्य में उलझे होने के कारण निमि ने महर्षि वसिष्ठ को प्रतीक्षा करने के लिए कहा। उन्होंने इसे अपना अपमान समझा और क्रोधित होकर निमि को विदेह (देह-रहित) हो जाने का शाप दे दिया।

महर्षि ऋषि द्वारा यज्ञ छोड़कर चले जाने की घटना से निमि पहले ही रुष्ट थे। शाप की बात सुनकर उनके क्रोध की सीमा न रही। प्रतिशोध में भरकर उन्होंने भी महर्षि वसिष्ठ को शरीर-रहित हो जाने का शाप दे दिया। इस प्रकार महर्षि वशिष्ठ और निमि दोनों ही परस्पर शापग्रस्त हो गए।

बाद में शापग्रस्त वसिष्ठ ने ब्रह्माजी को प्रसन्न कर उनसे वरदान प्राप्त कर लिया कि नया शरीर धारण करने के बाद वे अपने पूर्वजन्म के संपूर्ण ज्ञान एवं बुद्धि-विवेक को प्राप्त करेंगे। तदंतर उन्होंने शरीर त्याग दिया और सूक्ष्म रूप में मित्रावरुण नामक ऋषि के शरीर में निवास करने लगे।

एक दिन उर्वशी नामक अप्सरा क्रीड़ा करती हुई मित्रावरुण के आश्रम की ओर आ निकली। उसे देखकर मित्रावरुण का तेज स्खलित हो गया, जिससे दो बालक उत्पन्न हुए। इनमें से एक बालक अगस्ति और दूसरा वसिष्ठ के नाम से प्रसिद्ध हुआ। युवा होने पर वसिष्ठ अपने ज्ञान और तपोबल द्वारा इक्ष्वाकु वंश के पुरोहित पद पर पुनः प्रतिष्ठित हुए।

इधर, शापग्रस्त हो जाने के बाद निमि ने भी कठोर तप आरंभ कर दिया। उनके तप से प्रसन्न होकर भगवती दुर्गा ने उन्हें वरदान दिया कि वे प्राणियों के नेत्रों में पलक गिराने की शक्ति के रूप में सदैव निवास करेंगे। तभी से पलक झपकानेवाले सभी प्राणी 'निमिष' कहलाए। तदंतर निमि द्वारा प्राण त्यागने के बाद उनके शरीर के मंथन से एक दिव्य बालक उत्पन्न हुआ। पिता के शरीर से उत्पन्न होने के कारण यह बालक 'जनक' कहलाया। जनक ने ही मिथिला नामक नगरी बसाई थी, जहाँ देवी सीता ने जन्म लिया। चूँकि निमि को विदेह हो जाने का शाप मिला था, इसलिए उनके वंश में उत्पन्न होनेवाले सभी वंशज 'विदेह' कहलाए।

□

भगवान् विष्णु को शाप

एक दिन देवर्षि नारद 'हरि' नाम जपते हुए आकाश मार्ग से कहीं जा रहे थे। तभी उनकी दृष्टि हिमालय पर्वत पर पड़ी, जहाँ दैत्य गुरु शुक्राचार्य सिर नीचा करके 'ॐ नमः शिवाय' का जप कर रहे थे। उन्हें देखते ही नारद समझ गए कि दैत्य गुरु शुक्राचार्य अवश्य किसी विशेष शक्ति को पाने के लिए भगवान शिव का ध्यान कर रहे हैं। यह देखकर वे शीघ्रतापूर्वक देवलोक की ओर चल पड़े।

देवलोक में देवगण भोग-विलास में डूबे हुए थे। देवर्षि नारद को वहाँ देखकर इंद्र ने उनका स्वागत किया और बैठने के लिए आसन प्रदान किया। तब नारद बोले, "हे देवेंद्र! यह समय न तो आसन ग्रहण करने का है और न ही भोग-विलास में डूबने का। हिमालय पर्वत पर दैत्य गुरु शुक्राचार्य कठोर तपस्या में लीन हैं। अवश्य ही वे भगवान शिव से कोई विलक्षण शक्ति पाना चाहते हैं और इस शक्ति का प्रयोग वह देवताओं के विरुद्ध ही करेंगे, यह निश्चित है। अतः शीघ्रता कीजिए, अन्यथा देवताओं को देवलोक से हाथ धोना पड़ सकता है।"

नारद द्वारा सावधान किए जाने पर इंद्रादि सभी देवताओं ने दैत्यों पर आक्रमण करने की तैयारी कर ली। उन्होंने दिव्य अस्त्र-शस्त्रों से सुसज्जित होकर दैत्यों को चारों ओर से घेर लिया।

यह देखकर दैत्य जान बचाने के लिए भाग खड़े हुए। दैत्य जहाँ-जहाँ गए, देवताओं ने वहाँ-वहाँ पहुँचकर उन्हें मारना आरंभ कर दिया।

अंत में सभी दैत्य शुक्राचार्य की माता पुलोमा की शरण में पहुँचे और उनसे रक्षा की प्रार्थना की। उन्हें दुःखी व परास्त देखकर पुलोमा ने उन्हें अभयदान देते हुए कहा, "हे पुत्रो! अब तुम मेरी शरण में हो। मैं वचन देती हूँ, यहाँ देवता तुम्हारा कुछ नहीं बिगाड़ सकेंगे।"

यह सुनकर दैत्यों की मनोव्यथा शांत हो गई और वे निर्भय होकर वहाँ रहने लगे।

शीघ्र ही यह समाचार देवताओं तक पहुँच गया। वे अपने सैन्य बल के साथ वहाँ पहुँच गए और पुलोमा से बोले, ''माते, दैत्य लोग सदैव देवताओं का अहित करते आए हैं। उन्हें जीवित छोड़ देने से एक बार फिर देवासुर-संग्राम छिड़ जाएगा, जिसमें असंख्य निर्दोष देवता मारे जाएँगे। इसलिए हे माते! सृष्टि के कल्याण के लिए उन्हें आप हमारे हवाले कर दें। इस समय यही आपके लिए उचित होगा।''

पुलोमा बोली, ''देवराज इंद, दैत्य मेरी शरण में हैं और शरणागत की रक्षा करना मुनिवर भृगु के इस आश्रम का नियम है। दैत्यों को मैं तुम्हारे हवाले नहीं करूँगी।''

पुलोमा के इस 'इनकार' से क्रुद्ध होकर देवता बलपूर्वक आश्रम में प्रवेश कर गए और दैत्यों को ढूँढ़-ढूँढ़कर मारने लगे। यह देखकर पुलोमा क्रोधित हो गई और उसने निद्रा-शक्ति का आवाहन किया। इससे समस्त देवता नींद के वशीभूत हो गए। इंद्र की शक्ति भी क्षीण हो गई। उन्होंने भगवान विष्णु का स्मरण किया। वे तत्काल भृगु के आश्रम में प्रकट हुए और उन्होंने निद्रा-शक्ति का प्रभाव समाप्त कर दिया।

पुलोमा यह देखकर क्रोधित हो उठी और आवेशपूर्ण स्वर में बोली, ''देवराज, तुम जिस विष्णु की शक्ति पर इतना गर्व कर रहे हो, उसे मैं तुम्हारे देखते-देखते ही निगल जाऊँगी। मेरे तपोबल के आगे तुम सब बौने बने खड़े रहोगे।''

पुलोमा दिव्य-विद्या की पूर्ण जानकार थी। उसकी शक्ति के प्रभाव के सामने भगवान विष्णु और इंद्र की समस्त शक्तियाँ निष्प्राण हो गईं। उनका दिव्य तेज समाप्त

हो गया और वे साधारण मनुष्यों के समान प्रतीत होने लगे। तब इंद्र घबराकर बोले, "भगवन, इसे अपनी शक्ति पर अभिमान हो गया है, जिसके फलस्वरूप यह पाप और पुण्य का भेद भूल गई है। यह कोई नीति-विरुद्ध कदम उठाए, इसके पूर्व ही इससे मुक्ति पाने का उपाय करें।"

इंद्र की बात सुनकर भगवान विष्णु ने चक्र धारण कर लिया और पुलोमा का मस्तक धड़ से अलग कर दिया।

पुलोमा के मरते ही देवताओं में हर्ष की लहर दौड़ गई। वे भगवान विष्णु की जय-जयकार करने लगे। उनका मानसिक संताप शांत हो गया था। तत्पश्चात् उन्होंने लगभग सभी दैत्यों का नाश कर दिया और अपने-अपने लोक को लौट गए।

शुक्राचार्य के पिता भृगु उस समय तपस्या में लीन थे। जब पुलोमा का मस्तक धड़ से अलग हुआ तो चारों ओर प्रलय का-सा दृश्य उपस्थित हो गया। भीषण आँधी चलने लगी, सूर्य को काले मेघों ने ढँक लिया। वृक्षों के सारे पत्ते झड़ गए। सियार और कौए आदि भीषण कोलाहल करने लगे। इन अपशकुनों के कारण महर्षि भृगु की तपस्या भंग हो गई। जब उन्होंने ध्यान लगाया तो ज्ञात हुआ कि भगवान विष्णु ने सुदर्शन चक्र से उनकी पत्नी का मस्तक काट दिया है। भृगु क्रोधित हो उठे। उनके क्रोध से दसों दिशाएँ काँप उठीं। जल में ऊँची लहरें उठने लगीं। देवता, दैत्य और जीव-जंतु अपने प्राण बचाने के लिए गुफाओं में जा छिपे। क्रोधित भृगु ऋषि दनदनाते हुए विष्णुलोक की ओर चल पड़े।

भगवान विष्णु शेष-शय्या पर विराजमान थे। तभी महर्षि भृगु वहाँ पहुँचे। भीषण क्रोध के कारण उनका शरीर काँप रहा था। वे दुःख और क्रोध-मिश्रित स्वर में बोले, "हे विष्णु! तुम सर्वोत्तम बुद्धि का भंडार हो। पाप जानते हुए भी तुमने न करने योग्य कार्य कर डाला। तुमने एक ब्राह्मणी कां वध किया है, जिसकी कोई कल्पना भी नहीं कर सकता था। तुम सतगुणी के रूप में प्रसिद्ध हो, फिर आज तुम तामसी क्यों बने? हे विष्णु ! तुमने इंद्र के स्वार्थ के लिए मुझे स्त्री से वंचित कर दिया, इसलिए मैं तुम्हें शाप देता हूँ कि तुम मृत्युलोक में अवतार लोगे और तुम्हें भी पत्नी के वियोग का दुःख भोगना पड़ेगा।"

भगवान विष्णु को शाप देने के बाद भृगु वापस अपने आश्रम पर लौटे और अपनी पत्नी का मस्तक उठाकर उसे धड़ से जोड़ते हुए बोले, "हे देवी! तुम्हें विष्णु ने मृत्यु के घाट उतारा, मैं तुम्हें पुनरुज्जीवित कर रहा हूँ। यदि मैं संपूर्ण धर्म जानता हूँ तथा

मैंने उनका पूर्णरूप से आचरण किया हो तो उस सत्य के प्रभाव से तुम पुनः जीवित हो जाओ। यदि मैं सत्यवादी, सदाचारी, वेदाभ्यासी और तपस्वी हूँ तो तपोबल से तुम्हें जीवित किए देता हूँ।''

यह कहकर भृगु ने पुलोमा के निष्प्राण शरीर पर अभिमंत्रित जल छिड़का। क्षणोपरांत ही पुलोमा के मृत शरीर में प्राणों का संचार हो गया और वह उठकर बैठ गई। उसका मुखमंडल पवित्र तेज से भर उठा। चारों ओर महर्षि भृगु की जय-जयकार होने लगी। इस प्रकार भृगु ऋषि के तपोबल से पुलोमा पुनः जीवित हो गई। यह देखकर सभी देवता पुनः भयभीत हो उठे। भृगु ऋषि के शाप के कारण ही भगवान श्रीविष्णु सतयुग में श्रीराम के रूप में अवतरित हुए और उन्हें अपनी पत्नी सीता का वियोग सहना पड़ा।

□

भौत्य मनु

अंगिरा ऋषि के शिष्य भूति मुनि अत्यंत क्रोधी स्वभाव के थे। जब वे क्रोध करते थे तो उनके समक्ष सूर्य भी तेजहीन लगने लगता था। उनके क्रोध से देवगण, गंधर्व, मनुष्य, पशु-पक्षी-सभी भयभीत रहते थे। यही कारण था कि उनके आश्रम में न तो तेज हवाएँ चलती थीं, न ही अधिक वर्षा होती थी और न ही कभी वसंत पलायन करता था।

एक बार भूति मुनि के भाई सुवर्चा ने विशाल यज्ञ का आयोजन किया। वे भूति मुनि को इस यज्ञ का पुरोहित बनाना चाहते थे। अतएव उन्होंने भूति मुनि के सामने अपनी इच्छा रखी। मुनि कुछ असमंजस में पड़कर बोले, "सुवर्चा, तुम्हारे आने से पूर्व ही मैंने यज्ञ-वेदी में अग्नि प्रज्वलित की है। यदि अब मैं बिना यज्ञ किए उठ गया तो पाप का भागी बनूँगा। इसलिए तुम किसी और योग्य मुनि को अपने यज्ञ का पुरोहित बना लो।"

सुवर्चा विनीत स्वर में बोला, "मुनिवर! मैंने यहाँ आने से पहले ही निश्चय कर लिया था कि मेरे यज्ञ के पुरोहित केवल आप ही बनेंगे। मैं अपने निश्चय से किसी भी तरह पीछे नहीं हट सकता। मेरे यज्ञ

के पुरोहित केवल आप ही बनेंगे, अन्यथा मैं यज्ञ नहीं करूँगा। मैं यहीं बैठकर आपकी प्रतीक्षा करूँगा।''

भूति मुनि का शांति नामक एक प्रिय शिष्य था, जो उन्हीं के समान बुद्धिमान, ज्ञानी तथा धर्मात्मा था। उन्होंने उसे बुलाकर कहा, ''वत्स, मैं कुछ दिनों के लिए सुवर्चा मुनि के यज्ञ में जा रहा हूँ। मैंने यज्ञ-वेदी में जो अग्नि प्रज्वलित की है, मेरे लौटने तक तुम्हें उसकी रक्षा करनी है। ध्यान रहे, यज्ञाग्नि बुझने न पाए, अन्यथा घोर अनर्थ हो जाएगा।''

इस प्रकार यज्ञाग्नि की रक्षा का कार्यभार शांति को सौंपकर भूति मुनि सुवर्चा के साथ चले गए।

यज्ञ की अग्नि को प्रज्वलित रखने के लिए शांति नियमित रूप से उसमें घी, लकड़ी आदि पदार्थ डालता रहता। परंतु एक दिन किसी कारणवश यह नियम भंग हो गया, फलतः यज्ञाग्नि बुझ गई। 'गुरुदेव ने उसे जो कार्य सौंपा था, वह उसे ठीक से पूरा नहीं कर पाया', यह सोचकर शांति अत्यंत दुःखी हो गया। तभी उसे अग्निदेव का स्मरण हो आया। केवल वे ही उसकी सहायता कर सकते थे। उसने उसी समय अग्निदेव की स्तुति आरंभ कर दी।

उसकी स्तुति से प्रसन्न होकर अग्निदेव प्रकट हुए और वर माँगने के लिए कहा। शांति बोला, ''हे अग्निदेव! यदि आप प्रसन्न हैं तो यज्ञ-वेदी में पुनः प्रज्वलित हो जाएँ। साथ ही मेरे गुरु को एक ऐसा शक्तिशाली पुत्र प्रदान करें, जो संपूर्ण पृथ्वी का स्वामी बने।''

अग्निदेव ने शांति को मनोवांछित वरदान दे दिए।

इधर, जब भूति मुनि आश्रम में लौटे तो योग द्वारा उन्हें सारी घटना का पता चल गया। शांति की गुरुभक्ति से उनका हृदय द्रवित हो आया। उन्होंने उसे गले से लगा लिया और दुर्लभ ज्ञान प्रदान किया। अग्निदेव के वरदान के कारण भूति मुनि के घर एक दिव्य और पराक्रमी बालक ने जन्म लिया। आगे चलकर यही बालक भौत्य नाम से चौदहवें मन्वंतर का स्वामी बना।

□

परीक्षा

इक्ष्वाकु वंश में हरिश्चंद्र नामक एक प्रतापी राजा हुए। वे अत्यंत धर्मात्मा और सत्यनिष्ठ थे। उनके मुख से निकला वचन कभी मिथ्या नहीं जाता था। यही कारण था कि उनके राज्य में चारों ओर सुख-शांति का वास था। निर्धनता, शोक आदि का उनके राज्य में कोई स्थान नहीं था। धीरे-धीरे उनकी ख्याति देवराज इंद्र के दरबार में भी जा पहुँची। स्वयं इंद्र उनकी सत्यप्रियता के प्रशंसक थे। यह देखकर महर्षि विश्वामित्र ने राजा हरिश्चंद्र की परीक्षा लेने का निश्चय कर लिया।

एक बार हरिश्चंद्र शिकार खेलने वन में गए। वहाँ उनकी भेंट महर्षि विश्वामित्र से हुई। उन्होंने मुनि को प्रणाम किया। तब विश्वामित्र बोले, "राजन्! अच्छा हुआ, आप यहीं मिल गए। मैं आप ही के पास जा रहा था। राजन्, कुछ दिन बाद मैं अपने पुत्र का विवाह करनेवाला हूँ। इसके लिए मुझे कुछ धन की आवश्यकता है।"

हरिश्चंद्र विनीत स्वर में बोले, "ऋषिवर, यह संपूर्ण राज्य आपकी सेवा में समर्पित है। आपको जितने धन की आवश्यकता है, महल में आकर ले सकते हैं। मैं वचन देता हूँ कि आपको मनोवांछित दान दिया जाएगा।"

इस प्रकार महर्षि को वचन देकर हरिश्चंद्र महल में लौट आए। कुछ दिनों के बाद विश्वामित्र दरबार में जा पहुँचे और दान में संपूर्ण राज्य माँग लिया। हरिश्चंद्र अपने वचन पर दृढ़ थे। उन्होंने उसी समय सिंहासन का त्याग कर संपूर्ण राज्य महर्षि को दान में दे दिया। दान लेते समय विश्वामित्र बोले, "राजन्! दिया गया दान तभी सफल होता है जब उसके साथ दक्षिणा भी दी जाए। मुझे दक्षिणा में तुम्हारे भार के बराबर सोना चाहिए।"

हरिश्चंद्र धर्मसंकट में फँस गए। उन्होंने प्रार्थना की, "मुनिवर, इस समय आपको

देने के लिए मेरे पास कुछ नहीं है। मुझे एक माह का समय दें। मैं वचन देता हूँ कि आपको दक्षिणा दिए बिना चैन से नहीं बैठूँगा।"

विश्वामित्र ने उन्हें एक महीने का समय दे दिया। वे अपनी पत्नी माधवी और पुत्र रोहित को लेकर दूसरे राज्य में आ गए। एक माह का समय पूर्ण होने वाला था। विश्वामित्र का ऋण चुकाने के लिए उन्होंने विवश होकर माधवी और रोहित को एक ब्राह्मण के हाथों बेच दिया। तत्पश्चात् उन्होंने स्वयं को भी एक चांडाल को बेच दिया। इस प्रकार धन एकत्रित करके उन्होंने विश्वामित्र को दक्षिणा दी। चांडाल ने हरिश्चंद्र को श्मशान में मुरदे जलाने का कार्य सौंप दिया। वे निष्ठापूर्वक अपने कर्तव्य को पूर्ण करते रहे।

इधर, एक दिन सर्प के काटने से रोहित की मृत्यु हो गई। पुत्र-शोक से विह्वल माधवी उसके अंतिम संस्कार के लिए आधी रात के समय श्मशान में आई। वहाँ हरिश्चंद्र ने पत्नी और मृत पुत्र को पहचान लिया। पुत्र की मृत्यु ने उन्हें भी व्यथित कर

दिया। परंतु उस समय वे अपने कर्तव्य का पालन कर रहे थे। उन्होंने बिना धन लिये रोहित का अंतिम संस्कार करने से मना कर दिया। उनकी यह कर्तव्य-निष्ठा देखकर दसों दिशाओं में उनकी जय-जयकार गूँज उठी।

सहसा इंद्रादि देवगण उन पर पुष्पों की वर्षा करते हुए प्रकट हो गए। उनके साथ महर्षि विश्वामित्र, वसिष्ठ और सप्तर्षि भी थे। विश्वामित्र उनका सम्मान करते हुए बोले, "राजन्! तुमने अपनी सत्यनिष्ठा और कर्तव्य-पालन से संसार में अद्‌भुत उदाहरण प्रस्तुत किया है। आज के बाद जगत् में ऐसा कोई मनुष्य नहीं होगा, जो आपके समान अपने वचन का तन-मन-धन से पालन कर सके। मैं आपका राज्य और पुत्र आपको लौटाता हूँ। साथ ही वरदान देता हूँ कि पृथ्वी पर संपूर्ण भोगों को भोगने के बाद आप मोक्ष प्राप्त करेंगे।"

तत्पश्चात् महर्षि विश्वामित्र का आशीर्वाद लेकर हरिश्चंद्र माधवी और रोहित के साथ अपने राज्य को लौट आए। तभी से हरिश्चंद्र संसार में 'सत्यवादी हरिश्चंद्र' के नाम से प्रसिद्ध हुए।

□

रावण को शाप

प्राचीन समय में पृथ्वी पर भगवान श्रीविष्णु के एक अनन्य उपासक इंद्रसावर्णि नाम के राजा राज्य करते थे। उनके पुत्र का नाम वृषध्वज था। भगवान शिव में वृषध्वज की असीम श्रद्धा थी। भगवान शिव भी वृषध्वज को पुत्र से बढ़कर चाहते थे। राजा वृषध्वज के हृदय में शिव को छोड़कर अन्य किसी भी देवता के प्रति श्रद्धा नहीं थी। उसने संपूर्ण देवताओं का पूजन त्याग दिया था। अभिमान में चूर होकर वह महालक्ष्मी की पूजा में विघ्न उपस्थित किया करता था। जब समस्त देवता सरस्वती की पूजा करते थे, तब राजा वृषध्वज उसमें सम्मिलित नहीं होता था। यज्ञ और विष्णु-पूजा की निंदा करना उसका स्वभाव बन गया था। ऐसे स्वभाववाले वृषध्वज को एक बार सूर्यदेव ने क्रुद्ध होकर निर्धन हो जाने का शाप दे दिया।

भक्त वृषध्वज पर संकट आया तो आशुतोष शिव हाथ में त्रिशूल लेकर सूर्य पर टूट पड़े। तब सूर्यदेव अपने पिता कश्यप के साथ ब्रह्माजी की शरण में गए। ब्रह्मा को भी शिवजी का भय था, अतएव वे सूर्यदेव को लेकर वैकुंठ की ओर चल पड़े। तीनों ने भगवान नारायण की शरण ली और शिवजी के क्रोध का हाल सुनाया। विष्णु ने उन्हें अभय प्रदान किया।

इतने में शिवजी भी वहाँ पहुँच गए। उनकी आँखें क्रोध से लाल हो रही थीं। वहाँ पहुँचकर शिवजी ने श्रीविष्णु की स्तुति की और एक आसन पर बैठ गए।

भगवान विष्णु ने उनके क्रोध का कारण पूछा। शिव बोले, "हे विष्णो! राजा वृषध्वज मेरा परम भक्त है। मैं उसे प्राणों से भी बढ़कर चाहता हूँ। सूर्य ने उसे शाप दे दिया और अब आपकी शरण में आ छिपा है, यही मेरे क्रोध का कारण है। जो व्यक्ति ध्यान अथवा वचन से भी आपके शरणागत हो जाते हैं, उन पर विपत्ति और संकट

कुछ भी प्रभाव नहीं डाल सकते, यह मैं जानता हूँ; किंतु हे प्रभु! शाप से वृषध्वज की लक्ष्मी नष्ट हो चुकी है। उसकी सोचने-समझने की शक्ति भी समाप्त हो गई है। इस शाप से मुक्ति का अब आप ही कोई उचित उपाय बताइए।''

शिव की बात सुनकर भगवान विष्णु बोले, ''हे शिव! वैकुंठ में इस घटना को बीते अभी कुछ ही क्षण व्यतीत हुए हैं, जबकि पृथ्वी पर इक्कीस युग बीत गए हैं। वृषध्वज और उसका पुत्र रथध्वज काल का ग्रास बन चुके हैं। उसके पौत्र धर्मध्वज और कुशध्वज़ सूर्यदेव के शाप से मुक्ति पाने के लिए लक्ष्मी की उपासना कर रहे हैं। जब भगवती लक्ष्मी अपने एक अंश से उनकी पत्नियों के उदर से प्रकट होंगी, तब वे दोनों श्रीसंपन्न हो जाएँगे।'' श्रीविष्णु की यह बात सुनकर देवगण प्रसन्न होकर अपने-अपने लोक को लौट गए। भगवान शिव भी विष्णु को प्रणाम कर कैलास की ओर चल पड़े।

धर्मध्वज और कुशध्वज दोनों कठिन तपस्या करके अपने मनोरथ में सफल हो गए। महालक्ष्मी के वर से उन्हें अपना राजपाट पुनः प्राप्त हो गया। कुशध्वज की पत्नी का नाम मालावती था। समयानुसार उसके एक कन्या उत्पन्न हुई। वह कन्या महालक्ष्मी का अंश थी। उस कन्या ने जन्म लेते ही स्पष्ट स्वर में वेद मंत्रों का उच्चारण किया और स्वयं उठकर सूतिका गृह से बाहर निकल आई, इसलिए विद्वानों ने उसे 'वेदवती' नाम दिया।

उत्पन्न होते ही वेदवती तपस्या करने के विचार से वन की ओर चल दी। वह सैकड़ों वर्षों तक पुष्कर क्षेत्र में कठोर तप करती रही। लंबे तप के बाद भी उसमें दुर्बलता नहीं आ सकी।

एक दिन उसके तप के प्रभाव से एक दिव्य आकाशवाणी हुई, ''देवी, अगले जन्म में भगवान

विष्णु तुम्हारे पति होंगे। ब्रह्मादि देवता भी जिनके दर्शन कठिनता से प्राप्त कर पाते हैं, तुम्हें उन्हीं परम प्रभु की पत्नी बनने का सौभाग्य प्राप्त होगा।'' आकाशवाणी सुनने के बाद वेदवती हिमालय पर्वत पर गई और वहाँ उसने पहले से भी अधिक कठोर तपस्या करनी आरंभ कर दी।

एक दिन भ्रमण करते हुए राक्षसराज रावण उस स्थान पर आ पहुँचा। वेदवती ने अतिथि-धर्म के अनुसार परम स्वादिष्ट फल और शीतल जल से उसका स्वागत किया। किंतु रावण स्वभाव से ही नीच था। वेदवती को देखकर वह कामयुक्त शब्दों में बोला, ''हे सुंदरी! कौन हो तुम? इस निर्जन स्थान पर क्यों अपना यौवन नष्ट कर रही हो? तुम्हारा रूप सूर्य के तेज को भी चुनौती दे रहा है। अवश्य ही तुम देवलोक की कोई अप्सरा हो। सुंदरी, तुम्हें देखते ही मेरे हृदय में प्रेम का अंकुर फूट गया है। मैं तुमसे विवाह करके तुम्हें अपनी पटरानी बनाना चाहता हूँ। मेरे प्रेम को स्वीकार करो, सुंदरी!''

यह कहकर जब रावण ने वेदवती को स्पर्श किया तो वह क्रोधित होते हुए बोली, ''दुष्ट, तूने स्पर्श करके मुझे अपवित्र कर दिया। एक साध्वी स्त्री के प्रति कामयुक्त शब्दों का प्रयोग करके तूने स्वयं ही अपने नाश का प्रबंध कर लिया है। मैं तुझे शाप देती हूँ रावण, कि अगले जन्म में मैं ही तेरे नाश का कारण बनूँ!''

तत्पश्चात् वेदवती ने योग द्वारा अपने शरीर को भस्म कर दिया। वही देवी वेदवती अगले जन्म में जनक की कन्या हुई और उस देवी का नाम 'सीता' पड़ा। वेदवती महान् तपस्विनी थी। पूर्वजन्म की तपस्या के प्रभाव से भगवान विष्णु के अंशावतार श्रीराम उनके पति हुए।

वनवास के समय श्रीराम की आज्ञा से अग्निदेव सीता को अपने साथ ले गए और उनकी छाया को उनके पास छोड़ गए। रावण ने सीता की इसी छाया का हरण किया था। रावण की मृत्यु के बाद सीता श्रीराम के पास लौट आईं और उनकी छाया सीता पुष्कर में कठोर तपस्या करने लगीं। छाया सीता ही द्वापर युग में द्रुपद के घर द्रौपदी के नाम से उत्पन्न हुईं।

□

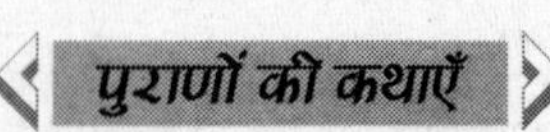

वृत्रासुर

परम तपस्वी विश्वरूप त्वष्टा मुनि के पुत्र थे। देवराज इंद्र ने उन्हें छलपूर्वक काल का ग्रास बना दिया था। त्वष्टा मुनि को जब इसके बारे में पता चला तो उनके क्रोध का ठिकाना न रहा। वे इंद्र से प्रतिशोध लेने को व्याकुल हो उठे। उन्होंने उसी समय एक यज्ञ आरंभ किया, जो अनेक दिनों तक निरंतर चलता रहा। अंततः उसमें अपना संपूर्ण तपोबल समाहित कर उन्होंने एक भयंकर मनुष्य को उत्पन्न किया।

प्रकट होते ही वह पुरुष भयंकर गर्जन करने लगा। उसकी चिंघाड़ से दसों दिशाएँ काँपने लगीं। उसने मुनि को प्रणाम किया और अपनी उत्पत्ति का कारण पूछा।

त्वष्टा मुनि बोले, ''वत्स! मैंने तुम्हें अपने तपोबल से उत्पन्न किया है। इसलिए मैं ही तुम्हारा पिता हूँ। चूँकि तुम मुझे हर संकट से बचाने में समर्थ हो, इसलिए संसार में तुम 'वृत्र' के नाम से प्रसिद्ध होगे। हे पुत्र! तुम्हारी उत्पत्ति का उद्‌देश्य इंद्र सहित संपूर्ण देवताओं का विनाश है। तुम्हारे भाई विश्वरूप को इंद्र ने छलपूर्वक मार दिया था। तुम शक्ति-संपन्न होकर इंद्र से अपने भाई की मृत्यु का प्रतिशोध लो। तभी मेरे अशांत हृदय को शांति मिलेगी।''

त्वष्टा मुनि जानते थे कि देवताओं को पराजित करना इतना सरल नहीं है। इसलिए

उन्होंने वृत्रासुर से कठोर तपस्या द्वारा ब्रह्माजी को प्रसन्न करने और उनसे वरदान प्राप्त करने के लिए कहा। वृत्रासुर उसी समय वन में जाकर कठोर तप करने लगा।

अनेक वर्षों की कठोर तपस्या से ब्रह्माजी प्रसन्न हुए और वृत्रासुर से वर माँगने को कहा।

वृत्रासुर बोला, "हे ब्रह्मदेव! मेरी मृत्यु किसी धातु या लकड़ी से बने, सूखे एवं भीगे अथवा किसी कठोर अस्त्र-शस्त्र से न हो।" ब्रह्माजी ने उसे इच्छित वर प्रदान कर दिया।

तदनंतर वृत्रासुर ने स्वर्ग पर आक्रमण कर दिया। उसके प्रचंड आघातों से तीनों लोक काँपने लगे। देवगण, यक्ष, गंधर्व–कोई भी उसके सामने नहीं टिक सका। वरदान के कारण उसके ऊपर सभी अस्त्र-शस्त्र निष्फल सिद्ध होते गए। अंत में देवताओं को पराजित कर वृत्रासुर ने स्वर्ग पर अधिकार कर लिया।

इंद्र प्राण बचाकर ब्रह्माजी की शरण में गए और सहायता की प्रार्थना की। ब्रह्माजी बोले, "हे इंद्रदेव! वृत्रासुर को अमोघ वरदान प्राप्त है। इसके कारण उसे न तो अस्त्र द्वारा मारा जा सकता है और न ही शस्त्र द्वारा। परंतु फिर भी, परमात्मा के विधान के अनुसार जो जनमा है, उसे एक दिन अवश्य मरना है। इसलिए वृत्रासुर की मृत्यु निश्चित है।" यह कहकर उन्होंने इंद्र को वृत्रासुर की मृत्यु का रहस्य बता दिया।

देवराज इंद्र प्रसन्नता से भर उठे।

एक दिन वृत्रासुर समुद्र-तट पर अकेले भ्रमण कर रहा था। तभी वहाँ देवराज इंद्र आ गए। उन्होंने समुद्र के फेन (झाग) को हाथ में लेकर उसमें अपने वज्र की शक्ति स्थापित की, तत्पश्चात् वृत्रासुर पर शक्ति-प्रहार किया। चूँकि फेन से निर्मित वज्र न तो ठोस था और न ही द्रव्य, न ही वह गीला था और न ही सूखा, अतएव उसके प्रहार से वृत्रासुर के प्राण निकल गए। उसके मरते ही इंद्र की जय-जयकार हो उठी।

□

वाराह अवतार

एक बार दैत्य कुल में हिरण्याक्ष नामक एक अत्यंत भयंकर दैत्य हुआ। वह अत्यंत शक्तिशाली और पराक्रमी था। उसने अकेले ही देवताओं को पराजित कर दिया तथा पृथ्वी को ले जाकर पाताल में छिपा दिया।

पृथ्वी के बिना सृष्टि-निर्माण का कार्य रुक गया। तब स्वायंभुव मनु ब्रह्माजी के पास गए और प्रार्थना करते हुए बोले, ''परमपिता, आपने हमें सृष्टि-निर्माण का कार्य सौंपा था। परंतु पृथ्वी के अभाव में हम यह कार्य करने में असमर्थ हैं। दैत्य हिरण्याक्ष पृथ्वी को बलपूर्वक पाताल में ले गया है। अब आप ही उसके कल्याण का कोई उपाय बताएँ।''

ब्रह्माजी बोले, ''हे मनु! पृथ्वी के बिना लोक-परलोक की कल्पना असंभव है।

जब तक पृथ्वी पुनः अपने स्थान पर स्थापित नहीं होती, तब तक सृष्टि-निर्माण किसी भी प्रकार से संभव नहीं है। इसलिए हमें भगवान विष्णु का ध्यान करना चाहिए। केवल वे ही इस संकट से हमें मुक्ति दिला सकते हैं।''

यह कहकर ब्रह्माजी ने नेत्र बंद कर लिये और भगवान विष्णु का ध्यान करने लगे। सहसा उनकी नासिका से एक छोटा सा वाराह (सूअर) प्रकट हुआ। फिर देखते-ही-देखते उस वाराह ने विशालकाय स्वरूप धारण कर लिया। उसके विशाल तीखे दाँत आकाश को भेद रहे थे। आँखों की लालिमा सूर्य को ढक रही थी। उन्हें देखकर ब्रह्माजी और मनु भयभीत हो गए।

तभी एक दिव्य आकाशवाणी हुई–''हे ब्रह्मदेव! भय त्याग दें। ये साक्षात् भगवान विष्णु हैं, जो दैत्य हिरण्याक्ष के वध और पृथ्वी के उद्धार के लिए वाराह रूप में प्रकटे हैं। संसार में इनका यह रूप 'वाराह अवतार' कहलाएगा।''

आकाशवाणी सुनकर ब्रह्माजी का भय समाप्त हो गया। वे हाथ जोड़कर बोले, ''हे भक्त-वत्सल भगवान! हे दुष्ट-विनाशक! हे सृष्टि के पालनहार! दैत्य हिरण्याक्ष का संहार करके पृथ्वी की रक्षा करें।''

ब्रह्माजी द्वारा प्रेरित किए जाने पर भगवान वाराह भयंकर गर्जन करते हुए पाताल की ओर चल दिए। उनके विशाल शरीर के थपेड़ों से समुद्र का जल आकाश को छूने लगा। शीघ्र ही वे पृथ्वी के पास पहुँच गए। उन्होंने अपने दाँतों से पृथ्वी को उठाया और उसे समुद्र से बाहर निकाल लाए।

इतने में वहाँ दैत्य हिरण्याक्ष आ गया। एक विशालकाय वाराह द्वारा पृथ्वी को ले जाते देख उसके क्रोध की सीमा न रही। वह भयंकर हुंकार भरता हुआ भगवान वाराह की ओर झपटा। तब तक भगवान वाराह ने पृथ्वी को उसके स्थान पर स्थापित कर दिया था। वे पलटे और हिरण्याक्ष पर मुष्टि-प्रहार किया। यह प्रहार इतना प्रचंड था कि हिरण्याक्ष मीलों दूर जाकर गिरा। वह उठा और गदा लेकर युद्ध करने लगा।

शीघ्र ही दोनों ओर से प्रचंड प्रहार होने लगे। भगवान वाराह ने उसके प्रत्येक वार को काट डाला। अंत में गदा के एक प्रहार से उन्होंने हिरण्याक्ष का वध कर दिया। हिरण्याक्ष के मरते ही भगवान वाराह पर पुष्पों की वर्षा होने लगी।

बाद में भगवान वाराह ने पृथ्वी के साथ विवाह करके उसके गर्भ से मंगल को उत्पन्न किया, जो अपने तपोबल द्वारा आकाश में ग्रह-रूप में स्थापित हुआ।

□

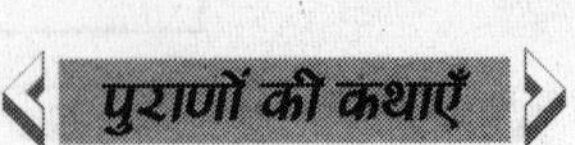

सर्प-सर्प

त्वष्टा मुनि का वृत्रासुर नामक एक परम पराक्रमी और शक्तिशाली पुत्र था। इंद्र ने वृत्रासुर का वध कर डाला। चूँकि वृत्रासुर ब्राह्मण का पुत्र था, इसलिए इंद्र को ब्रह्म-हत्या लग गई। इसके फलस्वरूप उनका सारा तेज समाप्त हो गया। देवगण एवं ऋषि-मुनि उन्हें तिरस्कृत भाव से देखने लगे। इंद्र को इस दुष्कर्म पर लज्जा अनुभव होने लगी और वे मानसरोवर के एक कमल में जाकर छिप गए।

एक सहस्र वर्ष बीत गए; स्वर्ग का सिंहासन रिक्त पड़ा था। इससे संपूर्ण व्यवस्थाएँ खंडित होने लगीं। मेघों ने जल बरसाना बंद कर दिया; अन्न-जल के अभाव में प्राणी काल का ग्रास बनने लगे। इस स्थिति ने ब्रह्माजी को चिंतित कर दिया। तब अन्य देवताओं से विचार-विमर्श करके उन्होंने इक्ष्वाकुवंशी राजा नहुष को इंद्र-पद पर आसीन कर दिया। परंतु स्वर्ग की वैभवता, ऐश्वर्य और भोग-विलास ने नहुष को भ्रमित कर दिया। वह स्वयं को सर्वशक्तिमान समझने लगा।

एक दिन नहुष की दृष्टि इंद्र की पत्नी शची पर पड़ी। शची की सुंदरता ने उसे मोहित-सा कर दिया। काम में अंधा होकर वह उन्हें पाने के लिए लालायित हो उठा। उसने सेवक द्वारा शची के पास प्रेम-निवेदन भेजा। पतिव्रता शची नहुष के बुरे इरादों से भयभीत हो गईं। वे उसी समय भगवान विष्णु के पास गईं और सारी घटना बताकर उनसे सहायता की प्रार्थना की।

भगवान विष्णु ने उपाय बताते हुए कहा कि यदि इंद्र अश्वमेध यज्ञ करें तो वे ब्रह्म-हत्या के पाप से मुक्त होकर पुनः इंद्र-पद पर प्रतिष्ठित हो जाएँगे।

तदनंतर शची के अनुरोध पर देवगुरु बृहस्पति ने मानसरोवर के निकट ही यज्ञ की सारी तैयारियाँ कर दीं। इंद्र कमल से बाहर आए और यज्ञ करने लगे। जैसे-जैसे यज्ञ में

आहुतियाँ पड़ती गईं, इंद्र का पाप धुलता गया। यज्ञ-समाप्ति पर वे ब्रह्म-हत्या के पाप से मुक्त होकर पुनः तेजयुक्त हो गए। उन्होंने नहुष को इंद्र-पद से हटाने के लिए एक योजना बनाई और शची को सबकुछ समझा दिया।

शची ने नहुष के पास संदेश भेजा–"मैं आपका पराक्रम, तेज और प्रभाव देखकर आप पर मोहित हो गई हूँ और आपसे विवाह करना चाहती हूँ। किंतु मेरी एक शर्त है। इस शर्त के अनुसार आप ऐसी पालकी में बैठकर आएँ, जिसे श्रेष्ठ ऋषि-मुनिगण उठाकर लाएँ। इससे आपके प्रभाव में और भी वृद्धि होगी। यदि आप मेरी शर्त पूरी कर सकते हैं तो मैं सदा के लिए आपकी हो जाऊँगी।"

नहुष ने उसी समय पालकी मँगवाकर उसे ढोने के लिए अगस्त्य आदि प्रसिद्ध ऋषि-मुनियों को नियुक्त कर दिया। दैववश ऋषि-मुनिगण पालकी लेकर शची के पास चल पड़े।

नहुष शची से मिलने के लिए अधीर हो रहा था। इसी अधीरता के कारण 'सर्प-सर्प' (अर्थात् तेज चलो) कहते हुए उसने महर्षि अगस्त्य पर लात से प्रहार किया। इस अपमान से अगस्त्य मुनि क्रोधित हो गए और उन्होंने नहुष को सर्प बन जाने का शाप दे दिया।

नहुष उसी समय विशालकाय सर्प बनकर पृथ्वी पर गिर गया। तत्पश्चात् देवगुरु बृहस्पति ने स्वर्ग के सिंहासन पर पुनः इंद्र का अभिषेक कर दिया।

□

नवरात्र-महिमा

सुशील नामक ब्राह्मण अत्यंत निर्धन होने के बाद भी सदाचारी, धर्मपरायण, सत्यनिष्ठ और परोपकारी स्वभाव का था। वह प्रतिदिन भिक्षा माँगकर अपने परिवार का भरण-पोषण करता था। वही उसकी जीविका का एकमात्र साधन था। इसमें भी वह सर्वप्रथम देवता, अतिथि एवं गाय को भोग लगवाता, उसके बाद परिवार को खिलाकर स्वयं भोजन ग्रहण करता था। परोपकार के लिए वह सदैव तत्पर रहता था।

एक दिन सुशील जैसे ही भोजन करने बैठा, द्वार पर एक साधु आकर भोजन माँगने लगा। सुशील उसे ससम्मान अंदर ले आया और उसे अपने हिस्से का भोजन

खिला दिया। सुशील का अतिथि- सत्कार देखकर साधु अत्यंत प्रसन्न हुआ और नम्र स्वर में बोला, ''ब्राह्मणदेव! मेरा नाम सत्यव्रत है। मैंने कठोर तपस्या द्वारा अनेक सिद्धियाँ प्राप्त की हैं। आज तुम्हारे सेवा-भाव ने मुझे आत्मविभोर कर दिया है। बताओ, मैं तुम्हारे लिए क्या कर सकता हूँ?''

सुशील हाथ जोड़कर बोला, ''मुनिवर! मैंने केवल अपने कर्तव्य का निर्वाह किया है। यह आपकी महानता है कि आप इस तुच्छ कार्य से प्रसन्न हुए। मुनिवर, धनाभाव के कारण मैं अपने परिवार का समुचित भरण-पोषण करने में अयोग्य हूँ, यदि आप मेरे लिए कुछ करना चाहते हैं तो कोई ऐसा व्रत या मंत्र बताएँ, जिससे मैं भली-भाँति अपने कुटुंब का भरण-पोषण कर सकूँ। मुझे केवल इतने धन की आवश्यकता है जिससे मेरा परिवार संतुष्ट हो जाए। इससे अधिक मुझे कुछ और नहीं चाहिए।''

सत्यव्रत बोला, ''ब्राह्मणदेव! इसके लिए मैं आपको भगवती दुर्गा के नवरात्र-व्रत रखने का परामर्श दूँगा। वे संपूर्ण जगत् की माता हैं; उनकी कृपा से ही सृष्टि का पोषण होता है। वे भक्तों के दुःख का निवारण करनेवाली तथा पापियों का सर्वनाश करनेवाली हैं। उनके नवरात्र-व्रत से आपके सभी कष्ट-क्लेश दूर हो जाएँगे।''

इसके बाद सत्यव्रत ने सुशील को भगवती दुर्गा के 'मायाबीज' नामक मंत्र की दीक्षा दी। उसने नौ वर्षों तक नवरात्र-व्रत रखे और मायाबीज मंत्र का विधिवत् जाप किया। उसने तन-मन से स्वयं को भगवती दुर्गा के चरणों में अर्पित कर दिया।

नौवें वर्ष उसकी भक्ति और श्रद्धा से प्रसन्न होकर अष्टमी की आधी रात को भगवती दुर्गा ने उसे साक्षात् दर्शन दिए। जगज्जननी दुर्गा को अपने सामने देखकर सुशील के नेत्रों में आँसू उमड़ आए। उसने उनकी पूजा की तथा स्तुति करते हुए बोला, ''माते! आज आपके दर्शन पाकर मेरा जीवन धन्य हो गया। अब मुझे किसी की इच्छा नहीं है। माते, मुझे अपने चरणों में स्थान प्रदान करें।''

भगवती दुर्गा ने सुशील को वरदान स्वरूप ऐश्वर्य, वैभव और मोक्ष प्रदान किया। इस प्रकार नवरात्र-व्रत की महिमा से सुशील के सभी कष्ट दूर हो गए। उसका जीवन धन-धान्य, सुख-समृद्धि, वैभव-सम्मान से परिपूर्ण हो गया।

□

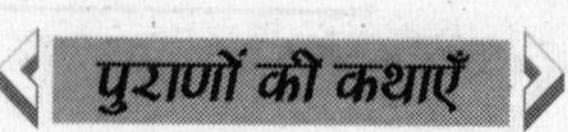

तारकासुर

एक बार प्रजापति दक्ष ने एक बड़ा यज्ञ किया। उस यज्ञ में उसने शिव को आमंत्रित नहीं किया। इस बात से क्रुद्ध होकर सती ने योगाग्नि से स्वयं को भस्म कर लिया। पत्नी सती के अभाव में शिव लीलावश विक्षिप्त जैसे हो गए और एक शांत स्थान पर जाकर भगवती माता का ध्यान करने लगे। उन्होंने गृहस्थ जीवन का त्याग कर दिया और कठोर तपस्या करने लगे। उसी समय पृथ्वी पर तारका नामक एक क्रूर और पराक्रमी असुर उत्पन्न हुआ। जन्म लेते ही तारकासुर की आकृति विशालकाय हो गई। वह वन में जाकर कठोर तप करने लगा। उसकी तपस्या से प्रसन्न होकर ब्रह्माजी ने उसे मनोवांछित वर माँगने के लिए कहा।

तारकासुर को भगवान शिव की मनोस्थिति का पूर्ण ज्ञान था। अत: वह बोला, "हे परमपिता! मेरी मृत्यु केवल भगवान शिव के पुत्र के हाथों हो, यह वरदान दीजिए। अन्य कोई देवता मेरा वध न कर सके।"

ब्रह्माजी ने तारकासुर को मनोवांछित वर प्रदान कर दिया। वर प्राप्त कर तारकासुर ऋषि-मुनियों पर अत्याचार करने लगा। उसके अत्याचारों से पृथ्वी पर हाहाकार मच गया। शीघ्र ही उसने तीनों लोकों पर अधिकार कर लिया। देवी सती की मृत्यु हो चुकी थी और भगवान शिव तपस्या में लीन थे। इस कारण उनके पुत्र की कल्पना भी असंभव थी। देवताओं के मन में चिंता के नाग डेरा डाले हुए थे। तब भगवान विष्णु के परामर्श से ब्रह्मा एवं इंद्र आदि देवगण हिमालय पर्वत पर जाकर माता जगदंबिका की स्तुति करने लगे। देवताओं की करुण पुकार सुनकर भगवती जगदंबिका वहाँ प्रकट हुईं और उनसे बोलीं, "हे देवगण! मुझे स्मरण करने का प्रयोजन निस्संकोच बताएँ। भक्तों की अभिलाषा पूर्ण करने के लिए मैं सदैव तत्पर रहती हूँ। मैं अपने भक्तों को

दु:खों और कष्टों से सदा मुक्त करती रही हूँ।''

देवता बोले, ''परमेश्वरी! तीनों लोकों में ऐसी कोई घटना नहीं है, जिसका आपको ज्ञान न हो। आप सर्वज्ञ हैं। हे माते! तारक असुर तीनों लोकों में अत्याचार कर रहा है। ब्रह्माजी ने उसकी मृत्यु भगवान शिव के पुत्र के हाथों निश्चित की है। और भगवान शिव इस समय विधुर जीवन बिता रहे हैं। अतएव आप उस असुर के वध का कोई उपाय करें।''

माता जगदंबिका बोलीं, ''पुत्रो! शीघ्र ही 'गौरी' नाम से मेरी एक शक्ति हिमालय के घर प्रकट होगी। आप ऐसा प्रयत्न करें जिससे कि शिवजी के साथ उसका विवाह हो जाए। वह देवी आप लोगों का कार्य अवश्य सिद्ध करेगी।'' भगवती माता का आशीर्वाद प्राप्त कर सभी देवता लौट गए।

कुछ समय बाद पर्वतराज हिमालय के घर भगवती माता दिव्य बालिका के रूप में उत्पन्न हुईं। यह दिव्य बालिका ही देवी पार्वती के नाम से प्रसिद्ध हुईं। युवा होने पर उनका विवाह भगवान शिव के साथ संपन्न हुआ। देवताओं के उद्धार के लिए देवी पार्वती ने कार्तिकेय नामक सुंदर, वीर और तेजस्वी पुत्र को जन्म दिया। तदंतर शिव-पुत्र कार्तिकेय ने युद्ध में तारकासुर का वध करके तीनों लोकों को उसके अत्याचारों से मुक्त कर दिया।

□

भूलो मत

राजा चंद्रचूड़ भगवान सत्यनारायण के अनन्य भक्त थे। वे प्रतिदिन उनकी पूजा-उपासना करके ही राजकीय कार्य आरंभ करते थे। इसके फलस्वरूप उनके राज्य में सदैव धर्म, सत्य, न्याय और लक्ष्मी का वास रहता था। उन्हें देखकर प्रजा भी भगवान सत्यनारायण की भक्ति में डूबी रहती थी।

एक बार राजा चंद्रचूड़ ने भद्रशीला नदी के तट पर भगवान सत्यनारायण की कथा का आयोजन किया। इस अवसर पर दूर-दूर से अनेक ऋषि-मुनियों को आमंत्रित किया गया। यह उत्सव अनेक दिनों तक चलता रहा। एक दिन वणिक नामक एक धनी वैश्य उस राज्य में आया। उसने उस उत्सव को देखा तो उसके मन में भगवान सत्यनारायण के विषय में जानने की इच्छा उत्पन्न हुई।

तब चंद्रचूड़ उससे बोले, "मान्यवर! भगवान सत्यनारायण सभी प्राणियों के कष्टों को हरनेवाले हैं। वे ही ब्रह्माजी के रूप में सृष्टि की रचना करते हैं; विष्णु के रूप में पालन और शिव के रूप में संहार करते हैं। उनके आशीर्वाद से ही हमारे राज्य में चारों ओर सुख-समृद्धि का राज्य है। सच्चे हृदय से की गई उनकी आराधना मोक्ष-प्रदायक होती है।"

"राजन्! कृपया मुझे भी भगवान सत्यनारायण की पूजा-उपासना की विधि बताएँ। मैं भी उनकी कृपा प्राप्त करना चाहता हूँ।" वणिक प्रार्थना करते हुए बोला।

चंद्रचूड़ ने विस्तारपूर्वक सारी विधि बता दी। तदंतर कुछ दिन के बाद वणिक अपने देश को लौट गया।

यद्यपि वणिक के विवाह को अनेक वर्ष हो गए थे, तथापि अभी तक संतान का मुख देखना उसके भाग्य में नहीं था। घर लौटकर उसने पत्नी लीलावती को भगवान

सत्यनारायण के विषय में बताया। तत्पश्चात् उसने प्रण किया कि जब उसके घर संतान होगी, तब वह भगवान सत्यनारायण का व्रत करेगा।

अंततः भगवान सत्यनारायण की कृपा-दृष्टि से कुछ ही दिनों में लीलावती गर्भवती हो गई। उचित समय आने पर उसने एक सुंदर कन्या को जन्म दिया। वणिक ने बड़ी धूमधाम से कन्या-जन्म का उत्सव मनाया तथा पुत्री का नाम कलावती रखा। इसी बीच लीलावती ने वणिक को उसके प्रण की याद दिलाई। वणिक ने यह कहते हुए उसकी बात अनसुनी कर दी कि वह पुत्री के विवाह के बाद भगवान सत्यनारायण का व्रत करेगा। वर्ष बीतते गए; कलावती युवा हो गई। वणिक ने शंखपति नामक एक योग्य वर से उसका विवाह कर दिया। वणिक अपने प्रण को भूल गया था, इससे भगवान सत्यनारायण क्रोधित हो गए और उनका कोप वणिक पर टूट पड़ा।

एक बार वणिक और शंखपति दूसरे देश में व्यापार करने गए हुए थे। वहाँ चोरी के संदेह में उन्हें बंदी बनाकर जेल में डाल दिया गया तथा उनका सारा धन राजकोष में जमा करवा दिया गया।

इधर, वणिक के घर में सारा धन चोर ले गए। घर की स्थिति अत्यंत दयनीय हो गई। लीलावती और कलावती भिक्षा माँगकर जीवन व्यतीत करने लगीं। एक दिन पड़ोस में भगवान सत्यनारायण की कथा होती देख लीलावती को वणिक का प्रण याद आ गया। अगले दिन उसने अपने संबंधियों को एकत्रित कर भगवान सत्यनारायण की कथा की और उनसे अपने अपराध की क्षमा माँगी।

उनके व्रत से भगवान सत्यनारायण प्रसन्न हो गए। उनकी कृपा से वणिक और शंखपति को बरी करके सारा धन लौटा दिया गया। तदंतर वे घर की ओर चल पड़े। उनके लौटने का समाचार सुनकर लीलावती और कलावती बिना प्रसाद ग्रहण किए उनके स्वागत के लिए चल पड़ीं। प्रसाद के अनादर से वणिक की नौका डूब गई। दोनों स्त्रियाँ नदी-तट पर बैठकर विलाप करने लगीं। तभी एक साधु ने उन्हें घर जाकर प्रसाद ग्रहण करने के लिए कहा। उन्होंने जैसे ही प्रसाद ग्रहण किया, वणिक और शंखपति सकुशल घर लौट आए।

इस प्रकार, भगवान सत्यनारायण की कृपा से वणिक के सभी दु:खों का अंत हो गया।

□

नारद का मोह

देवर्षि नारद ब्रह्माजी के मानस-पुत्र थे। जन्म लेते ही वे हिमालय पर जाकर कठोर तप करने लगे। उनके तप की कठोरता से संपूर्ण सृष्टि काँप गई। वे स्वयं तेजवान् होकर प्रकाशित होने लगे। ऐसा लगने लगा मानो सहस्रों सूर्यों का तेज उनमें समाहित हो गया हो। उनकी इस कठोर तपस्या ने इंद्र को भी विचलित कर दिया। उन्हें अपना

सिंहासन डोलता नजर आने लगा। उन्होंने उसी समय नारदजी की तपस्या भंग करने के लिए कामदेव को भेजा।

नारदजी कैलास के निकट के स्थान पर तपस्या कर रहे थे। शिव का स्थान होने के कारण वह क्षेत्र काम के प्रभाव से पूर्णतः मुक्त था। इसलिए कामदेव के बाणों का नारदजी पर कोई असर नहीं हुआ। वे पहले की भाँति तपस्या में लीन रहे। तब देवराज इंद्र स्वयं प्रकट हुए और नारदजी की प्रशंसा करते हुए बोले, ''हे मुनिवर! काम को परास्त कर आप साक्षात् महादेव के समान हो गए हैं। आपके समान महान् तपस्वी और योगी कभी नहीं हुआ। मैं आपको कोटि-कोटि प्रणाम करता हूँ।''

प्रशंसा सुनकर नारदजी की प्रसन्नता की कोई सीमा न रही। अहंकार उनके मन में पैर पसारने लगा। वे स्वयं को काम-विजयी समझकर गर्व से भर उठे और उसी समय भगवान विष्णु के समक्ष जाकर आत्मप्रशंसा करने लगे। श्रीविष्णु ने जब देखा कि नारदजी मोह और अहंकार से घिर चुके हैं तो उन्होंने उनका मोह भंग करने का निश्चय कर लिया।

नारदजी जब अपनी काम-विजय की गाथा सुनाने के लिए ब्रह्मलोक की ओर जा रहे थे, तब भगवान विष्णु ने उनके मार्ग में एक सुंदर नगर की रचना कर डाली। नगर का वैभव देखकर नारदजी वहाँ जाने के लिए उत्सुक हो गए। इस नगर का राजा शीलनिधि था। उसने नारदजी का सत्कार करके उन्हें अपनी पुत्री श्रीमती से मिलवाया। श्रीमती बड़ी सुंदर युवती थी। उसे देखकर नारदजी के मन में काम उत्पन्न हो गया। शीलनिधि ने श्रीमती के विवाह के लिए स्वयंवर का आयोजन किया था। उसने नारदजी को भी स्वयंवर के लिए आमंत्रित किया।

नारदजी ने मन-ही-मन श्रीमती को पाने का निश्चय कर लिया था। वे उसी समय श्रीविष्णु के पास गए और एक दिन के लिए उनका रूप माँग लिया। श्रीविष्णु ने उनके शरीर को तेजयुक्त कर दिया, लेकिन उनका मुख वानर का बना दिया। इस बात से अनभिज्ञ नारदजी अनेक स्वप्न देखते हुए स्वयंवर में जा पहुँचे।

स्वयंवर आरंभ हुआ। वहाँ भगवान विष्णु राजा के रूप में आए। श्रीमती ने वरमाला डालकर उनका वरण कर लिया। इससे नारदजी क्षुब्ध हो उठे। उस समय स्वयंवर में दो शिवगण ब्राह्मण-रूप में उपस्थित थे। नारदजी की वास्तविकता जानकर वे उनका उपहास उड़ाने लगे। उनके मुख से बार-बार 'वानर' शब्द सुनकर नारदजी को आश्चर्य हुआ। उन्होंने दर्पण में अपना मुख देखा तो सारी बात समझ गए। अब तो

उनके क्रोध की कोई सीमा न रही। सर्वप्रथम उन्होंने दोनों शिवगणों को दैत्य योनि में जन्म लेने का शाप दे दिया। तदंतर उन्होंने भगवान विष्णु को स्त्री-वियोग का शाप दे डाला।

भगवान विष्णु द्वारा अपनी माया समेटते ही नारदजी का मोह भंग हो गया। अपने द्वारा किए गए घोर अनर्थ का स्मरण होते ही उनका हृदय पश्चात्ताप से भर उठा। वे श्रीविष्णु से अपने अपराध की क्षमा माँगने लगे। भगवान विष्णु ने उन्हें अहंकार-रहित भक्ति का उपदेश दिया। इसका अनुसरण करके ही नारदजी को 'देवर्षि' कहलाने का सौभाग्य प्राप्त हुआ। उनके द्वारा दिया गया शाप त्रेतायुग में फलित हुआ। इस युग में भगवान विष्णु ने श्रीराम का अवतार लेकर पत्नी-वियोग झेला था।

□

गौतम ऋषि की महानता

एक बार प्राणियों को उनके पापों का दंड देने के लिए इंद्र ने पंद्रह वर्षों तक वर्षा को रोके रखा। इतने दिनों तक वर्षा नहीं होने के कारण भयंकर अकाल पड़ गया। हजारों लोग प्रतिदिन मरने लगे। चारों ओर शवों के ढेर लग गए। ऐसी स्थिति में कुछ ऋषि-मुनियों ने एकत्रित होकर विचार किया कि गौतम एक परम तेजस्वी ऋषि हैं। इस दुःखद स्थिति का निवारण वे ही कर सकते हैं। वे अपने आश्रम पर गायत्री देवी की उपासना करते हैं। इसके फलस्वरूप उनके आश्रम में अकाल का कोप नहीं पहुँच सका है। अतः उन्हें उनकी शरण में जाना चाहिए। यह विचार कर वे सभी ऋषि-मुनि अपने कुटुंब के साथ गौतम ऋषि के आश्रम में गए।

गौतम ने खुले दिल से उनका स्वागत किया। मुनियों ने अपना दुःख बताया। इस

पर गौतम उन्हें अभय प्रदान करते हुए बोले, "हे मुनिवरो! यह आश्रम आप लोगों का ही है। मैं तो एक सेवक मात्र हूँ। मेरे रहते आपको चिंता नहीं करनी चाहिए। आप निश्‍चिंत होकर यहाँ रहें।"

इस प्रकार सभी ऋषि-मुनियों को शरण देकर गौतम दिव्य स्तोत्रों से भगवती गायत्री की अर्चना करने लगे।

महर्षि गौतम की स्तुति से प्रसन्न होकर भगवती गायत्री उनके सामने प्रकट हो गईं और प्रेमपूर्वक बोलीं, "वत्स गौतम, तुम्हारी स्तुति से मैं अति प्रसन्न हूँ। बोलो, तुम्हारी क्या इच्छा पूरी करूँ?"

गौतम विनम्र शब्दों में बोले, "मातेश्वरी! भूमंडल पर भयंकर अकाल पड़ा है। अन्न और जल का सर्वथा अभाव हो गया है। हजारों प्राणी प्रतिदिन मर रहे हैं। लाखों लोग मेरे आश्रम में शरण लिये हुए हैं। मैं उनके भरण-पोषण को लेकर चिंतित हूँ, माते!"

तब भगवती गायत्री ने गौतम ऋषि को एक दिव्य कमंडलु दिया और बोलीं, "महर्षि, यह दिव्य कमंडलु तुम्हारी सारी इच्छाएँ पूर्ण करेगा। इसके रहते तुम्हें कभी भी अन्न की कमी नहीं होगी।" यह कहकर भगवती गायत्री वहाँ से अंतर्धान हो गईं।

गौतम ऋषि ने श्रद्धापूर्वक कमंडलु को प्रणाम किया। फिर उनके इच्छा प्रकट करते ही कमंडलु ने वहाँ भाँति-भाँति के व्यंजन, दिव्य आभूषण, यज्ञ-सामग्री तथा अन्न आदि का ढेर लगा दिया। गौतम ऋषि ने प्रसन्नतापूर्वक सभी मुनियों को धन-धान्य, वस्त्राभूषण आदि प्रदान किए।

फिर तो गौतम ऋषि का आश्रम एक विशाल आश्रय-क्षेत्र बन गया था। आश्रम में दृष्टिगोचर होनेवाली समस्त वस्तुएँ देवी गायत्री की कृपा से दिव्य कमंडलु से ही निकली थीं। भगवती गायत्री की कृपा से आश्रम में न तो रोग का भय रहा और न ही दैत्यों का। इस प्रकार गौतम ऋषि बारह वर्षों तक सभी मुनियों के भरण-पोषण की व्यवस्था करते रहे।

एक बार भगवती की महिमा का गान करते हुए देवर्षि नारद उस आश्रम में पधारे। वे मुनियों की सभा में बैठे। वहाँ वे गौतम ऋषि के यशोगान का वर्णन करते हुए बोले, "हे मुनिश्रेष्ठ! आज तीनों लोकों में आपका यशोगान हो रहा है। देवता, गंधर्व, यक्ष—सभी आपकी दानवीरता और धर्मनिष्ठा के सामने नतमस्तक हैं। आप इतने लोगों का भरण-पोषण कर रहे हैं, किंतु आप में अहंकार नाममात्र भी नहीं। स्वयं देवराज इंद्र

भी आपकी बहुत प्रशंसा करते हैं। आपकी प्रशंसा सुनकर मैं आपके दर्शन करने चला आया। आप सचमुच धन्य हैं।''

उन ऋषि-मुनियों में कुछ ऐसे भी थे, जो गौतम ऋषि से ईर्ष्या करते थे। जब उन्होंने गौतम का यशोगान सुना तो वे ईर्ष्या से जल उठे। उन्होंने गौतम का मान-मर्दन करने का निश्चय कर लिया और उचित अवसर की प्रतीक्षा करने लगे।

कुछ दिनों बाद धरती पर वर्षा होने लगी। अकाल समाप्त हो गया। तब गौतम से द्वेष रखनेवाले सब ऋषि-मुनि एकत्र हुए और उन्होंने गौतम ऋषि को शाप देने का विचार किया। उन्होंने एक मायावी गाय बनाई। वह हड्डियों का पिंजर मात्र थी। जिस समय गौतम ऋषि यज्ञशाला में हवन कर रहे थे, वह गाय वहाँ पहुँची। गौतम ने 'हुं हुं' करके उसे भगाया। तभी उसके प्राण निकल गए। गाय के मरते ही कृतघ्न ऋषि-मुनि वहाँ आ धमके और गौतम ऋषि को बुरा-भला कहने लगे। हवन समाप्त करने के बाद गौतम ऋषि भी सोच में डूब गए। फिर गाय की मृत्यु का कारण जानने के लिए वे नेत्र बंद करके समाधि में लीन हो गए।

शीघ्र ही उन्हें उन दुष्ट ऋषि-मुनियों की करतूत का पता चल गया। तब वे प्रलयंकारी रुद्र की भाँति क्रुद्ध हो उठे और उन कृतघ्न मुनियों को शाप देते हुए बोले, ''दुष्टो! आज से तुम वेदमाता गायत्री और शिव के ध्यान एवं अर्चन के अयोग्य हो जाओ। तुम्हारे वंश में जन्म लेनेवाले स्त्री-पुरुष भी मेरे इस शाप से ग्रस्त रहेंगे। माता गायत्री के कोप से तुम्हें नरककुंडों में वास करना पड़ेगा।''

गौतम ऋषि के शाप के कारण उन कृतघ्न मुनियों के लिए गायत्री-मंत्र दुर्लभ हो गया। वे वेद-मंत्र भूल गए। तब अपने किए पर पश्चात्ताप करते हुए गौतम ऋषि के पास गए और उनके चरण पकड़कर क्षमा माँगने लगे।

उनकी करुण विनती से गौतम ऋषि का दिल पिघल गया। उन्होंने कहा, ''मुनियो, मेरा शाप टल नहीं सकता। अत: इसके प्रभाव को कम करने के लिए आप निरंतर भगवती गायत्री की उपासना करें। वे परम दयालु और कष्टों का निवारण करनेवाली हैं। उनकी शरण में जानेवाला कभी निराश नहीं होता। वे सभी की मनोकामनाएँ पूर्ण करती हैं।''

इस प्रकार, गायत्री की भक्ति से विमुख होने के कारण ही ब्राह्मण जाति की वेदों में श्रद्धा नहीं रही और वे पाखंड का प्रचार करने लगे।

□

दो वरदान

जगदलपुर के राजा सुरथ अत्यंत प्रतापी, वीर, दयालु, सदाचारी और प्रजापालक थे। उनके राज्य में चारों ओर सुख-समृद्धि का राज था। प्रजा धर्म-कर्म में लीन रहकर प्रसन्नतापूर्वक जीवनयापन करती थी। जगदलपुर धन-धान्य से परिपूर्ण था। यही कारण था कि आस-पास के कई राजा उसपर अधिकार करने का अवसर ढूँढ़ा करते थे। एक बार पड़ोसी राजाओं ने मिलकर जगदलपुर पर आक्रमण कर दिया। अनेक दिनों तक युद्ध चलता रहा। अंत में शत्रुओं के सम्मिलित प्रयास के सामने सुरथ पराजित हो गए।

युद्ध में सुरथ का राजपाट छिन गया। उनके सभी सहयोगी और संबंधी मारे गए। उन्होंने प्राण बचाने के लिए अपना घोड़ा वन की ओर दौड़ा दिया। अब वे इस दुनिया में नितांत अकेले थे। उनका बल, पराक्रम, शौर्य–सबकुछ धूमिल हो गया था।

चलते-चलते सुबह से शाम हो गई। थकान, हताशा और पराजय से उनका मनोबल टूट गया था। एक नदी देखकर उन्होंने वहाँ जल पिया और एक वृक्ष के नीचे बैठकर विश्राम करने लगे।

तभी वहाँ एक व्यक्ति आया और उनके निकट ही बैठ गया। उसकी आँखों से आँसू बह रहे थे; चेहरे पर दुःख के बादल मँडरा रहे थे। सुरथ ने उसके दुःखी होने का कारण पूछा।

वह व्यक्ति बोला, ''मित्र, मैं समाधि नामक वैश्य हूँ और पास के गाँव में रहता हूँ। व्यापारियों में मेरा बड़ा नाम था। धन के लोभ में आकर मेरी पत्नी और पुत्रों ने मुझे घर से निकाल दिया है। परंतु मित्र, मेरा मन उनके लिए अभी भी चिंतित हो रहा है। पता नहीं मेरे बिना वे कैसे सब काम सँभाल रहे होंगे!''

सुरथ ने उसे ढाढ़स बँधाया और अपने साथ लेकर चल पड़ा। कुछ दूर जाने पर उन्हें एक आश्रम दिखाई दिया। वह मेधा मुनि का आश्रम था। सुरथ एवं समाधि–दोनों मुनि के पास पहुँचे और उन्हें प्रणाम कर मार्गदर्शन करने की प्रार्थना की।

मेधा मुनि बोले, "वत्स! संसार में केवल भगवती दुर्गा ही सत्य हैं, शेष सबकुछ असत्य है। वे भक्तों को अभय प्रदान करनेवाली तथा पापियों का नाश करनेवाली हैं। तुम्हें श्रद्धापूर्वक उनकी पूजा-आराधना करनी चाहिए। उनकी कृपा से तुम्हारे समस्त दुःखों का नाश हो जाएगा।" यह कहकर उन्होंने उन्हें भगवती दुर्गा के नवाक्षर मंत्र की दीक्षा दी।

वे दोनों निराहार रहकर निरंतर नवाक्षर मंत्र का जाप करने लगे। धीरे-धीरे वे इतने लीन हो गए कि उनकी प्रत्येक श्वास के साथ भगवती के प्रिय मंत्र का उच्चारण होने लगा। अंत में उनकी भक्ति से प्रसन्न होकर भगवती दुर्गा साक्षात् प्रकट हुईं और उन्हें मनोवांछित वरदान माँगने के लिए कहा।

सुरथ ने वरदान में मनु-पद और समाधि ने दिव्य-ज्ञान माँगा। भगवती दुर्गा ने 'तथास्तु' कहकर उनकी इच्छाएँ पूर्ण कर दीं। आगे चलकर समाधि भगवती दुर्गा के भक्त-रूप में प्रसिद्ध हुआ; जबकि अगले जन्म में सुरथ सूर्यदेव की पत्नी छाया के गर्भ से उत्पन्न होकर आठवें मन्वंतर के मनु-पद पर आसीन हुआ। इस जन्म में उसका नाम 'सावर्णिक' था।

□

नाम की महिमा

कान्यकुब्ज नामक नगर में अजामिल नामक एक सदाचारी ब्राह्मण रहता था। वह सदा धार्मिक कार्यों में संलग्न रहता था। एक बार किसी कारणवश अजामिल वन में गया। वहाँ उसकी दृष्टि एक व्यक्ति पर पड़ी, जो एक वेश्या के साथ प्रेम कर रहा था। यह दृश्य देखकर अजामिल का मन डोल गया। उसकी चेतना नष्ट हो गई। वह बार-बार उसी वेश्या का चिंतन करने लगा।

धीरे-धीरे उस वेश्या के प्रेम में पड़कर अजामिल अपने धर्म से विमुख हो गया। उसने अपनी पतिव्रता पत्नी की उपेक्षा कर दी तथा सारी संपत्ति उस वेश्या पर लुटाने लगा। कुछ ही दिनों में वह पूरी तरह से कंगाल और चरित्रहीन हो गया। धन का अभाव उत्पन्न हुआ तो वह दुष्कर्म करने लगा। इस प्रकार एक सदाचारी, धर्म-परायण और सत्यनिष्ठ ब्राह्मण की गिनती चोर-डाकुओं में होने लगी।

अनेक वर्ष बीत गए। इस समयावधि में अजामिल के घर दस पुत्र हुए। इनमें सबसे छोटे पुत्र का नाम नारायण था। अजामिल इस पुत्र को बहुत प्रेम करता था। उसकी श्वास नारायण में ही अटकी रहती थी। अंत समय में भी उसने 'नारायण, नारायण' पुकारते हुए प्राण त्यागे।

यमदूत जब अजामिल के प्राण को पाश में बाँधकर यमलोक ले जाने लगे, तभी वहाँ भगवान विष्णु के पार्षद प्रकट हो गए। उन्होंने यमदूतों से अजामिल को मुक्त करने के लिए कहा। यमदूत क्रोधित होकर बोले, "दुष्टो! तुम कौन हो जो हमारे कार्य में विघ्न उत्पन्न कर रहे हो? सृष्टि के नियमानुसार किसी भी मृत प्राणी को पुनरुज्जीवित नहीं किया जाता। यह प्राणी अपना जीवनकाल पूर्ण कर चुका है। अब हम इसे यमराज के पास ले जाएँगे। वे इसे इसके कर्मों के अनुसार फल प्रदान करेंगे।"

विष्णु-पार्षद शांत स्वर में बोले, "हे यमदूतो! निस्संदेह प्राणी को उसके कर्मों के अनुसार फल भोगना पड़ता है। इस प्राणी ने भी जीवित रहते अनेक पापकर्म किए हैं, परंतु मरते समय भगवान नारायण का अनजाने में स्मरण करके इसने अपने सभी पापों का प्रायश्चित्त कर लिया है। नारायण-नाम के जप ने इसके पापों को नष्ट कर दिया है। इसलिए अब इसका यमलोक जाना व्यर्थ है।"

यह कहकर उन्होंने अजामिल को मुक्त करके पुनरुज्जीवित कर दिया। अजामिल जीवरूप में सारा वार्त्तालाप सुन रहा था। उसे अपने सभी पापकर्म स्मरण हो आए। उसका मन ग्लानि और पश्चात्ताप से भर उठा। उसने उसी समय घर-परिवार का त्याग कर दिया और हरिद्वार में आकर कठोर तपस्या करने लगा।

भगवान विष्णु के चरणों में ध्यान लगाने के कारण उसका मन पूर्णतः निर्मल और पवित्र हो गया। अंत में अनन्य विष्णु-भक्ति के कारण उसे मोक्ष प्राप्त हुआ। □

शाप-मुक्ति

एक बार देवल मुनि सरोवर में स्नान कर रहे थे। तभी वहाँ 'हूहू' नामक गंधर्व अपनी रानियों के साथ आ निकला। वह अत्यंत चंचल और दुष्ट स्वभाव का गंधर्व था। मुनि को स्नान करते देखकर उसका मन उन्हें भयभीत करने के लिए मचल उठा। उसने ग्राह (मगरमच्छ) का रूप धारण किया और मुनि को तंग करने लगा। परम तपस्वी देवल मुनि पल भर में सारी बात समझ गए और उसे शाप देते हुए बोले, "मूर्ख, तुझे ग्राह की योनि से अधिक प्रेम है, इसलिए मैं शाप देता हूँ कि तू ग्राह बनकर इसी सरोवर में निवास करे।"

मुनि के वचन सुनकर हूहू भयभीत हो उठा और क्षमा माँगने लगा। तब देवल मुनि बोले, "यद्यपि मेरा शाप लौट नहीं सकता, किंतु मैं वरदान देता हूँ कि भगवान विष्णु द्वारा तुम्हारा उद्धार होगा और तुम अपने वास्तविक रूप में लौट आओगे।"

हूहू स्वयं को कोसता हुआ ग्राह-रूप में अपने उद्धार की प्रतीक्षा करने लगा।

एक बार गजेंद्र नामक एक हाथी जल की तलाश में भटकता हुआ सरोवर तक आ पहुँचा। वह ऐरावत के समान अत्यंत विशालकाय, सुंदर और शक्तिशाली हाथी था। सिंह भी उससे भयभीत रहते थे। सरोवर देखकर गजेंद्र अत्यंत प्रसन्न हुआ। वह शीघ्रता से जल में उतरकर स्नान करने लगा।

तभी एक ग्राह ने उसका पैर पकड़ लिया। अचानक हुए आक्रमण से गजेंद्र हतप्रभ रह गया। उसने स्वयं को छुड़वाने का भरसक प्रयत्न किया। लेकिन ग्राह भी अत्यंत शक्तिशाली था। वह पूरी शक्ति के साथ उसे अपनी ओर खींचने लगा। ग्राह और गजेंद्र के बीच का यह शक्ति-परीक्षण लंबे समय तक चलता रहा। कभी गजेंद्र भारी पड़ता तो कभी ग्राह हावी हो जाता।

धीरे-धीरे गजेंद्र की शक्ति क्षीण पड़ने लगी; उसका प्रतिरोध कम होने लगा। प्राण संकट में देख उसे भगवान विष्णु का स्मरण हो आया। वह मन-ही-मन श्रीविष्णु से सहायता की प्रार्थना करने लगा। भक्त की पुकार सुनकर श्रीविष्णु साक्षात् प्रकट हो गए। गजेंद्र ने अपनी सूँड़ से एक कमल-पुष्प तोड़कर भगवान को अर्पित कर दिया। उसका निश्छल प्रेम देखकर भगवान विष्णु अत्यंत प्रसन्न हुए। उन्होंने उसी समय चक्र से ग्राह का मस्तक काटकर गजेंद्र को मुक्त कर दिया।

मस्तक कटते ही हूहू अपने वास्तविक स्वरूप में आ गया। उसने कमल-पुष्पों से भगवान विष्णु की उपासना की तथा शाप-मुक्त होकर अपने लोक को चला गया।

इधर, श्रीविष्णु के स्पर्श से गजेंद्र ने भी दिव्य स्वरूप धारण कर लिया। यह गजेंद्र पूर्वजन्म में इंद्रद्युम्न नामक राजा था। एक बार भगवान विष्णु के ध्यान में लीन होने के कारण अनजाने में उसने महर्षि अगस्त्य की अवहेलना कर दी थी। इससे क्रुद्ध होकर मुनि ने उसे गज योनि में जन्म लेने का शाप दे दिया था। परंतु गज होने के बाद भी उसके मन में भगवान विष्णु के प्रति अनन्य भक्ति और श्रद्धा बनी रही। अंतत: ग्राह की भाँति वह भी शाप-मुक्त होकर विष्णुलोक चला गया।

□

कपिल अवतार

एक बार प्रजापति कर्दम के मन में प्रजा की उत्पत्ति का विचार उत्पन्न हुआ। उन्होंने ब्रह्माजी को अपनी इच्छा बताकर मार्गदर्शन करने के लिए कहा। उन्होंने कर्दम को समझाया कि सर्वप्रथम वे कठोर तपस्या द्वारा भगवान विष्णु को प्रसन्न करें। तदंतर उनके आशीर्वाद से सृष्टि-निर्माण में अपना योगदान दें। कर्दम उसी समय हिमालय पर जाकर कठोर तपस्या करने लगे। उन्होंने अन्न-जल त्याग दिया तथा एक पैर पर खड़े होकर श्रीविष्णु का ध्यान करने लगे। दस हजार वर्ष के कठोर तप के बाद भगवान विष्णु प्रसन्न हुए और कर्दम से वरदान माँगने के लिए कहा।

कर्दम उनकी स्तुति करते हुए बोले, ''भगवन्, परमपिता ब्रह्माजी की आज्ञा से सृष्टि के निर्माण में योगदान देकर मैं पितृ-ऋण से मुक्त होना चाहता हूँ। आप मुझे आशीर्वाद दें, जिससे मैं यह कार्य भली-भाँति कर सकूँ। साथ ही आप मेरे घर पुत्र-रूप में उत्पन्न होकर मुझे कृतार्थ करें।''

श्रीविष्णु बोले, ''वत्स! तुम्हारी सभी मनोकामनाएँ पूर्ण होंगी। तुम्हारा विवाह स्वायंभुव मनु और शतरूपा की पुत्री देवहूति के साथ संपन्न होगा। उसी के गर्भ से मैं तुम्हारे पुत्र-रूप में अवतार ग्रहण करूँगा। इसके अतिरिक्त तुम्हारी और भी अनेक संतानें होंगी, जो संसार में मैथुनी सृष्टि की उत्पत्ति का कारण बनेंगी।''

वरदान पाकर प्रजापति कर्दम संतुष्ट हो गए और उचित समय की प्रतीक्षा करने लगे।

इधर, स्वायंभुव मनु अपनी पुत्री देवहूति के विवाह के लिए चिंतित थे। उन्हें कोई भी ऐसा योग्य वर नहीं मिला जिसके साथ वे अपनी पुत्री का विवाह कर सकें। दिन-रात उन्हें यही चिंता घेरे रहती थी। एक दिन भगवान विष्णु की प्रेरणा से देवर्षि

नारद भ्रमण करते हुए स्वायंभुव मनु के पास पहुँचे। स्वायंभुव मनु ने उनका यथोचित सत्कार किया और अपनी चिंता के निवारण का उपाय पूछा।

देवर्षि नारद बोले, ''राजन्! पृथ्वी पर देवहूति के लिए केवल प्रजापति कर्दम ही योग्य वर हैं। आप उन दोनों का विवाह करवा दें। देवहूति को उनसे उत्तम पति नहीं मिल सकता।''

नारदजी के परामर्श से स्वायंभुव मनु ने शीघ्र ही देवहूति और प्रजापति कर्दम का विवाह करवा दिया। विवाह के बाद देवहूति ने सर्वप्रथम नौ कन्याओं–कला, अनसूया, अरुंधती, गति, हविर्भू, क्रिया, ख्याति, श्रद्धा और शांति को जन्म दिया। तत्पश्चात् उसने एक सुंदर बालक को जन्म दिया। वह बालक भगवान विष्णु का पाँचवाँ अवतार था। जन्म से ही उसके शरीर पर चक्र, गदा, कमल आदि विष्णु-चिह्न विद्यमान थे। देवराज इंद्र ने बालक पर पुष्पों की वर्षा कर उसकी स्तुति की। कर्दम ने पुत्र का नाम 'कपिल' रखा।

कपिल ने अनेक वर्षों तक कठोर तपस्या कर दिव्य-ज्ञान प्राप्त किया। उन्होंने माता देवहूति और पिता कर्दम को सांख्ययोग का उपदेश देकर उनके लिए मोक्ष के द्वार खोल दिए तथा स्वयं योग-मार्ग का अनुसरण करते हुए भगवान विष्णु के ध्यान में समाधिस्थ हो गए।

उन्होंने ही राजा सगर के साठ हजार पुत्रों को अपनी क्रोधाग्नि से जलाकर भस्म कर दिया था। बाद में इनके द्वारा प्रेरित किए जाने पर ही भगीरथ गंगा को पृथ्वी पर लाए थे।

□

त्रिपुरारि

जिस प्रकार विश्वकर्मा को देवताओं का शिल्पकार या वास्तुकार कहा जाता है, उसी प्रकार मय या मयासुर दैत्यों के शिल्पकार के पद पर सुशोभित था। वह अत्यंत शक्तिशाली, विकराल और पापी दैत्य था। उसके समान क्रूर और बलशाली दैत्य दूसरा कोई नहीं था। यद्यपि वह अनेक सिद्धियों का स्वामी था, तथापि वह निरंतर तप में लीन रहकर अपनी शक्ति में वृद्धि करता रहता था।

एक बार इंद्र का वैभव और ऐश्वर्य देखकर उसके मन में भी स्वर्ग को पाने की लालसा उत्पन्न हो गई। इसके लिए उसने भगवान विष्णु को प्रसन्न करने का निश्चय किया। उसने अनेक वर्षों तक निराहार रहकर कठोर तपस्या की। अंततः श्रीविष्णु प्रकट होने के लिए विवश हो गए। उन्होंने मयासुर से वर माँगने को कहा।

मयासुर स्तुति करते हुए बोला, ''भगवन्! आप संसार के पालनहार हैं। आपके लिए कुछ भी असंभव नहीं है। यदि आप मेरी तपस्या से प्रसन्न हैं तो मुझे अमृत-कुंड प्रदान करें।''

भगवान विष्णु जानते थे कि यदि मयासुर को अमृत-कुंड मिल गए तो वह परम शक्तिशाली हो जाएगा; स्वयं वे भी उसके सामने शक्तिहीन हो जाएँगे। अतएव वे उसे समझाते हुए बोले, ''मयासुर! ब्रह्माजी के नियम के अनुसार अमृत-कुंड किसी के लिए भी सुलभ नहीं है। इसलिए उसके अतिरिक्त तुम अतुलनीय धन, दीर्घायु, दिव्यास्त्र—कुछ भी माँग लो।''

''नहीं भगवन्! मुझे केवल अमृत-कुंड ही चाहिए। यदि आप देना चाहते हैं तो अमृत-कुंड प्रदान करें, अन्यथा मैं पुनः कठोर तपस्या करके आपको प्रसन्न करूँगा।'' मयासुर अपने निश्चय पर अडिग रहा।

श्रीविष्णु ने मयासुर को अनेक प्रकार से समझाने का प्रयास किया, लेकिन सब व्यर्थ। अंत में उन्होंने 'तथास्तु' कहकर उसे अमृत-कुंड प्रदान कर दिए। मनोवांछित वस्तु प्राप्त होते ही मयासुर की प्रसन्नता का ठिकाना न रहा। संसार में वह सबसे शक्तिशाली दैत्य हो गया। शीघ्र ही उसने दैत्यों की विशाल सेना एकत्रित कर स्वर्ग पर आक्रमण कर दिया। इसके लिए उसने स्वर्ण, चाँदी और लोहे के तीन विशाल पुर (किले) बनाए, जो आकाश में उड़ सकते थे। दैत्य उसमें बैठकर देवताओं पर अस्त्र-शस्त्रों से आक्रमण करने लगे।

युद्ध में देवताओं का नेतृत्व भगवान शिव कर रहे थे। उनके बाणों से पल भर में सहस्रों दैत्य काल का ग्रास बन जाते। परंतु मयासुर सभी मृत दैत्यों को उठाकर अपने पुरों में ले जाता और अमृत पिलाकर उन्हें पुनरुज्जीवित कर देता। इस प्रकार युद्ध चलते हुए हजारों वर्ष बीत गए।

धीरे-धीरे युद्ध में देवताओं का पक्ष क्षीण पड़ने लगा। ऐसी स्थिति में भगवान विष्णु ने अपनी माया का सहारा लिया। वे गाय तथा ब्रह्माजी बछड़ा बनकर मयासुर के पुरों में गए और छलपूर्वक सारा अमृत पी गए। तदंतर भगवान शिव ने अपने त्रिशूल से मयासुर के तीनों पुरों को उसकी सेना सहित भस्म कर डाला।

त्रिपुरों को एक साथ भस्म करने के कारण भगवान शिव 'त्रिपुरारि' नाम से पूजे गए।

□

मत्स्य अवतार

भारत के दक्षिणी क्षेत्र में सत्यव्रत नामक एक धर्मात्मा राजा राज्य करते थे। वे भगवान विष्णु के अनन्य भक्त थे और नित्य उनकी उपासना करते थे।

एक दिन राजा सत्यव्रत नदी में खड़े होकर सूर्यदेव को जल अर्पित कर रहे थे। तभी उनकी अंजुलि में एक छोटी सी मछली आ गई। सत्यव्रत ने जैसे ही मछली को जल में छोड़ना चाहा, वह करुण स्वर में बोली, ''राजन्! शरण में आए प्राणी को बीच नदी में छोड़ना क्षत्रिय-धर्म नहीं है। इस नदी में अनेक विशालकाय जंतु हैं, जो मेरा भक्षण कर लेंगे। इसलिए मैं आपकी शरण में हूँ। आप मेरी रक्षा करके क्षत्रिय-धर्म का पालन करें।''

मछली की करुण पुकार सुनकर सत्यव्रत का हृदय पिघल गया। उन्होंने उसे कमंडलु में डाला और महल में लौट आए। लेकिन एक रात में ही मछली का आकार इतना बढ़ गया कि कमंडलु उसके लिए छोटा पड़ने लगा। तब सत्यव्रत ने उसे एक बड़े कलश में डाल दिया। परंतु अगले दिन मछली के लिए कलश भी अत्यंत छोटा रह गया। तदंतर राजा सत्यव्रत ने मछली को महल के सरोवर में डाल दिया।

अगले दिन सत्यव्रत सरोवर की ओर गए तो मछली का आकार बहुत बड़ा हो गया था; सरोवर भी उसके लिए छोटा पड़ने लगा। सत्यव्रत के आश्चर्य की सीमा न रही। अंत में उन्होंने मछली को लाकर समुद्र में छोड़ दिया। समुद्र में पहुँचते ही मछली ने विशालकाय रूप धरण कर लिया। तदंतर वह करुण स्वर में बोली, ''राजन्! आपने मेरी रक्षा करने का दायित्व उठाया था। फिर भला मुझे इस समुद्र में किसके सहारे छोड़ दिया?''

सत्यव्रत सिर झुकाकर बोले, ''महामत्स्य, कृपया मुझे और लज्जित न करें। मैं

भला आपको शरण देनेवाला कौन हूँ? यह संसार भगवान विष्णु द्वारा निर्मित और रक्षित है। वे इसका पालन–पोषण करते हैं। संसार में जो कुछ घटित होता है, उसमें श्रीविष्णु की इच्छा निहित होती है। हे महामत्स्य! अनजाने में ही आपने मेरी आँखें खोल दी हैं। निस्संदेह आप भगवान विष्णु के अंशावतार हैं; क्योंकि आप जैसा दिव्य और विशाल मत्स्य न तो मैंने देखा है और न ही कभी इसके बारे में सुना है। यदि उचित हो तो अपने प्रकट होने का कारण बताने की कृपा करें।''

“तुमने ठीक पहचाना, सत्यव्रत! मैं भगवान विष्णु ही हूँ। यह मेरा मत्स्यावतार है। वत्स, आज से ठीक सातवें दिन प्रलयकाल से संपूर्ण पृथ्वी जलमग्न हो जाएगी। उस समय तुम्हारे पास एक विशाल नौका आएगी। सभी जीवों के सूक्ष्म शरीरों और वनस्पति आदि के बीजों को लेकर तुम सप्तर्षियों के साथ उस नौका पर सवार हो जाना। इसके बाद मैं पुनः प्रकट होकर तुम्हारी नौका को समुद्र से खींचकर सुरक्षित ले जाऊँगा।”

यह कहकर भगवान मत्स्य जल में अदृश्य हो गए। सत्यव्रत ने उसी समय से सभी प्राणियों के सूक्ष्म जीवों एवं अन्नादि के बीजों को एकत्रित करना आरंभ कर दिया।

ठीक सातवें दिन मूसलाधार वर्षा आरंभ हो गई। समुद्र का जल सीमाएँ तोड़कर संपूर्ण पृथ्वी पर फैलने लगा। कुछ ही देर में चारों ओर जल-ही-जल नजर आने लगा। तभी सत्यव्रत के पास एक विशाल नौका आकर रुकी। वे सप्तर्षियों सहित उसमें सवार हो गए। जल के तीव्र थपेड़ों से जब नौका डगमगाने लगी, तब भगवान मत्स्य पुनः प्रकट हो गए। सत्यव्रत ने नाव को वासुकि नाग द्वारा भगवान मत्स्य के सींग के साथ बाँध दिया। तदंतर वे नाव को खींचते हुए समुद्र में विचरण करने लगे।

प्रलयकाल बीत जाने के बाद पुनः सृष्टि का निर्माण आरंभ हुआ। भगवान मत्स्य के वरदानस्वरूप अगले जन्म में सत्यव्रत ने भगवान सूर्यदेव के घर जन्म लिया और ‘वैवस्वत मनु’ के नाम से प्रसिद्ध हुए।

□

छली कलियुग

राजा परीक्षित एक धर्मप्रिय, तेजस्वी और नीतिवान् राजा थे। उनका विवाह राजकुमारी इरावती के साथ हुआ। विवाह उपरांत उसने जनमेजय सहित चार पुत्रों को जन्म दिया। राजा परीक्षित धर्मानुसार शासन कर रहे थे। उनके राज्य में न्याय, धर्म एवं सत्य का बोलबाला था।

भगवान श्रीकृष्ण के शरीर त्यागने के साथ ही पृथ्वी पर कलियुग का आगमन हो गया। परंतु परीक्षित के भय से वह अपना प्रभाव नहीं दिखा पा रहा था। उसके अंश मात्र प्रभाव से ही पृथ्वी पर बड़ी-बड़ी घटनाएँ होने लग गई थीं। लोगों में परस्पर वैमनस्य बढ़ने लगा; ईर्ष्या और द्वेष का साम्राज्य स्थापित हो गया; पाप और दुराचार पुनः बढ़ने लगे।

एक दिन भ्रमण करते हुए परीक्षित नदी-तट की ओर निकल आए। वहाँ उन्होंने एक शूद्र को देखा, जो एक डंडे से निर्बल बैल और गाय को बुरी तरह से पीट रहा था। बैल एक पैर पर खड़ा था, उसके तीन पैर टूटे थे; जबकि गाय निकट गिरी हुई थी। परीक्षित ने शूद्र के हाथ से डंडा छीन लिया। तत्पश्चात् क्रोधित होकर बोले, ''दुष्ट! कौन है तू? इन निर्दोष प्राणियों को क्यों मार रहा है? तूने मेरे राज्य की सीमा में ऐसा अनाचार करने का दु:साहस कैसे किया? शीघ्र बता, अन्यथा मैं तेरा वध कर दूँगा!''

तभी आकाशवाणी हुई-''राजन्! ये बैल-रूप में धर्म और गाय-रूप में पृथ्वी हैं। पवित्रता, सत्य, दया और तप-धर्म के चार चरण थे। परंतु कलियुग के आगमन से धर्म के तीन चरण टूट गए हैं। अब ये केवल सत्यरूपी चरण पर टिके हुए हैं। इन्हें मारनेवाला शूद्र वास्तव में कलियुग है। इसके आगमन से पृथ्वी पर पाप और अनाचार

बढ़ जाएँगे। उनका बोझ पृथ्वी को उठना पड़ेगा। चूँकि कलियुग अधिक शक्तिशाली है, इसलिए ये उसकी प्रताड़ना झेल रहे हैं। हे राजन्! अब आप ही इनका उद्धार करें।''

आकाशवाणी सुनकर परीक्षित अत्यंत विस्मित हुए। फिर तलवार निकालकर कलियुग को मारने के लिए उद्यत हो गए। प्राण संकट में देखकर कलियुग उनकी शरण में चला गया और स्तुति करते हुए बोला, ''हे राजन्! आपके समान तपस्वी और पराक्रमी इस संसार में दूसरा कोई नहीं है। मैं अपने अपराध की क्षमा माँगता हूँ। कृपया शरणागत की रक्षा करें।''

परम दयालु परीक्षित थोड़ा शांत होते हुए बोले, ''हे कलियुग! शरण में आए शरणागत की रक्षा करना मेरा कर्तव्य है। परंतु तुम धर्म का नाश करनेवाले हो, इसलिए मैं तुम्हें अपने राज्य में प्रवेश नहीं करने दूँगा। तुम इसी समय मेरे राज्य की सीमाओं से दूर चले जाओ।''

कुटिल कलियुग बातों में मिठास घोलते हुए बोला, ''हे राजन्! यह संपूर्ण पृथ्वी आपका राज्य है। इसकी सीमाओं से मैं कैसे दूर जा सकता हूँ? मैं जहाँ जाऊँगा, मुझे आप ही दिखाई देंगे। इसलिए राजन्! मेरे रहने के लिए आप ही कोई स्थान सुनिश्चित कर दें। मैं वचन देता हूँ, सदैव आपके द्वारा निर्धारित स्थानों में ही वास करूँगा।''

राजा परीक्षित बोले, ''कलियुग! तुम्हारे रहने के लिए मैं पाँच स्थान निर्धारित करता हूँ। मद्यपान, स्त्री-प्रसंग, हिंसा, द्यूत और स्वर्ण: इन स्थानों पर केवल तुम्हारा वास रहेगा।''

कलियुग इसी समय की प्रतीक्षा कर रहा था। वह शीघ्रता से परीक्षित द्वारा बताए गए स्थानों में प्रविष्ट हो गया। इस प्रकार छलपूर्वक कलियुग का पृथ्वी पर आगमन हो गया।

□

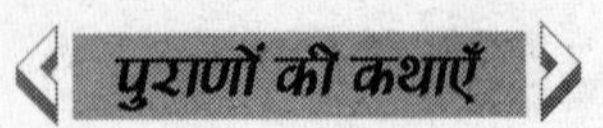

मोह-माया के बंधन

प्राचीन समय में चित्रकेतु नामक एक यशस्वी और धर्मात्मा राजा हुए। वे धर्म-कर्म में बड़ी निष्ठा रखते थे। उनकी रानियाँ भी अत्यंत सुशील और सरल स्वभाव की थीं। उनका अधिकांश समय ब्राह्मणों को दान-दक्षिणा देने, निर्धनों को भोजन करवाने तथा प्रजा के कल्याण-कार्यों में ही व्यतीत होता था। यद्यपि राजा चित्रकेतु को सभी वस्तुएँ सहज ही सुलभ थीं, तथापि उनकी कोई संतान नहीं थी। यही एकमात्र दुःख उन्हें दिन-रात सताता रहता था।

एक बार की बात है, महर्षि अंगिरा भ्रमण करते हुए राजा चित्रकेतु के दरबार में पहुँचे। चित्रकेतु ने महर्षि की पूजा-उपासना कर उनका सत्कार किया। तदंतर नीचे बैठकर उनके चरण दबाने लगे।

महर्षि अंगिरा ने चित्रकेतु के मुखमंडल पर दुःख के बादल देखे तो उन्हें समझाते हुए बोले, ''राजन्! संसार में सबकुछ भगवान की इच्छा के अनुसार ही होता है। ये सारे सुख, ऐश्वर्य, वैभव आपको ईश्वर ने ही प्रदान किए हैं। इसलिए आप उनके शरणागत हो जाएँ। परम दयालु भगवान अवश्य आपको संतान प्रदान करेंगे। उनकी शरण में जानेवाला कभी खाली हाथ नहीं लौटता। मैं आपके लिए पुत्रेष्टि यज्ञ कर सकता हूँ। परंतु राजन्, उस पुत्र से तुम्हें सुख और दुःख दोनों ही प्राप्त होंगे।'' चित्रकेतु पुत्रेष्टि यज्ञ के लिए सहमत हो गए।

तत्पश्चात् अंगिरा ऋषि ने चित्रकेतु की मनोकामना पूर्ण करने के लिए पुत्रेष्टि यज्ञ किया। यज्ञ-समाप्ति के बाद उन्होंने ज्येष्ठ रानी कृतद्युति को यज्ञ का प्रसाद खाने को दिया। यज्ञ-प्रसाद के प्रभाव से कुछ ही दिनों के बाद रानी कृतद्युति गर्भवती हो गई। उचित समय आने पर चित्रकेतु के घर पुत्र का जन्म हुआ। इस अवसर पर उन्होंने

ब्राह्मणों को भरपूर दान-दक्षिणा दी।

धीरे-धीरे पुत्र-प्रेम में पड़कर चित्रकेतु अन्य रानियों की उपेक्षा करने लगे। इससे उनके मन में कृतद्युति और उसके पुत्र के लिए ईर्ष्या बढ़ती गई। एक दिन अवसर पाकर उन्होंने राजकुमार को विष दे दिया। विष इतना घातक था कि पल भर में ही राजकुमार के प्राण निकल गए।

पुत्र की मृत्यु ने चित्रकेतु और कृतिद्युति को स्तब्ध कर दिया। वे दोनों शव से लिपटकर रोने लगे। उनके करुण विलाप से समस्त दिशाएँ द्रवित हो उठीं। ऐसे समय

महर्षि अंगिरा वहाँ आए और उन्हें समझाते हुए बोले, ''राजन्! आप पुत्र-शोक से व्यथित होकर अज्ञान के अंधकार में डूब रहे हैं। आप जिसके लिए शोक कर रहे हैं, वह आपका कोई नहीं था। सृष्टि का नियम है, जो जन्म लेगा, एक-न-एक दिन उसे यहाँ से जाना होगा। इस आवागमन में अनगिनत जीवात्माएँ जन्म लेती हैं और समय पूर्ण होने के बाद परमात्मा में लीन हो जाती हैं। उनका किसी के साथ कोई संबंध नहीं होता। इसलिए आप शोक त्याग दें।''

इसके बाद महर्षि अंगिरा ने राजकुमार की जीवात्मा का आवाहन कर उसे पुनः शरीर में प्रविष्ट होने के लिए कहा। वह जीवात्मा बोली, ''महर्षि, मैं अनेक जन्मों से विभिन्न योनियों में भटक रही हूँ। ये मेरे किस जन्म के माता-पिता हैं, मुझे इसका ध्यान नहीं है। मृत्यु ने मेरा इस चक्र से उद्धार किया है। अब मैं पुनः मोह-माया के बंधनों में नहीं पड़ना चाहती। कृपया मुझे क्षमा करें।'' यह कहकर जीवात्मा वहाँ से चली गई।

जीवात्मा की बात सुनकर चित्रकेतु की आँखों से अज्ञान का परदा हट गया। उन्होंने शव का विधिवत् संस्कार किया तथा मोह-माया त्यागकर स्वयं को भगवान के श्रीचरणों में ध्यानस्थ कर लिया।

□

परीक्षित को शाप

एक बार राजा परीक्षित शिकार खेलने वन में गए। वहाँ एक मृग का पीछा करते हुए वे दूर तक निकल आए। भूख-प्यास से वे बेहाल हो रहे थे। निकट ही उन्हें एक आश्रम दिखाई दिया। वह आश्रम शमीक मुनि का था। उस समय मुनि समाधि में लीन थे। परीक्षित ने उनसे जल पिलाने की प्रार्थना की। परंतु समाधिस्थ शमीक उनकी बात न सुन सके। परीक्षित ने इसे अपना अपमान समझा। उन्होंने निकट पड़े एक मृत सर्प को उठाकर मुनि के गले में डाल दिया और हँसते हुए लौट गए।

शमीक मुनि काश्रृंगी नामक एक बड़ा तेजस्वी और तपस्वी पुत्र था। उसे जब इस घटना के बारे में पता चला तो वह क्रोधित होकर बोला, "मैं अपने संपूर्ण तप को एकत्रित कर राजा परीक्षित को शाप देता हूँ कि आज से ठीक आठवें दिन तक्षक नाग के काटने से उनकी मृत्यु हो जाएगी।"

तभी शमीक मुनि ने आँखें खोल दीं। उन्हें सारी घटना के बारे में पता

चला तो वे व्यथित होकर बोले, ''वत्स, यह तुमने क्या अनर्थ कर डाला? परीक्षित बड़े धर्मात्मा, तपस्वी और नीतिवान् राजा हैं। उन्होंने जो किया, वस्तुतः कलियुग के प्रभाव के कारण किया। उनकी इच्छा मेरा अपमान करने की नहीं थी। तुमने व्यर्थ में ही एक निर्दोष को शाप दे दिया।''

शमीक मुनि पुत्र के कृत्य से व्यथित थे, लेकिन उसके शाप को लौटाया नहीं जा सकता था।

इधर परीक्षित को ज्ञात हो गया था कि मुनिकुमार ने उन्हें शाप दिया है। उन्हें अपने किए पर पश्चात्ताप हो रहा था। वे सभी राजसी सुख त्यागकर भगवान श्रीकृष्ण की आराधना करने लगे। इससे उनका मन शांत हो गया। तदंतर चिंतन द्वारा उन्होंने स्वयं को श्रीकृष्ण के चरणों में ध्यानमग्न कर लिया।

ठीक आठवें दिनश्रृंगी मुनि के शाप को पूर्ण करने के लिए तक्षक नाग वृद्ध ब्राह्मण का वेश धारण करके हस्तिनापुर की ओर चल दिया।

परीक्षित के मंत्रिगण ने उनकी सुरक्षा की पूरी व्यवस्था कर रखी थी। किसी भी अनजाने व्यक्ति को महल में जाने की अनुमति नहीं थी। तक्षक महल में प्रवेश करने का उपाय सोचने लगा। कुछ देर के बाद उसके संकेत पर वहाँ अनेक सर्प उपस्थित हो गए। तदंतर उन्होंने ब्राह्मण-वेश बना धारण कर लिया। तक्षक ने उन्हें एक सेब दिया और स्वयं कीड़ा बनकर उसमें छिप गया।

ब्राह्मण-वेषधारी सर्प द्वार पर पहुँचे और द्वारपालों से विनती करते हुए बोले, ''हम राजा परीक्षित को बचाने के लिए एक दिव्य फल लाए हैं। इसके सेवन से तक्षक नाग का विष प्रभावहीन हो जाएगा। आप यह दिव्य फल उन तक पहुँचा दें। इसका सेवन उनकी समस्त बाधाओं से रक्षा करेगा।''

द्वारपालों ने फल ले जाकर परीक्षित को दे दिया। उन्होंने जैसे ही खाने के लिए फल को काटा, उसमें से कीड़ा बना तक्षक नाग निकल आया। बाहर निकलते ही उसने वास्तविक रूप धारण कर लिया। सैनिक उसकी ओर लपके, परंतु परीक्षित ने हाथ जोड़कर स्वयं को उसके सामने कर दिया। तत्पश्चात् तक्षक ने परीक्षित को जकड़कर उसे डस लिया। पल भर में ही वे आत्मरूप होकर श्रीकृष्ण में लीन हो गए।

□

पृथ्वी की उत्पत्ति

एक बार देवर्षि नारद भगवान नारायण के पास विराजमान थे। तब उन्होंने हाथ जोड़कर भगवान नारायण से कहा, ''हे भगवन! जब संपूर्ण जगत् जल में डूब जाता है। जीव परमब्रह्म परमात्मा में लीन हो जाते हैं। तब उस समय पृथ्वी कहाँ निवास करती है और सृष्टि के समय वह पुनः किस प्रकार प्रकट हो जाती है? धन्य भाग्य, पृथ्वी को बार-बार जन्म लेने का सौभाग्य कैसे प्राप्त होता है? हे प्रभु! आप पृथ्वी की उत्पत्ति की पूरी कथा सुनाने की कृपा करें।''

नारदजी की जिज्ञासा शांत करने के उद्देश्य से भगवान नारायण बोले, ''वत्स नारद! महाविराट् पुरुष सदैव जल में विराजमान रहते हैं। एक निश्चित समय-अंतराल में उनके मन में सृष्टि की रचना का विचार जन्म लेता है, तब उनके रोमकूपों में हलचल मच जाती है और किसी एक रोमकूप से पृथ्वी निकल आती है। जितने रोमकूप हैं, उन सब में से जल सहित पृथ्वी बार-बार प्रकट होती और छिपती रहती है। सृष्टि के समय प्रकट होकर जल के ऊपर स्थिर रहना और प्रलयकाल के समय छिपकर जल के भीतर चले जाना, यही इसका नियम है। महाविराट् की आज्ञा के अनुसार ब्रह्मा, मैं (विष्णु) एवं शिव आदि देवता और समस्त प्राणी प्रकट होकर इस पर रहते हैं। इसके ऊपर सात स्वर्ग हैं। इसके नीचे सात पाताल हैं। मेरे वाराह अवतार के समय यह मूर्तिमान रूप से प्रकट हुई थीं और देवताओं ने इनका विधिवत् पूजन किया था। उस समय मेरे वाराहावतार के साथ इनका विवाह हुआ था, जिससे मंगलदेव का जन्म हुआ।''

देवर्षि नारद बोले, ''हे प्रभु! देवताओं ने आपके वाराह अवतार के समय पृथ्वी की किस रूप में पूजा की थी? हे भगवान! आप उनके विवाह और मंगल के जन्म

का प्रसंग सुनाने की कृपा करें।''

भगवान नारायण बोले, ''नारद, मेरे वाराह अवतार से पूर्व हिरण्याक्ष नामक दैत्य ने पृथ्वी को रसातल में अथाह जल में डुबो दिया था। तब ब्रह्माजी की स्तुति से प्रसन्न

होकर मैंने वाराह अवतार धारण किया था और हिरण्याक्ष को मारकर, पृथ्वी को रसातल से निकाला था। तब मैंने पृथ्वी को जल के ऊपर स्थापित कर दिया था। उस समय पृथ्वी की अधिष्ठात्री देवी एक परम सुंदर देवी के वेश में थीं। उनकी कांति सभी दिशाओं को प्रकाशमान कर रही थी। उन्हें देखकर मेरे हृदय में उनके प्रति प्रेम उत्पन्न हो गया था। तब मैंने वाराह रूप में ही पृथ्वी के साथ विवाह किया और एक वर्ष तक हम साथ रहे। फिर मैंने पृथ्वी को वरदान दिया था कि 'मुनि, देवता, दैत्य, मनु आदि सब तुम्हारी पूजा करेंगे। गृह-प्रवेश, गृह-निर्माण, कुएँ, बावड़ी, सरोवर आदि के निर्माण अथवा अन्य गृहकार्यों के अवसर पर देवता आदि सभी लोग तुम्हारी पूजा करेंगे। जो तुम्हारी उपेक्षा करेंगे, उन्हें नरक भोगना पड़ेगा।' इसके बाद मैं अपने वास्तविक रूप में पुनः वैकुंठ लौट आया। कुछ समय पश्चात् पृथ्वी से महान् तेजस्वी पुत्र मंगलदेव की उत्पत्ति हुई।''

इस प्रकार भगवान नारायण ने देवर्षि नारद को देवी पृथ्वी की उत्पत्ति की कथा बताकर उनकी जिज्ञासा शांत की।

□

श्री कृष्णावतार

मथुरा में राजा उग्रसेन राज्य करते थे। कंस नाम का उनका एक पुत्र था। उग्रसेन जितने तपस्वी, दयालु, सहिष्णु और प्रजा-प्रिय राजा थे, कंस उतना ही पापी, दुराचारी और अधर्मी था। उसके अत्याचारों से प्रजा बहुत दुःखी थी। उसने उग्रसेन को बंदी बनाकर कारागार में डाल दिया और स्वयं सिंहासन पर विराजमान हो गया। कंस की देवकी नामक एक चचेरी बहन थी। वह उससे बहुत प्रेम करता था। उसने उसका विवाह राजा शूरसेन के पुत्र वसुदेव के साथ निश्चित कर दिया।

विवाह के उपरांत कंस स्वयं सारथि बनकर देवकी का रथ हाँकने लगा। तभी आकाशवाणी हुई–''कंस, जिस देवकी को तू इतने प्रेम से उसकी ससुराल छोड़ने जा रहा है, उसी का आठवाँ पुत्र तेरा काल होगा!''

आकाशवाणी सुनकर कंस भयभीत हो गया। उसने देवकी और वसुदेव को बंदी बनाकर कारागार में डाल दिया और चारों ओर कड़ा पहरा लगा दिया। कारागार में देवकी ने एक-एक कर छह पुत्रों को जन्म दिया। कंस ने सभी को चट्टान पर पटक-पटककर मार डाला। सातवें पुत्र के रूप में शेषनाग देवकी के गर्भ में पधारे। परंतु दैववश उस गर्भ का तेज वसुदेव की दूसरी पत्नी रोहिणी के उदर में स्थापित हो गया। देवकी का सातवाँ गर्भ गिर जाने से कंस अत्यंत प्रसन्न हुआ। अब वह बड़ी बेचैनी से उसके आठवें पुत्र की प्रतीक्षा करने लगा।

शीघ्र ही कंस की प्रतीक्षा की घड़ी समाप्त हो गई।

भाद्रपद का महीना, कृष्णपक्ष की अष्टमी तिथि, आधी रात का समय! देवकी ने एक दिव्य बालक को जन्म दिया। सहसा आकाशवाणी हुई– ''वसुदेव, तुम इस बालक को गोकुल में यशोदा के पास छोड़ आओ और उसकी कन्या को यहाँ ले आओ।''

तत्पश्चात् सभी पहरेदार बेसुध हो गए और कारागार के द्वार भी स्वतः खुल गए। वसुदेव ने बालक को एक टोकरी में रखा और उसे सिर पर उठाकर गोकुल की ओर चल दिए। यशोदा ने उसी दिन एक कन्या को जन्म दिया था। वसुदेव ने पुत्र को यशोदा के पास रखा और कन्या को लेकर कारागार में लौट आए। कारागार के द्वार पुनः बंद हो गए। इस घटना के बारे में किसी को कुछ पता नहीं चला।

प्रात:काल कंस को जब पुत्र के स्थान पर कन्या होने की बात पता चली तो वह विस्मित रह गया। फिर इसे विष्णु का छल समझकर वह कारागार में आया और कन्या

को चट्टान पर दे पटका। परंतु उसके हाथ से छिटककर वह कन्या आकाश में चली गई और हँसते हुए बोली, "कंस! तेरा नाश करनेवाला जन्म ले चुका है। तू कभी उसका अहित नहीं कर सकेगा।" इसके बाद वह कन्या अदृश्य हो गई। कंस पुनः चिंतित हो गया।

इधर गोकुल में नंद के घर पुत्र होने की खुशी में उत्सव मनाया जाने लगा। श्याम वर्ण होने के कारण बालक का नाम 'कृष्ण' रखा गया।

कंस को संदेह हो गया कि देवकी का आठवाँ पुत्र यशोदा के घर पल रहा है। उसने श्रीकृष्ण का वध करने के लिए एक-एक कर अनेक राक्षसों को भेजा। लेकिन श्रीकृष्ण ने उन सभी को मार डाला। इससे कंस का संदेह विश्वास में बदल गया। उसने धनुष-यज्ञ का आयोजन कर श्रीकृष्ण और बलराम को मथुरा में आमंत्रित किया। यज्ञ में श्रीकृष्ण ने धनुष भंग कर दिया। फिर रंगभूमि में उन्होंने कंस के अनेक महारथियों को काल का ग्रास बना दिया।

अंत में कंस ने श्रीकृष्ण को युद्ध के लिए ललकारा। दोनों में मल्लयुद्ध आरंभ हो गया। देखते-ही-देखते श्रीकृष्ण ने कंस को भूमि पर पटक दिया और मुष्टि-प्रहार से उसे समाप्त कर दिया। कंस के मरते ही चारों ओर श्रीकृष्ण की जय-जयकार होने लगी। तत्पश्चात् श्रीकृष्ण ने अपने माता-पिता को कारागार से मुक्त करवाया और उग्रसेन को पुनः मथुरा की राजगद्दी पर बिठा दिया।

इस प्रकार पापी कंस का अंत करके श्रीकृष्ण ने पृथ्वी को भार-मुक्त किया। □

बलराम-विवाह

महाराजा शर्याति के वंश में रैवत नामक एक तपस्वी, वीर और पराक्रमी राजा हुए। वे कुशस्थली में राज्य करते थे। उनकी रेवती नामक एक अत्यंत सुंदर और सुशील पुत्री थी। उसकी सुंदरता अप्सराओं को भी लज्जित करती थी। जब वह विवाह योग्य हुई तो रैवत को उसके विवाह की चिंता सताने लगी। उन्होंने दसों दिशाओं में दूतों को भेजा, लेकिन कहीं भी उन्हें पुत्री के लिए योग्य राजकुमार नहीं मिला। इसी चिंता से वे दिन-रात दुःखी रहने लगे।

एक बार देवर्षि नारद भ्रमण करते हुए उनके पास पहुँचे। उन्होंने रैवत को दुःखी देखकर उसका कारण पूछा। रैवत बोले, "मुनिवर, मेरी पुत्री रेवती विवाह योग्य हो गई है। परंतु कहीं भी मुझे ऐसा योग्य वर नहीं मिला, जिसके साथ मैं अपनी पुत्री का विवाह कर सकूँ। ऐसा प्रतीत होता है मानो पृथ्वी वीर और पराक्रमी राजकुमारों से रिक्त हो गई है। हे देवर्षि! आप तो परम ज्ञानी हैं तथा प्रतिदिन तीनों लोकों का भ्रमण करते रहते हैं। आप ही मेरी पुत्री के लिए कोई योग्य वर बताने का कष्ट करें।"

देवर्षि नारद बोले, "राजन्! ब्रह्माजी ने सृष्टि में जितने जीवों की रचना की है, उनका कोई-न-कोई सहयोगी जीव अवश्य बनाया है। इसलिए उनकी यह सृष्टि मैथुनी कहलाती है। राजन्, उन्होंने आपकी पुत्री के लिए भी योग्य वर की रचना अवश्य की होगी। भूत, वर्तमान, भविष्य—उनसे कुछ भी छिपा नहीं है। आप उनकी शरण में जाएँ। वे आपकी सहायता अवश्य करेंगे।"

देवर्षि नारद के परामर्श पर रैवत पुत्री रेवती को लेकर ब्रह्माजी की शरण में गए और उनसे योग्य वर के विषय में पूछा। ब्रह्माजी मुसकराते हुए बोले, "वत्स, तुम्हारी पुत्री बड़ी सौभाग्यवती और पुण्यात्मा है। इसके भाग्य में वह पराक्रमी वर है, जिसे पाने

के लिए देवकन्याएँ भी तरसती हैं; जिसके समान सुंदर, वीर और पराक्रमी संसार में दूसरा कोई नहीं है। वत्स, तुम्हारी पुत्री का विवाह भगवान श्रीकृष्ण के बड़े भाई बलरामजी के साथ निश्चित है। वे साक्षात् भगवान शेष के अंशावतार हैं। द्वापर-युग में उनके समान पराक्रमी दूसरा कोई नहीं है।''

''द्वापर!'' रैवत का मुख खुला रह गया। वे स्वयं को संयत करते हुए बोले, ''ब्रह्मदेव! द्वापर आने में तो अभी सहस्रों वर्ष हैं?''

ब्रह्माजी बोले, ''वत्स, मेरा एक क्षण पृथ्वी के सहस्रों युगों के समान है। यद्यपि तुम्हें यहाँ आए अभी कुछ ही क्षण हुए हैं, तथापि इस बीच पृथ्वी पर सहस्रों युग बीत चुके हैं। तुम्हारा राज्य, वंश, सहयोगी–सबकुछ काल की भेंट चढ़ चुके हैं। इस समय वहाँ द्वापर-युग है और बलराम तुम्हारी राजधानी में ही निवास कर रहे हैं। तुम बिना विलंब किए रेवती का विवाह उनके साथ कर दो।''

ब्रह्माजी का आदेश पाकर रैवत उसी समय पृथ्वी पर लौट आए। उस समय उनकी राजधानी कुशस्थली पर उग्रसेन का राज्य था। उन्होंने वसुदेव की सहमति पाकर रेवती का विवाह बलरामजी के साथ कर दिया। तत्पश्चात् तपस्या करने के लिए वे मेरु पर्वत पर चले गए।

इस प्रकार सहस्रों युगों पूर्व जनमी रेवती का विवाह बलरामजी के साथ संपन्न हुआ।

□

कश्यप बने वसुदेव

एक बार महर्षि कश्यप ने एक विशाल यज्ञ करने का निश्चय किया। इस यज्ञ में वे सभी ऋषि-मुनियों को आमंत्रित करना चाहते थे। यह यज्ञ अनेक दिनों तक चलना था। परंतु उनके पास इतना धन नहीं था कि वे घर आए अतिथियों के भोजन एवं दक्षिणा की समुचित व्यवस्था कर सकें। ऐसी स्थिति में देवर्षि नारद ने उन्हें एक उपाय बताया, ''महर्षि, वरुणदेव के पास एक दिव्य गाय है। वह गाय स्वतः मनोवांछित भोजन एवं रत्नादि उत्पन्न करती है। यदि आप वरुणदेव से वह गाय माँग लें तो आपका यज्ञ निर्विघ्न पूरा हो जाएगा।''

कश्यप को देवर्षि की बात उचित लगी। वे उसी समय वरुणदेव के पास जाकर गाय ले लाए। गाय लाते समय उन्होंने वरुणदेव को आश्वासन दिया कि वे समय रहते गाय को लौटा देंगे।

निर्धारित दिन यज्ञ आरंभ हुआ। दिव्य गाय की कृपा से कश्यप के सभी कार्य निर्विघ्न पूरे होते गए। उन्हें जिस वस्तु की आवश्यकता होती, गाय उसे प्रकट कर देती थी। इस प्रकार अनेक दिनों तक चलनेवाले विधिवत् मंत्रोच्चारण और आहुतियों के बीच यज्ञ पूर्ण हुआ। सभी ऋषि-मुनि कश्यप द्वारा किए गए सत्कार और दान-दक्षिणा से अत्यंत प्रसन्न होकर अपने-अपने घर लौट गए।

यद्यपि यज्ञ समाप्त हुए अनेक दिन बीत चुके थे, तथापि कश्यप के मन में लोभ उत्पन्न हो गया। वे गाय लौटाने में आनाकानी करने लगे। एक दिन वरुणदेव स्वयं कश्यप मुनि के पास पधारे और उनसे विनती करते हुए बोले, ''मुनिवर, आप अपना यज्ञ पूर्ण करने के लिए मेरी दिव्य गाय माँगकर लाए थे। आपका यज्ञ पूर्ण हो चुका है। अतः कृपया आप मेरी गाय मुझे लौट दें। उसके बिना उसके बछड़े अनेक कष्ट झेल रहे हैं।''

कश्यप लोभ में भरकर बोले, "वरुणदेव, ब्राह्मण को दान में दी गई वस्तु वापस माँगना आपको शोभा नहीं देता। आपने मुझे स्वेच्छा से अपनी गाय दी थी। अब उसे माँगकर आप घोर पाप के भागी बनेंगे।"

कश्यप की बात सुनकर वरुणदेव विस्मित रह गए। वे समझ गए कि मुनि के मन में लोभ आ गया है। यद्यपि वे बलपूर्वक गाय को अपने साथ ले जाना चाहते थे, तथापि मुनि द्वारा शाप दिए जाने के भय से वह ऐसा नहीं कर सके। वे उसी समय ब्रह्माजी के पास गए और उन्हें सारी बात बताकर कश्यप मुनि से गाय दिलवाने के लिए कहा।

सारी बात सुनकर ब्रह्माजी स्वयं कश्यप मुनि के पास गए और उन्हें समझाते हुए बोले, "वत्स, इतने ज्ञानी और तपस्वी होने के बाद भी तुम्हारा यह व्यवहार अत्यंत हीन और निम्न कोटि का है। वरुणदेव ने तुम्हारी सहायता के लिए अपनी दिव्य गाय तुम्हें दी; परंतु ऋणी होने के बदले तुम उनकी गाय को ही अपनी कहने लगे! वत्स, अपने लोभ पर नियंत्रण रखो और वरुणदेव को उनकी गाय लौटा दो।"

लेकिन ब्रह्माजी के समझाने पर भी कश्यप मुनि गाय लौटाने को तैयार नहीं हुए। वे बार-बार गाय को अपना बताते रहे। तब क्रोधित होकर ब्रह्माजी ने उन्हें शाप दिया, "हे कश्यप! गाय के लोभ ने तुम्हें अंधा कर दिया है। तुम्हारी बुद्धि व विवेक नष्ट हो चुका है। मैं शाप देता हूँ कि अगले जन्म में तुम गऊ-पालक बनकर गाय-बछड़ों के बीच में रहोगे।"

शाप के कारण ही द्वापर-युग में महर्षि कश्यप वसुदेव के रूप में अवतरित हुए। इस जन्म में वे गऊ-पालकों के राजा बने।

□

राजा अवीक्षित

राजा करंधम की पत्नी वीरा ने एक सुंदर पुत्र को जन्म दिया। बालक का नाम अवीक्षित रखा गया। उसकी कुंडली देखकर ज्योतिषाचार्य ने भविष्यवाणी की, ''बालक का जन्म श्रेष्ठ ग्रह-नक्षत्रों में हुआ है। इसलिए ये सभी श्रेष्ठ गुणों से युक्त होगा। इसके समान भाग्यवान् एवं बलशाली दूसरा कोई नहीं है। इस पर शुभ ग्रहों की विशेष दृष्टि है। इसका भविष्य सूर्य के समान प्रदीप्त है।''

पुत्र का भविष्य जानकर राजा करंधम प्रसन्नता से भर उठे।

अवीक्षित कुछ बड़ा हुआ तो करंधम ने उसकी शिक्षा-दीक्षा का कार्यभार महर्षि कण्व को सौंपा। कण्व ऋषि ने उसे वैदिक ज्ञान के साथ-साथ अस्त्र-शस्त्र की शिक्षा भी प्रदान की। उनकी देख-रेख में अवीक्षित युद्ध की प्रत्येक कला में निपुण हो गया।

एक बार वैदिश राज्य के राजा विशाल ने अपनी पुत्री वैशालिनी का स्वयंवर आयोजित किया। इस अवसर पर देश-विदेश से अनेक राजाओं को आमंत्रित किया गया। पिता की आज्ञा से अवीक्षित भी उसमें सम्मिलित हुआ। स्वयंवर में वैशालिनी ने अवीक्षित का वरण कर लिया। इससे वहाँ उपस्थित राजा क्रोधित हो गए। उन्होंने अवीक्षित को बंदी बना लिया।

करंधम को जब इस बात का पता चला तो उन्होंने सेना लेकर वैदिश राज्य पर आक्रमण कर दिया और सभी राजाओं को परास्त कर अवीक्षित को छुड़वा लाए। तदंतर राजा विशाल अपनी पुत्री को लेकर राजा करंधम की शरण में पहुँचा। लेकिन अवीक्षित ने यह कहकर विवाह करने से मना कर दिया कि वह युद्ध में पराजित हो चुका है। इसलिए वैशालिनी को किसी वीर राजकुमार के साथ विवाह करना चाहिए।

लेकिन वैशालिनी स्वयंवर में अवीक्षित का वरण कर चुकी थी। किसी दूसरे

राजकुमार की कल्पना भी उसके लिए असहनीय थी। 'राजकुमार अवीक्षित ही मेरे पति बनेंगे', यह निश्चय कर वह वन में जाकर कठोर तपस्या करने लगी। उसने अन्न-जल त्याग दिया और निरंतर माता पार्वती की उपासना करने लगी।

उसकी कठोर तपस्या से द्रवित होकर पार्वती प्रकट हुईं और वैशालिनी को वर देते हुए बोलीं, "पुत्री, तुम्हारी मनोकामना अवश्य पूर्ण होगी। शीघ्र ही राजकुमार अवीक्षित यहाँ आकर तुम्हारा वरण करेंगे।"

वैशालिनी बड़ी उत्सुकता से उस दिन की प्रतीक्षा करने लगी।

एक बार रानी वीरा ने किमिच्छक नामक व्रत रखा। इस व्रत में याचकों को मनोवांछित दान देने का विधान था। राजकुमार अवीक्षित ने माता को वचन दिया कि व्रत के दौरान वे स्वयं याचकों की मनोकामना पूर्ण करेंगे। जब राजा करंधम को इस बात का पता चला तो वे याचक बनकर अवीक्षित के पास गए और उससे पौत्र देने की याचना की। अवीक्षित अपने वचन में बँधे हुए थे, अतः उन्होंने सहमति दे दी।

एक दिन अवीक्षित शिकार खेलने वन में गए। वहाँ उनकी भेंट वैशालिनी से हुई। उसके तप और त्याग के बारे में सुनकर उनके हृदय में प्रेम उमड़ आया। उन्होंने उसी समय वैशालिनी से विवाह कर लिया और उसे लेकर महल में लौट आए। कुछ समय बाद वैशालिनी ने मरुत नामक एक पुत्र को जन्म दिया।

इस प्रकार वैशालिनी ने अपने तपोबल से अवीक्षित को प्राप्त कर लिया।

□

विश्वरूप

एक बार देवराज इंद्र अपनी पत्नी शची और अन्य देवगणों के साथ दरबार में बैठे अप्सराओं के नृत्य का आनंद ले रहे थे। उनके अतिरिक्त वहाँ अनेक ऋषि-मुनिगण एवं गंधर्व भी उपस्थित थे। तभी देवगुरु बृहस्पति ने दरबार में प्रवेश किया। लेकिन इंद्र न तो सिंहासन से खड़े हुए और न ही उन्होंने गुरु का अभिवादन किया। उनके इस व्यवहार से बृहस्पतिदेव व्यथित हो गए और बिना कुछ बोले वहाँ से लौट गए।

कुछ देर के बाद इंद्र को अपनी भूल का अहसास हुआ। वे उसी समय क्षमा माँगने देवगुरु के आश्रम में पहुँचे। लेकिन तब तक बृहस्पति अपने योगबल से अदृश्य हो गए थे। देवताओं ने उन्हें बहुत खोजा, परंतु वे नहीं मिले। देवगुरु बृहस्पति देवताओं के लिए संजीवनी बूटी के समान थे। उनकी बौद्धिकता के कारण ही अनेक बार देवराज इंद्र ने शत्रुओं को धूल चटाई थी। उनकी अनुपस्थिति से स्वर्ग में अव्यवस्था फैल गई। जब दैत्यों को इस बात का पता चला तो उन्होंने स्वर्ग पर आक्रमण कर दिया।

अब तो इंद्र चारों ओर से घिर गए। उन्हें अपने प्राण संकट में दिखाई देने लगे। अंत में थक-हारकर वे ब्रह्माजी की शरण में गए और उन्हें सारी घटना बताई।

तब ब्रह्माजी बोले, ''देवेंद्र! केवल गुरु ही आत्मा और परमात्मा के मध्य सेतु का कार्य करता है। वह साक्षात् ईश्वर तुल्य होता है। निस्संदेह अहंकार में भरकर तुमने जो व्यवहार किया, वह अत्यंत अशोभनीय और अपमानजनक था। इसलिए वे अदृश्य हो गए हैं। देवेंद्र! जिसके सिर से गुरु का हाथ हट जाता है, वह ईश्वर से भी दूर हो जाता है। तुम्हारे दुःखों का कारण भी यही है। इसलिए तुम त्वष्टा मुनि के पुत्र विश्वरूप के पास जाओ और उनसे देवताओं का गुरु बनने की प्रार्थना करो। केवल वे ही तुम्हारी रक्षा कर सकते हैं।''

विश्वरूप के तीन मुख थे। वे एक मुख से वेदों का जप, दूसरे मुख से सोमपान और तीसरे मुख से संपूर्ण दिशाओं का निरीक्षण करते थे। उनके तेज से दैत्य भी भयभीत रहते थे। देवराज इंद्र ने उनसे देवताओं का गुरु बनने की प्रार्थना की, जिसे उन्होंने सहर्ष स्वीकार कर लिया।

तत्पश्चात् देवासुर-संग्राम में देवताओं के कल्याण के लिए विश्वरूप ने एक यज्ञ किया। यज्ञ-समाप्ति के बाद देवताओं की शक्ति में निरंतर वृद्धि होने लगी। उन्होंने युद्ध में दैत्यों को पराजित कर दिया। इस प्रकार इंद्र के दुःखों का अंत हो गया।

यद्यपि विश्वरूप त्वष्टा मुनि के पुत्र थे, तथापि उनकी माता रचना दैत्य कुल से संबंधित थी। यही कारण था कि वे दैत्यों के लिए भी अपने हृदय में कोमल स्थान रखते थे। इंद्र को यह बात सदा चुभती रहती थी। एक बार उन्होंने विश्वरूप को दैत्यों की सहायता करते देख लिया। उन्हें विश्वास हो गया कि विश्वरूप दैत्यों का बल बढ़ाकर स्वर्ग पर अधिकार करना चाहते हैं। अतः उन्होंने अपने वज्र से विश्वरूप के तीनों मस्तक काट दिए।

इस प्रकार इंद्र ने संदेहवश महात्मा विश्वरूप का वध कर डाला। तदंतर कुछ दिनों के बाद बृहस्पति लौट आए और अपने पद पर आसीन हो गए।

□

पवित्र रुद्राक्ष

एक बार देवर्षि नारद ने भगवान नारायण से पूछा, ''भगवन्, रुद्राक्ष को श्रेष्ठ क्यों माना जाता है? इसकी क्या महिमा है? सभी के लिए यह पूजनीय क्यों है? रुद्राक्ष की महिमा को आप विस्तार से बताकर मेरी जिज्ञासा शांत करें।''

देवर्षि नारद की बात सुनकर भगवान श्रीनारायण बोले, ''देवर्षि नारद, प्राचीन

समय में यही प्रश्न कार्तिकेय ने भगवान शिव से पूछा था। तब उन्होंने जो कुछ बताया था, वही मैं तुम्हें बताता हूँ–

''एक बार पृथ्वी पर त्रिपुर नामक एक भयंकर दैत्य उत्पन्न हो गया। वह बहुत बलशाली और पराक्रमी था। कोई भी देवता उसे पराजित नहीं कर सका। तब ब्रह्मा, विष्णु और इंद्र आदि देवता भगवान शिव की शरण में गए और उनसे रक्षा की प्रार्थना करने लगे। भगवान शिव के पास 'अघोर' नाम का एक दिव्य अस्त्र था। वह अस्त्र बहुत विशाल और तेजयुक्त था। उसे संपूर्ण देवताओं की आकृति माना जाता था। त्रिपुर का वध करने के उद्देश्य से शिव ने नेत्र बंद करके अघोर अस्त्र का चिंतन किया। अधिक समय तक नेत्र बंद रहने के कारण उनके नेत्रों से जल की कुछ बूँदें निकलकर भूमि पर गिर गईं। उन्हीं बूँदों से महान् रुद्राक्ष के वृक्ष उत्पन्न हुए। फिर भगवान शिव की आज्ञा से उन वृक्षों पर रुद्राक्ष फलों के रूप में प्रकट हो गए।

"ये रुद्राक्ष अड़तीस प्रकार के थे। इनमें कत्थईवाले बारह प्रकार के रुद्राक्षों की सूर्य के नेत्रों से, श्वेत वर्ण के सोलह प्रकार के रुद्राक्षों की चंद्रमा के नेत्रों से तथा कृष्ण वर्णवाले दस प्रकार के रुद्राक्षों की उत्पत्ति अग्नि के नेत्रों से मानी जाती है। ये ही इनके अड़तीस भेद हैं। ब्राह्मण को श्वेत वर्णवाले रुद्राक्ष, क्षत्रिय को रक्त वर्णवाले रुद्राक्ष, वैश्य को मिश्रित रंगवाले रुद्राक्ष और शूद्र को कृष्ण वर्णवाले रुद्राक्ष धारण करने चाहिए।

"रुद्राक्ष धारण करने पर बहुत पुण्य प्राप्त होता है। जो मनुष्य अपने कंठ में बत्तीस, मस्तक पर चालीस, दोनों कानों में छह-छह, दोनों हाथों में बारह-बारह, दोनों भुजाओं में सोलह-सोलह, शिखा में एक और वक्ष पर एक सौ आठ रुद्राक्षों को धारण करता है, वह साक्षात् भगवान नीलकंठ समझा जाता है। उसके जीवन में सुख-शांति बनी रहती है। रुद्राक्ष धारण करना भगवान शिव के दिव्य-ज्ञान को प्राप्त करने का साधन है। सभी वर्ण के मनुष्य रुद्राक्ष धारण कर सकते हैं। रुद्राक्ष धारण करनेवाला मनुष्य समाज में मान-सम्मान पाता है।

"रुद्राक्ष की माला बनाकर धारण करके जप करने से अनंत फल की प्राप्ति होती है। ग्रहण, संक्रांति, अमावस्या और पूर्णमासी आदि पर्वों एवं पुण्य दिवसों पर रुद्राक्ष अवश्य धारण किए रहें। रुद्राक्ष धारण करनेवाले के लिए मांस-मदिरा आदि पदार्थों का सेवन वर्जित होता है।''

□

क्रोध बना शाप

सृष्टि के आरंभ में देवी लक्ष्मी के अतिरिक्त सरस्वती और गंगा भी भगवान विष्णु की पत्नियाँ थीं। एक बार तीनों देवियाँ परस्पर वार्त्तालाप कर रही थीं। तभी देवर्षि नारद वहाँ आ गए। स्वभाववश उन्होंने सरस्वती के सम्मुख गंगा की प्रशंसा करते हुए कहा कि भगवान विष्णु गंगा को सबसे अधिक प्रेम करते हैं। उनकी इस बात को लेकर तीनों देवियाँ विवाद करने लगीं। यह विवाद इतना बढ़ गया कि सरस्वती और गंगा ने परस्पर एक-दूसरे को नदी बन जाने का शाप दे दिया।

लक्ष्मी ने उनके बीच सुलह करवाने का प्रयास किया, किंतु सरस्वती ने उन्हें भी वृक्ष हो जाने का शाप दे दिया। लक्ष्मी ने शाप को शांतिपूर्वक स्वीकार कर लिया।

तभी वहाँ भगवान विष्णु आ गए। उन्हें सारी घटना पता चली तो वे उन्हें समझाते हुए बोले, "देवियो! मेरे लिए आप तीनों ही एक समान हैं। मैं आप तीनों को ही समान प्रेम करता हूँ। किंतु दैववश जो घटना घटी है, इसमें परमात्मा की इच्छा निहित है। हे लक्ष्मी! सरस्वती के शाप के कारण तुम अपने एक अंश से राजा धर्मध्वज के घर तुलसी नाम से जन्म लोगी। उस समय मेरे अंश से उत्पन्न दैत्य शंखचूड़ के साथ तुम्हारा विवाह होगा। फिर वृक्ष रूपा होकर तुम पृथ्वी पर पूजनीय हो जाओगी।"

इसके बाद वे सरस्वती से बोले, "हे देवी! ईर्ष्या न केवल मन को जलाती है, अपितु आत्मा को भी दूषित कर देती है। देवी गंगा ने तुम्हें जो शाप दिया है, उसके कारण तुम अपने एक अंश से पृथ्वी पर नदी-रूप में प्रकट होगी। तुम्हारा दूसरा अंश ब्रह्माजी की पत्नी के रूप में उनके पास निवास करेगा।"

फिर वे गंगा से बोले, "देवी गंगा! तुम अपने नाम के अनुरूप परम पवित्र नदी होकर पृथ्वी पर पापियों का उद्धार करोगी। तुम्हारे जल का स्पर्श पाकर बड़े-से-बड़ा

पाप भी नष्ट हो जाएगा। हे देवी! कलियुग के अंत में तुम पुनः मेरे पास लौट आओगी।''

भगवान विष्णु से अलग होने की बात सोचकर तीनों देवियों के नेत्रों में आँसू उमड़ आए। परंतु क्रोधवश उन्होंने जो अनर्थ किया था, उसका फल तो उन्हें भोगना ही था। अंततः शापवश तीनों देवियाँ पृथ्वी पर अवतरित हुईं।

□

भक्त प्रह्लाद

दैत्य हिरण्याक्ष का हिरण्यकशिपु नामक एक भाई था। उसका विवाह नागकन्या कयाधु से हुआ। जिस समय भगवान विष्णु ने वाराह अवतार धारण कर हिरण्याक्ष का वध किया था, उस समय हिरण्यकशिपु ब्रह्माजी को प्रसन्न करने के लिए कठोर तपस्या कर रहा था। 'कयाधु गर्भवती है; उसके गर्भ में एक शक्तिशाली दैत्य पल रहा है'—यह सोचकर इंद्र ने गर्भवती कयाधु का हरण कर लिया और उसे मारने को उद्यत हो गए।

मार्ग में देवर्षि नारद ने कयाधु की दुर्दशा देखकर इंद्र को समझाया, ''देवेंद्र! कयाधु जैसी साध्वी स्त्री का जीवित रहना आपके हित में है। अतः आप इसे छोड़ दें। इस समय इसके गर्भ में ऐसा बालक पल रहा है जो आनेवाले समय में भगवान विष्णु के परम भक्त के रूप में प्रसिद्ध होगा।''

देवर्षि नारद के समझाने पर इंद्र ने कयाधु को छोड़ दिया। तदंतर नारदजी उसे लेकर अपने आश्रम में आ गए। वहाँ कयाधु ने एक दिव्य बालक को जन्म दिया। जन्म लेते ही बालक के मुख से श्रीहरि का उच्चारण हुआ। यह देखकर कयाधु का मन प्रसन्नता से भर उठा। उसने पुत्र का नाम रखा—'प्रह्लाद'।

इधर हिरण्यकशिपु ने ब्रह्माजी से वरदान प्राप्त कर लिया कि गंधर्व, देवता, यक्ष, नाग—सृष्टि में उत्पन्न कोई भी प्राणी उसे मार न सके। उसकी मृत्यु न अस्त्र से हो और न शस्त्र से, न दिन में हो और न रात में, न आकाश में हो और न पृथ्वी पर, न घर के अंदर और न घर के बाहर।

मनोवांछित वरदान पाकर हिरण्यकशिपु अत्यंत शक्तिशाली हो गया। सर्वप्रथम वह कयाधु और अपने पुत्र को नारदजी के आश्रम से ले आया। तदंतर उसने पृथ्वी पर सभी

यज्ञ-हवनादि धार्मिक कार्य बंद करवा दिए। उसके अत्याचारों से चारों ओर हाहाकार मच गया। लोग ईश्वर का नाम लेने से डरने लगे। भगवान विष्णु के स्थान पर दैत्य हिरण्यकशिपु अपनी पूजा करवाने लगा।

इतना सब होने के बाद भी हिरण्यकशिपु अपने पुत्र प्रह्लाद का मन विष्णु-भक्ति से हटा नहीं पाया। उसने उसे समझाने के अनेक प्रयत्न किए, लेकिन सब व्यर्थ गया। प्रह्लाद भगवान विष्णु की उपासना छोड़ने को तैयार न हुआ। उसने प्रह्लाद को मार डालने का निश्चय कर लिया। इसके लिए उसने अनेक उपाय किए, परंतु उसका अहित नहीं कर सका। हिरण्यकशिपु की बहन होलिका को वरदान प्राप्त था कि अग्नि उसे नहीं जला सकती। भाई की आज्ञा से वह प्रह्लाद को गोद में लेकर अग्नि में बैठ गई। लेकिन भगवान विष्णु की कृपा से प्रह्लाद सकुशल निकल आया, जबकि होलिका जलकर भस्म हो गई।

अंत में थक-हारकर हिरण्यकशिपु ने तलवार उठाई और प्रह्लाद का मस्तक काटने

को उद्यत हो गया। तभी भयंकर गर्जन करते हुए भगवान विष्णु नृसिंह रूप धारण करके प्रकट हो गए। उनका मस्तक सिंह का तथा शेष शरीर मनुष्य का था। उनका यह अवतार नृसिंह अवतार कहलाया। उनका विकराल रूप देखकर हिरण्यकशिपु भी भयभीत हो गया। लेकिन फिर सँभलकर उसने उन पर आक्रमण कर दिया।

भगवान नृसिंह ने हिरण्यकशिपु की तलवार तोड़ दी और उसे गोद में लेकर महल के द्वार के बीचोबीच बैठ गए। तत्पश्चात् उन्होंने अपने तीखे नखों से उसका पेट चीर दिया। उस समय न दिन था, न रात–शाम का समय था। वे न घर के अंदर थे, न बाहर–दहलीज पर थे। हिरण्यकशिपु का शरीर न पृथ्वी पर था, न आकाश में–प्रभु की गोद में था। इस प्रकार ब्रह्माजी द्वारा दिए गए वरदान के अनुसार भगवान नृसिंह ने दैत्य हिरण्यकशिपु का अंत कर भक्त प्रह्लाद की रक्षा की।

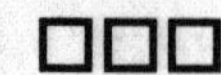